# मरु-केसरी

(उपन्यास)

# मरु-केसरी

यादवेन्द्र शर्मा 'चन्द्र'

वाणी प्रकाशन

वाणी प्रकाशन का 'लोगो'
विख्यात चित्रकार मक़बूल फ़िदा हुसेन की
कूची से



ISBN : 81-7055-607-4

वाणी प्रकाशन
21-ए, दरियागंज, नयी दिल्ली-110002
द्वारा प्रकाशित
फोन : 0091#11#23273167, 23275710
फैक्स : 0091#11#23275710
ई-मेल : vaniprakashan@gmail.com
vani_prakasha n@yahoo.com
वेबसाइट : www.vaniprakashan.com
प्रथम संस्करण : 1998
आवृत्ति : 2009

मूल्य : 200.00
आवरण : वाणी प्रकाशन
जय भारत प्रिंटिंग प्रेस, शाहदरा, दिल्ली-32
द्वारा मुद्रित

MARU-KESARI (Historical Novel)
*by* : Yadvendra Sharma 'Chandra'

सन्मार्ग कलकत्ता के
सम्पादक 'श्री रामावतार गुप्त' व
वरिष्ठ कवि 'जोशी निर्भीक'
को सप्रेम

# मैं इतना ही कहूँगा

'मरु-केसरी' मेरा ताज़ा उपन्यास है। यह इतिहास-पुरुष दुर्गादास राठौड़ के जीवन पर आधारित है। वैसे सारे इतिहास तिथियों और घटनाओं के बोझ से दबे हैं और वे लड़ाइयों के वर्णन की प्रमुखता से लदे हैं। लगता है कि राज-पुरुष बस अपने सिंहासन और अस्मिता को बचाने के लिए लड़ते ही रहे। चंद इतिहासकारों ने उनके अलग पहलुओं को अवश्य छूआ है। कर्नल टॉड ने चारणी साहित्य, श्रुतिकथाओं और दंतकथाओं का इतिहास में मिश्रण करके उसे यथार्थ से विलग कर अतिरंजनापूर्ण बना दिया है। आश्रित चारणों ने अपने स्वामी को तो महान् वीर, दानी और उदार ही बताया है। यह उनकी नमकहलाली भी थी। सच्ची बात कहनेवाले चारण अल्प ही रहे थे।

ऐसा ही दुर्गादास राठौड़ के जीवन-वृत्त के बारे में है। वह व्यक्ति नहीं, केवल युद्ध लड़नेवाला लड़ाकू है ! ऐसा उसके बारे में पढ़ने को मिलता है कि बस वह लड़ता रहा, लड़ता रहा। मुझे लगा कि यह उसका सतही विश्लेषण है।

दुर्गादास राठौड़ की त्रासदी कई दृष्टियों से महाभारत के कर्ण से मिलती है। कर्ण ने पारिवारिक उपेक्षाओं का जो तिरस्कार विष पिया था, वही स्थिति लगभग दुर्गादास की है। पिता के प्रेम से वंचित रहा और जिस महाराजा अजीतसिंह को पाल-पोसकर उस पर अपना सर्वस्व विसर्जन करके मारवाड़-नरेश बनाया, उसी अजीतसिंह ने उसे देश-निकाला दे दिया। उसने कई-कई बार ऐसी अपमानजनक त्रासदियाँ सही हैं। अपनी युद्धरत व्यस्तताओं के कारण वह व्यक्तिगत जीवन पर भी विशेष ध्यान नहीं दे पाया। वह अपने परिवार के प्रति भी पूर्ण दायित्व नहीं निभा पाया।...मैंने समस्त चरित्रों के 'मनुष्य' की तलाश की है और अन्वेषण किया है—संभावित सत्यों का। मनोवैज्ञानिक तथ्यों का। मैं समझता हूँ कि उपन्यास और इतिहास का यही मूल अंतर है।

यदि इतिहास समकालीन संदर्भों, मूल्यों व स्थितियों से जुड़ने की प्रक्रिया में नहीं आता है तो उसकी सार्थकता असंदिग्ध हो जाती है। उसकी कोई उपरियता भी नहीं रहती। मुझे विश्वास है कि आप इन बिंदुओं का स्पर्श स्वाभाविक रूप

से पाएँगे साथ ही आज के यथार्थ का भी दर्शन करेंगे। एक बात और है—भाषा पर जो सामंती संस्कृति का प्रभाव है, उससे भी मुक्त करने की मैंने चेष्टा की है। हम संवाद में तो 'राजाजी बोले और सेठजी बोले' का प्रयोग कर सकते हैं पर व्याकरण के हिसाब से तो 'राजा बोला' ही होना चाहिए।

आप इस उपन्यास को पढ़ेंगे और अपनी राय देंगे।

**यादवेन्द्र शर्मा 'चन्द्र'**

आशालक्ष्मी, नया शहर
बीकानेर (राज.) 334004

# एक

गाँव लूणवा !

श्रावण का महीना ! चारों ओर हरियाली।...खेजड़े, जाल, कैर, बेर की झाड़ियाँ धुली-धुली सी लग रही थीं। जगह-जगह झूले पड़ गए थे। रात्रि में चौमासा के गीत गूँजने लगे थे। जहाँ खेती ईश्वर भरोसे होती है, वहाँ वर्षा का मूल्य अमृत से कम नहीं होता।

फिर भी धूप बिन बादल अखरती ही थी। दुर्गादास राठौड़ खेजड़े की घनी छाया में खाट डाले बैठा था। उदास और मौन। दूसरी ओर खेत की बाड़ के पास जो खेजड़ा था, वहाँ उसके दोनों बैल ऊन की बनी छाँटी में रखी कटी घास 'क्रुतर' कर चर रहे थे। एक बैल काला था और एक सफेद। हल वहीं रखा था।

आज सूर्य देवता के उगने के कुछ देर पश्चात् उसने पूरे खेत को जोत लिया था। किसी काम की समाप्ति पर व्यक्ति को जो असीम संतोष होता है, वही दुर्गादास की आकृति पर था। मूँछें फूट आई थीं। दाढ़ी भी जगह-जगह निकलने लगी थी।

दुर्गादास की आँखें बड़ी-बड़ी और तेजस्वी थीं। शरीर बलवान था। कानों में उसने मुरक्यां पहन रखी थीं। तन पर साधारण बगलबंदी और नीचे घुटनों तक की धोती थी। उसके समीप मिट्टी की बनी 'लोटड़ी' पड़ी थी जिसमें पीने का ठंडा पानी था !

थोड़ी देर में उसकी माँ मांगबियाणी भाता लेकर आ गई। बाजारी की चार मोटी-मोटी रोटियाँ, लहसुन की चटनी और मोंठ की फलियों का साग। दुर्गादास ने माँ के चरण-स्पर्श करके कहा। माँ सा, पालागी।

"जीते रहो लाडेसर।" उसकी माँ ने खाट पर बैठते हुए कहा।

दुर्गादास के चेहरे पर सहसा उदासी की परछाइयाँ पसर गईं। बुझी-सी मुसकान के साथ बोला, "मैं कहाँ हूँ लाडेसर ? माँ सा ! जिस पुत्र को पिता का प्यार न मिला हो, वह भला लाडेसर कैसे हो सकता है ? वह तो भाग्यहीन और अभागा ही कहलाएगा। माँ सा ! आप मुझे बताती क्यों नहीं कि आखिर मेरे पिताजी ने किस कारण आपका परित्याग किया। आप इस रहस्य को प्रकट क्यों नहीं करतीं ?"

उसकी माँ ने दीर्घ श्वास लेकर कहा, "बेटा ! परिवार के कुछ रहस्य ऐसे होते हैं जिनका प्रकट होना किसी भी तरह ठीक नहीं। ये रहस्य दुःख, पीड़ा, क्लेश, आक्रोश, आवेश और घृणा को जन्मानेवाले होते हैं। वे रहस्य नाते जोड़ते नहीं, तोड़ते हैं। बेटे ! विधि का विधान अटल है। मनुष्य न जाने कितने जन्मों के फलों को भोगता है। किन-किन दुष्कर्मों का दंड पाता है, यह ईश्वर ही जानता है।"

दुर्गादास ने खाट के समीप उगी हुई किसी जंगली बेल को उखाड़ते हुए कहा, "माँ सा ! आपने मुझे सब तरह की शिक्षा दी है। आप विदुषी और गुणवान भी हैं। चाहे आपने पोथियों का ज्ञान विशेष न पाया हो पर जीवन ने आपको बड़े ज्ञान दिए हैं। यही कारण है कि मुझमें सोचने की शक्ति पैदा हो गई है। हम सबकी यह बहुत बुरी आदत है कि हम अच्छी-बुरी घटनाओं का जिम्मा ईश्वर पर छोड़ देते हैं पर यह सच नहीं है। यह हमारी असहायता है।...माँ सा ! इतना बड़ा और पीड़ादायक निर्णय किसी सामान्य बात पर नहीं लिया जा सकता !"

उसकी माँ ने लोटड़ी में से पानी के दो घूँट पी कर कहा, "बेटा ! कुछ संस्कार जन्मजात मिलते हैं। कुछ स्वभाव वंशगत भी होते हैं। इन राजाओं और ठाकुरों में भी ऐसे संस्कार हैं। ये जितने शूरवीर होते हैं, उतने ही सनकी। सनकी से मेरा तात्पर्य है कि जिस बात को पकड़ लेते हैं उसे छोड़ते ही नहीं चाहे स्वयं का सर्वनाश ही क्यों न हो जाए ? तुम्हारे पिताजी भी तो ठाकुर हैं। थोड़ी-सी बात को लेकर मुझसे अनबन हो गई। बात बतंगड़ की स्थिति तक पहुँच गई। मैं भी तो ठाकुर वंश की हूँ। नहीं सह पाई बात के तीर की पीड़ा। दोनों के अहंकार टकराए। बस अलगाव हो गया।" उसकी माँ ने आकाश में तैरते मेघ-खंडों को देखकर पुनः कहा, "बेटा ! पचिये (घाव) को कुरेदने से पुनः रक्त निकलने लगता है।"

उसकी माँ उठकर चली गई। दुर्गादास निस्पंद-सा बैठा रहा। कुछ पलों के लिए वह विचारहीन होकर जड़वत् बैठा रहा।

कोई व्यक्ति मूमल की राग को अलगोजे में से निकालता हुआ खेत के पास से गुजरा।

दुर्गादास का ध्यान भंग हुआ। वह खाट पर लेटता हुआ पुनः सोचने लगा कि मेरे पिता और माँ के बीच कारण कोई रहा हो, पर यह निर्विवाद रूप से कहा जा सकता है कि मेरी माँ को दिया यह दंड अन्यायपूर्ण है। असह्य है। जिस समाज की स्त्रियाँ पति को परमेश्वर समझती हैं, जिनके सुख का एक-एक क्षण पति से लिपटा हुआ है, जिनका सारा अस्तित्व ही पति है। ऐसी स्थिति में पत्नी का परित्याग करना उसे काले-पानी की सज़ा के बराबर होता है। यह भी देशनिकाला है। क्योंकि स्त्री का अपना एक देश होता है, अंतर-देश। उस अंतर-देश में सुख-संतोष और शांति की नदियाँ न बहती हों तो उसका जीवन कोई अर्थ नहीं रखता। दुर्गादास सोचते-सोचते व्यथित हो गया। वह खाट पर बाएँ हाथ का तकिया बनाकर नेत्र मूँद कर लेट गया।

लेकिन उसके मस्तिष्क में जो विचारों का बवंडर था, वह रुका नहीं। वह सोचता रहा कि उसकी माँ ने एकांत की दुर्दांत पीड़ा भोगी है। उपेक्षाएँ व निरादार सहे हैं। अभाव भोगे हैं। लेकिन है उसकी माँ भी मानिनी। सम्मान के बदले उसने पराजय को स्वीकार नहीं किया। पूरे यौवन को तिल-तिल गला डाला। जो रूठकर आई फिर वापस नहीं गई। नारी की अस्मिता उसके रोम-रोम में है। लेकिन उसने तो पिता के प्रेम का स्वाद भी नहीं चखा। भाग्यहीन है वह। सब कुछ उसकी माँ ने ही उसे दिया है। पिता का प्रेम और शक्ति भी।

समीप एक झोंपड़ा बना था। विशुद्ध घास का मजबूत और आकर्षक। सर्दी और बरसात में दुर्गादास उसमें विश्राम करता था। उसमें एक घास काटने की दन्तारी, किवाड़ी (कुल्हाड़ी), फावड़ा और दो कढ़ाइयाँ रखी हुई थीं। एक तनिक भारी तलवार भी रखी हुई थी जिसकी मूँठ साधारण थी।

दुर्गादास सोचने लगा। सोचे बिना उसे बोझ का अहसास-सा होता था। मन न जाने कितने प्रश्नरूपी कीलों से बिंध जाता था कि उसे अजीब असह्य यंत्रणा होती थी। माँ के रेगिस्तान की तरह सूने जीवन से वह कभी-कभी विद्रोहात्मक संकेत दे देता था पर उसकी धरा की भाँति धैर्यवान माँ उसे यह कहकर समझा देती थी कि संसार में कभी भी एकरस और एकरूप स्थितियाँ नहीं रहीं। जीवन में सबको सब कुछ नहीं मिलता। कुछ-न-कुछ शेष रह जाता है जो कभी नहीं मिलता।

दुर्गादास को माँ की बातों से आंतरिक संतोष नहीं होता था। एक चुभन उसे सदा सालती रहती थी। वह यह भी समझता था कि छोटी-छोटी और निरर्थक बातों को भी ये सामन्त-लोग प्रतिष्ठा का प्रश्न बना लेते हैं। मगर माँ क्यों नहीं बताती कि आखिर उसे उसके बाप ने क्यों छोड़ा ?

एक दिन दुर्गादास इस प्रश्न को लेकर बहुत ही उत्तेजित हो गया। हठ पर उतर आया कि वह चाहे कितना ही हृदयवेधक और अपमानपूर्ण हो उसे बताना ही होगा।···उसने तिक्त स्वर में कहा, "माँ सा ! आप मेरी आत्मपीड़ा को नहीं समझतीं ? आप मेरे अंतस् के मरुस्थल की शून्यता को नहीं जानतीं। आप यह नहीं जानतीं कि जब मुझे कोई कहता है कि इसकी माँ परित्यक्ता है। यह बेचारा ननिहाल की रोटियों पर पलता है तो मुझे कितनी पीड़ा और अपमान का अनुभव होता है। यदि मुझे पता चले कि हम माँ-बेटे को इसलिए यह दंड भोगना पड़ा है तो मैं इसका प्रतिकार तो करूँ ? क्षत्रिय-पुत्र हूँ—प्रतिशोध तो लूँ।"

"मैं जानती हूँ बेटे, तुम्हारे हृदय में अग्नि दहक रही है। अपमानजनित क्रोध की अग्नि। लेकिन कौरव-पांडवों के महाभारत का क्या फल निकला ? विनाश।··· लहूलुहान पृथ्वी पर पड़ी परिजनों की लाशों को देखकर सबको क्या लगा था ? उस पीड़ा की कोई परिभाषा नहीं हो सकती। हिंसा से प्राप्त की हुई विजय का परिणाम सिवाय दुःख के कुछ भी नहीं हो सकता। बाप-बेटे के बीच युद्ध के परिणाम में कोई

लाभ हो सकता ? ककड़ी चाकू पर पड़े या चाकू ककड़ी पर, कटेगी ककड़ी ही। यही स्थिति होगी हमारी। घाटा हमें ही होगा। गृहकलह से सुफल कभी नहीं मिलता।''

दुर्गादास क्या कहे माँ को ? माँ बिलकुल परंपरागत संस्कारों से ग्रस्त स्त्री थी। विद्रोहात्मक स्वर और स्थिति उसे किंचित् पसंद नहीं थी। परित्यक्ता होने के बावजूद भी वह पति को परमेश्वर से कम महत्त्व नहीं देनेवाली थी ? उसके विरुद्ध सुनना, करना और देखना उसे सह्य नहीं था। लेकिन दुर्गादास का बचपन तो मरुस्थल के सूखे और निर्जन फैलाव की तरह था। कई बार दुर्गादास घंटों तक उस सूनेपन का अवलोकन करता था और उसे लगता था कि उसके भीतर कई मरुस्थल जन्म आए हैं।...एक पिता के साए के बिना कितने साए उस पर पड़ रहे हैं। नाना-नानी, मामा-मामी...और अनेक रिश्तेदारों के। सब उस पर दया करते हैं, उसके प्रति करुण-भाव दिखाते हैं। केवल इसलिए कि उसके पिता ने उसे त्याग रखा है। एक आशंका हर समय उसमें रहती थी कि कहीं उसको उपालम्भ न दे दें। वह क्षमतावान होने के पश्चात् भी एक विचित्र दयनीयता से घिरा रहता था।

कई बार बचपन में खेलते समय बच्चों में झगड़ा हो जाता था तब उसे निर्दोष होते हुए भी दोषी को दंड देने का अधिकार नहीं था। झगड़ने पर उसे ही माँ दबाती थी कि वह शांत रहे। उन्हें अपने बुरे दिन शांति से बिताने हैं। विचित्र भय था माँ में। दुर्गादास मन मसोसकर रह जाता था। उसे विश्वास था कि वह अपने में इतनी शक्ति रखता है कि सब लड़कों को परास्त कर सकता है पर माँ की आज्ञा के समक्ष वह असहाय था। अपने क्रोध के घूँट को पी जाना पड़ता था। तब उसे अपने पिता आसकरण के प्रति आक्रोश जन्मता था। सोचता था कि पत्नी को त्यागनेवाला पति अक्षम्य अपराधी होता है। वह इस भूमि की नारी की विवशता को नहीं समझता कि उसका समस्त अस्तित्व ही उसका पति है। पति के बिना हिंदू नारी की कहीं भी गति-मुक्ति नहीं, सम्मानजनक ठौर-ठिकाना नहीं। केवल पीड़ाएँ ही पीड़ाएँ और दासत्व।

अपनी माँ के पराधीन जीवन और अपने मन के दुःख के कारण उसकी आँखें भर आती थीं। कई बार अश्रु छलक आते थे। वह जानता था कि ये अश्रु दुर्बल मन के प्रतीक हैं पर इन्हें प्रतिबंधित भी तो नहीं किया जा सकता। बह जाते हैं तो कुछ हलकापन महसूस होता है।

दुर्गादास यह भलीभाँति जानता था कि उसकी माँ ने उसे अपूर्व प्रेम दिया है। ममता के रस की वर्षा की है।...उसकी उदासी को कई बार अपनी मुसकान से पोंछा है। उसकी माँ का हृदय विशाल था। उसमें असीम सहिष्णुता थी। इस कारण दुर्गादास चाहकर भी माँ की आज्ञा की अवज्ञा नहीं कर सकता था। कई बार वह दुर्गादास को समझाया करती थी कि जब वे दिन नहीं रहे तो ये दिन कैसे रहेंगे ?...सूर्यास्त के बाद सूर्योदय अवश्यम्भावी है।...

दुर्गादास आश्वस्त होता था—माँ के शब्दों से। माँ के शब्दों में निर्मलता का सत्य मिश्रित होता था जो उसे प्रभावित करता था !

कई बार जब दुर्गादास कुटुम्बीजन के वाक्य बाणों से आहत होता था तो वह अत्यंत ही उत्तेजित हो जाता था। कह देता था, "माँ सा ! हमें यहाँ नहीं रहना चाहिए। यहाँ हम हर  तरह का काम भी करते हैं और आश्रित कहलाते हैं। हम काम करके कहीं भी पेट भर सकते हैं। वहाँ हम अपनी इच्छा से तो जीएँगे। मान-सम्मान से तो जीएँगे।"

उसकी माँ संयत स्वर में बोलती, "बेटा ! जब आयु यौवन की ओर पाँव बढ़ाती है तो वह अपने संग कई अच्छाइयाँ और बुराइयाँ लाती है। युवा-मन में उत्तेजना, आक्रोश, क्रोध की मात्रा बढ़ती है साथ ही उसकी विचारधारा में परिपक्वता आती है। उसमें सोचने-समझने की शक्ति आती है। वह कुछ भी करे पर वह जानता है कि क्या अच्छा है और क्या बुरा ?...उसमें अहंकार भी पैदा हो जाता है। साथ ही उसकी सहिष्णुता घटती जाती है। बेटा ! मनुष्य का सर्वोपरि गुण सहिष्णुता ही होता है। अपने को सहिष्णु रखो। हम सारी उम्र यहाँ नहीं रहेंगे। कुछ सालों की तो बात है। जब तुम एकदम मोटयार (युवा) हो जाओगे तो हम अपना ठिकाना अलग से बना लेंगे। अभी हमारा यहाँ रहना ही उचित है।"

"पर माँ सा इधर मेरा जी घुटता है।"

"बेटा ! जीवन एक पाठशाला है। उस पाठशाला में जो ज्ञान मिलता है, वह प्रमाणिक होता है। अभी हम यहीं रहेंगे।"

दुर्गादास माँ की आज्ञा को नहीं टाल सकता। वह मौन हो जाता।

दुर्गादास अपने कार्य यंत्रवत् करता था। वह ब्राह्ममुहूर्त में उठता। नियमपूर्वक जल पी कर जंगल की ओर चला जाता था। काफी दूर जाकर आता था वह। कई बार वह शांत स्थान पर बैठकर निरर्थक सोचा करता था। यदि तालाब में पानी होता था तो वह खूब तैरता था, काफी ऊँचाई से तालाब में 'गंठे' मारता था अर्थात् कूदता था। यदाकदा वह धनुष-बाण लेकर जाता था और हिरण या बटेर का शिकार कर लाता था।

प्रायः वह घर आकर सूर्य को जल का अर्घ्य देता था। कहता था—हे सूर्य देवता ! आप मुझमें अपनी तेजस्विता भरना। अपने सहस्र अश्वों की शक्ति प्रदान करना।...

दुर्गादास कई बार सोचता था कि वह अपने पिता के पास जाकर न्याय माँगे। पूछे कि उन्होंने उसकी माँ का परित्याग क्यों किया ? क्यों पिता के होते हुए उसे पितृहीन बनाया ?...पर बिना माँ की आज्ञा के वह कुछ नहीं कर सकता था ? वस्तुतः

माँ के उतरे मुँह को सहन करना भी उसे गवारा नहीं था।

एक बार गाँव में विचित्र घटना घटी। एक बारात आई थी। बसंत पंचमी का दिन था। गाँव में काफी शादियाँ थीं। युवा-जोड़ों की शादियाँ कम और बाल-विवाह अधिक। छोटे-छोटे बींद-बींदणियाँ (दूल्हा-दुल्हन) रमक-झमक करते दिखाई दे रहे थे। चारों ओर विदाई गीत :

म्हैं थां नै पूछो म्हांरी धीवड़ी
म्हैं थां नै पूछो म्हारी बालकी
इतरौ बाबै जी रो लाड
छोड़र बाई सिध चाल्या।

...ठाकुर निहालसिंह के राड़ हो गई। उसके घर पर बारात आई। रीत के अनुसार दूल्हे की साली उतारती है आरती। लेकिन साली के पति ने अपनी पत्नी को कठोर आज्ञा दे दी थी कि वह मोहनसिंह दूल्हे की आरती कदापि न उतारे। बींदराजा अड़ गए कि आरती उतारेंगी तो उसकी बड़ी साली फूलकंवरदे ही। यदि वह आरती नहीं उतारेगी तो वह घर में प्रवेश नहीं करेगा। फूलकंवरदे ने मना कर दिया कि उसके पति की यह आज्ञा नहीं है। पति की आज्ञा के बिना वह आरती नहीं उतारेगी।

वस्तुतः फूलकंवरदे के पति-परिवार और बींद के परिवार में शत्रुता थी। यह ऐसा अवसर था कि वह उस परिवार को नीचा दिखा सकते थे। बस इसलिए बींदराजा अपने घरवालों के सिखाने पर अड़ गए। स्थिति बिगड़ने लगी।

दुर्गादास भी वहीं खड़ा था। घुटनों तक की धोती, अंगरखा, साफा पहने था। चरमराती जूतियाँ। वह उस तमाशे को देखने लगा।

जब इस बात को लेकर बारात लौटने को तैयार हो गई तो तनाव बढ़ गया। बींदणी के घरवालों के चेहरों की हवाइयाँ उड़ने लगीं।

बींदणी का बाप ठाकुर निहालसिंह बींद के बाप के पास आकर अरज करने लगा, "आप ऐसा मत करिए ठाकुर सा, बारात का लौट जाना बेटी के बाप का अपमान ही नहीं, कलंक भी है। मेरी बड़ी बेटी फूलकंवरदे ब्याहता है। उस पर हमारा कोई अधिकार नहीं है, वह कुछ भी करेगी, पति की आज्ञा और ससुरालवालों की मर्जी से करेगी। मेरी दूसरी बेटी कंवलकंवरदे आरती उतार देगी।"

बींद का बाप मूँछों पर ताव देकर बोला, "नहीं, ऐसा हमें स्वीकार नहीं। फूलकंवरदे उपस्थित है फिर क्यों नहीं हमारी बात मानती।"

"कहा न, वह परायी है। विवाह के बाद बेटी पर पति का सर्वाधिकार होता है। पति के लिए सर्वस्व उत्सर्ग करनेवाली स्त्री पति की आज्ञा का कैसे उल्लंघन करेगी ?"

"यदि वह आरती नहीं उतारेगी तो यह बारात वापस लौटेगी। यह विवाह नहीं होगा।"

"ठाकुर सा ! विवाह मंडप सज गया है। बन्दनवारें झूल रही हैं। कनातें सज गई हैं। चाँदनी तान दी गई हैं। ठाकुर, उमराव और साहूकार आ गए हैं। ढोली गा-बजा रहे हैं। शहनाईवादक शहनाई बजा रहा है। ऐसी स्थिति में आप निराधार कारण के लिए बारात वापस ले जाएँगे।"

"निराधार कारण कहाँ है ! क्षत्रिय तो बात के लिए ही जीता-मरता है।"

दुर्गादास उन दोनों के सन्निकट आ गया। उसके भीतर बड़ा द्वंद्व चल रहा था। वह सोच रहा था कि यह कैसी हठधर्मिता और झूठी आन है। बेटी के बाप को इस तरह अन्यायपूर्ण ढंग से सताना पाप है।

ठाकुर निहालसिंह बोला, "ठाकुर सा ! हमारी विवशता को हमारी दुर्बलता मत जानिए। व्यर्थ ही इस नाकुछ बात के लिए आन-बान को बीच में मत लाइए। यह हमारा गाँव है। चारों ओर हमारे अपने खड़े हैं। हम चाहें तो एक भी बाराती जिंदा नहीं लौट सकता। बारात लाशों के रूप में ही लौटेगी। तोहफों में नरमुंड ही जाएँगे।"

दुर्गादास ने दहाड़ते हुए कहा, "ठाकुर सा ठीक फरमा रहे हैं। यह हिजड़ों का गाँव नहीं है। यह योद्धाओं का गाँव है जो तलवारों की धार पर चल सकते हैं, जान को हथेली पर रखकर रणक्षेत्र में पर्व मना सकते हैं, जुझार बन कर शत्रु-दल का दमन कर सकते हैं।"

बींदराजा के पिता के होश ठिकाने आ गए। सोचने लगा कि अपनी गली में कुत्ता भी शेर होता है और यहाँ तो एक से बढ़कर एक शेर हैं। वस्तुतः यह सिंहों का गाँव है। तलवारें, भाले और तीरकमाणवालों का गाँव है। सोच में पड़ गए। गर्दन स्वतः ही झुक गई।

दुर्गादास ने फिर कहा, "यह रजपूताई नहीं है, यह कायरता है। क्षत्रिय गौरव नहीं, बौनापन है। श्रेष्ठता नहीं, जघन्यता है। कोई भी साली आरती उतार सकती है। रस्म पूर्ति के लिए छोटे-बड़े का प्रश्न नहीं होता।"

बींदराजा का बाप भयभीत हो गया। उसने क्षमा माँगी। इसी बीच एक बात उपजी। बींदणी बनी कुँवरानी ने उनके बीच आकर घोषणा सी की, "मैं यह ब्याह नहीं करूँगी। जिस घराने में ऐसे विचारहीन सनकी पलते हैं, वहाँ कोई नारी सुखी नहीं रह सकती। मैं इन मूढ़-मतिवालों के बीच नहीं जाऊँगी।"

ठाकुर निहालसिंह यह अनचीती सुनकर ठगा-सा रह गया। कठिनता से बोला, "यह क्या कह रही हो बेटी।"

"मैं ठीक कह रही हूँ बापजी। जो लोग अपमान के विषाक्त घूँट पीकर यहाँ से जाएँगे, क्या उनका विष स्वतः ही समाप्त हो जाएगा। यह विष घृणा के रूप में मुझे यातनाएँ दे-देकर समाप्त होगा। बापजी ! मैं यह विवाह नहीं करूँगी। यदि आपने मुझे इसके लिए बाध्य किया तो मैं अपने प्राण त्याग दूँगी। कटार को सीने में भोंक कर अपनी इहलीला समाप्त कर दूँगी।"

दुर्गादास ने घृणा से बींदराज के पिता को देखकर कहा, ''हमारी बाई सा ठीक कहती है। उनका निर्णय उचित और सार्थक है। क्षत्रिय अपमानित होकर आहत भुजंग बन जाता है। वह फिर निरर्थक दंश मारने लगता है। ऐसी स्थिति में उससे दूर रहना ही उचित है।''

सबने दुर्गादास की बात का समर्थन किया। ठाकुर निहाल नितांत विगलित हो गया। उसने अपने डबडबाए नेत्रों से देखा। फिर ठाकुरों, उमरावों, साऊकारों, अतिथियों, विवाह मंडप, बन्दनवारों, रंग-बिरंगी चाँदनियों, कनातों, शहनाईवादक, शंख बजानेवाले, उदास बैठे पंडित, सलमे-सितारों और कनार से दमकते-चमकते वस्त्रों में लिपटी लुगाइयों, संदिग्धावस्था में खड़े परिजनों को अपनी दृष्टि में भरकर अश्रु टपका दिए। एक बाप के लिए इससे भयंकर त्रासदी क्या हो सकती है ? उसने अपनी गौरांगी और सौंदर्यवती कन्या को देखा। साटन के तारों से जड़े लाल रंग के घाघरा, कांचली-कुर्ती और ओढ़ना पहने। आकृति पर चमकते ललाट पर स्वर्ण-टीका, नाक में काँटा, कानों में सुरलिए और बालियाँ। आह ! कितनी सुंदर लग रही थी वह। अनुपम और अपूर्व। उसने लपककर अपनी बेटी को सीने से चिपका लिया। ममत्व से उसका सिर सहलाने लगे। बुदबुदाने लगे—बेटी ! ये सब भाग्य के खेल हैं—भाग्य के। होनी को कोई नहीं मेट सकता। उसका लिखा अटल है। कदाचित् इसमें ही तुम्हारा हित हो। कहते हैं—ईश्वर जो करता है, अच्छा ही करता है।

दुर्गादास ने कठोर स्वर में बींदवालों से कहा, ''अब आप अपनी खैर मनाते हुए चले जाइए। यही आपके लिए अच्छा रहेगा।''

''जब हम अपनी गलती मान रहे हैं तब आप हमें क्षमा क्यों नहीं करते ?'' बींद के बाप ने कहा।

दुर्गादास ने कहा, ''जिस क्षमा का संबंध क्षणिक हो, वह तो ठीक है पर हमारी बाई आपके घर जाएगी। वहाँ कौन होगा उसकी सहायता करनेवाला। वह अकेली होगी तब आप उस पर निर्मम अत्याचार करेंगे ? क्षत्रिय अपमान को कभी भी नहीं भूल सकता। वह अपमान को स्मरण करके पिशाच तक हो सकता है। आप पधारिए श्रीमन्त।''

बारात लौटने लगी। सब पर गहरा मौन छा गया। बस आहटें उपस्थिति का अस्तित्व बता रही थीं।

थोड़ी देर में विवाह-स्थल पर मातमी सन्नाटा छा गया। भयावह मौन।

दुर्गादास शनैः-शनैः चला। पगडंडियाँ सूनी थीं। चुप्पी थी। बस कभी-कभी श्वान भोंक कर उस मौन को भंग कर देते थे।

दुर्गादास जब घर पहुँचा तब उसकी माँ उसकी बेचैनी से प्रतीक्षा कर रही थी। वह कच्चे लीपे प्रांगण में खाट पर बैठी थी। ऊपर खुला अनंत आकाश। झिलमिलाते तारे। सप्तऋषि मंडल, ध्रुवतारा, किरत्यों का समूह। आकाश-गंगा।

जैसे ही दुर्गादास ने उढके किवाड़ों को खोला, वैसे ही माँ ने आकाश में किरत्यों की स्थिति देख कर कहा, "एक पहर रात बीत गई है बेटा, ब्याह अच्छी तरह हो गया न ?"

दुर्गादास माँ के समीप खाट पर बैठ गया। तारों का हलका-हलका उजास था। अपनी माँ के चेहरे पर अपनी दृष्टि जमा कर बुझे स्वर में दुर्गादास ने कहा, "नहीं माँ सा, ब्याह नहीं हुआ। बारात वापस चली गई।"

"क्यों ?" चौंक पड़ी उसकी माँ।

सारी बात बताकर दुर्गादास ने कहा, "बेटेवाले इतने दंभी क्यों होते हैं माँ सा। अपने को कुलीन कहनेवाले इतने तुच्छ क्यों होते हैं ? माँ सा ! एक बार तो मुझे इतना तेज गुस्सा आया कि मैं उन सबको धूल चटा दूँ। खून की नदियाँ बहा दूँ। यदि कोई मेरी सगी बहन के साथ ऐसा करता तो बींद का सिर धड़ से अलग करके उसके पिता को सौंप देता। पृथ्वी पर ऐसा अन्याय क्यों होता है ? ईश्वर ऐसे लेख क्यों लिखता है ? क्यों मनुष्य को पीड़ा देता है !"

उसकी माँ ने उसके सिर पर हाथ रखकर कहा, "बेटा ! यौवन जीवन का सर्वश्रेष्ठ काल है। प्रकृति द्वारा मानव को दिया गया सबसे श्रेष्ठ और आनंददायक वरदान है। माधुर्य से सिक्त प्रसाद है। इस काल में मानव-देह ज्वलन्त रहती है। धमनियों में रक्त का संचार तीव्र होता है। शक्ति और उत्साह का काल है। निष्क्रिय होकर बैठने का काल नहीं पर इस आयु में मनुष्य को अपनी भावनाओं पर अंकुश लगाना होता है। वह इतना प्रबल व प्रचंड स्वभाव का बन जाता है कि हिताहित का अंतर भी नहीं कर सकता। हिंसा-अहिंसा का भेद भी नहीं कर सकता। वह केवल जोश में आकंठ डूबा रहता है। ऐसे समय विवेक को जाग्रत रखना चाहिए। विवेक ही उसे निरर्थक कार्यों से बचा सकता है। बेटा ! बारात सकुशल वापस लौट गई, अच्छा ही हुआ। यदि खूनखराबा हो जाता तो कितने ही निर्दोष व्यक्तियों के प्राण चले जाते ? यह लड़ाई न जाने कितनी पीढ़ियों तक चलती ?"

"वास्तव में मैंने ही संयम रखा। मैंने उन्हें चेतावनीपूर्ण स्वर में जाने को कह दिया। माँ सा ! उस धींव (छोरी) के मन पर दुखों का पहाड़ टूट गया होगा। हर छोरी विवाह के मांगलिक पर्व पर कितने मधुर सपने देखती है, जब वे धूल-धूसरित होते हैं तो मन दुखों से भर जाता है।"

"हाँ बेटा ! स्त्री अपनी संपूर्ण अस्मिता से कभी भी नहीं जी पाई।" उसने आकाश की ओर देखकर कहा, "रात बहुत हो गई है, सो जा। सुबह खेत जाना है।"

"अच्छा माँ !" दुर्गादास माँ के चरण-स्पर्श करके बाहर बिछी खाट पर सो गया।

दुर्गादास की माँ आज जब भाता लेकर खेत पहुँची तब दुर्गादास पखेरुओं को उड़ा रहा था। उसने लकड़ियों को जोड़ कर उसे फटी हुई अंगरखी पहनाई। एक हंडिया जो रंग की काली थी, उस पर सफेद मिट्टी से गोल-गोल आँखें बनाईं। गोल ही मुँह बना दिया। वह राक्षस-सा लगता था।

माँ उसे देखकर हँस पड़ी। उपहासमिश्रित स्वर में बोली, ''ऐसा दैत्य बना दिया है कि पक्षी क्या, मनुष्य भी इसे देखकर डर जाएँगे।''

''क्या करूँ माँ सा, चिड़ियाएँ तो बड़ा तंग करती हैं। अब वे नहीं आएँगी।''

उसने हाथों को झड़काया। धोती के पिछले हिस्से पर हथेलियाँ रगड़कर मिट्टी पोंछी। वह खाना खाने बैठ गया। माँ को देखकर प्रायः दुर्गादास के मन में यही प्रश्न उठता है कि माँ उसे पति के झगड़े का कारण क्यों नहीं बताती। क्यों गोलमटोल उत्तर देती ? वह तब गहर-गंभीर मौन धारण कर लेता था। आज तो वह कुछ बेसी ही उद्विग्न हो गया जब वह खेत की बाड़ से निकलती बांडी (एक छोटा श्वेत साँप) को किवाड़ी से मार कर उसे बेर की झाड़ी पर लटका रहा था तब दो रास्ता चलते मिनखों (मनुष्य) में से एक मिनख ने कहा, ''यह दुर्गादास राठौड़ है। इसके बाप ने इसकी माँ को छोड़ दिया है। यह बेचारा किसान की तरह काम करता है और इसके पिता आसकरणजी जोधपुर दरबार में मजे करते हैं। ठकुराई का आनंद लूटते हैं।''

माँ उसके अंतर्द्वंद्व को उसकी आकृति पर रेंगते हुए भावों को देखकर समझ जाती थी। उसका गंभीर मौन स्वयं प्रश्न करता हुआ सा माँ को लगता था।

माँ ने खाट की टूटी मूंज के टुकड़े को स्पर्श करते हुए पूछा, ''क्या बात है बेटा ?''

''कुछ नहीं।''

''सुन बेटे, अंतस् के दुःख का एक क्षण मनवन्तर के बराबर होता है। उसे कह देने से वह छूमन्तर हो जाता है। मैं तुम्हें खूब जान गई हूँ। सच बता, क्या सोच रहे हो ?''

दुर्गादास ने कौर निगलकर लोटड़ी से पानी पिया। डकार ली। उदर पर हाथ फेरा। कहा, ''कुछ भी नहीं सोच रहा हूँ। सोचने का मेरे पास कुछ है ही नहीं। जिसके चतुर्दिक् केवल एक परिधि हो, एक सीमित आकाश हो, पृथ्वी हो, हवा हो, उगते और अस्त होते सूर्य का क्षितिज हो, वह कुछ नया सोच सकता है माँ सा।''

''तुम इस सत्य को क्यों नहीं समझते कि समय स्थिर और जड़ नहीं है। परिवर्तनशील है।''

''माँ सा !'' उसने कौर लेना बंद कर दिया। उसे प्रतीत हुआ कि जैसे उसकी क्षुधा मर गई है। व्यथित स्वर में बोला, ''आप मेरी वेदना को नहीं समझ रही हैं। मैं आपको प्रश्न तो कर सकता हूँ पर अपनी व्यथा की परिभाषा नहीं कर सकता।

मेरे अंतःस्थल में ज्वालामुखी है। भयंकर तपिस है। आखिर आपने मुझे जन्म ही क्यों दिया। मैं उपालम्भ, उलाहने, व्यंग्य और करुण-भाव नहीं सह सकता।"

उसकी माँ की आँखें भर आईं। बोली, "बेटा। स्त्री माँ बन कर ही संपूर्ण नारीत्व को प्राप्त करती है। यदि मातृत्व का अमृत मेरी नसों में नहीं होता तो मैं आत्महत्या कर लेती। मृत्यु को वरण कर लेती ? उस मृत्यु को जो सर्वस्व दुखों से मुक्ति दिलानेवाली होती है। समस्त शारीरिक-मानसिक कष्टों से छुटकारा दिलानेवाली होती है, मृत्यु। पति से प्रताड़ित, उपेक्षित और परित्यक्त स्त्री के लिए मृत्यु के अतिरिक्त कुछ हो सकता है ? पर मुझमें तू जन्मने लगा था।...पावन मातृत्व की करुणा और अलौकिक सुख का सागर मेरी आत्मा में लहराने लगा था। ऐसे सुखद क्षणों में मैं जितनी पीड़ित थी उतनी ही प्रसन्न थी। बेटे ! स्त्री संतान को जन्म देकर ही स्वजन्म के ऋण से मुक्त होती है। मेरे उदर में पल रहा शिशु निरपराध था। निरपराध को दंड देना स्त्री-प्रकृति के विरुद्ध है। स्त्री का मातृत्व दूध से तिरोहित होकर ही श्रेष्ठता के चरम शिखर को छूता है। बेटा ! तुम्हारा जन्म ही मेरा स्वर्णिम भविष्य है। आशाएँ हैं, इच्छाएँ हैं। मातृत्व ही स्त्री की मुक्ति, भक्ति और शक्ति है। यदि तुम न होते तो मेरा कोई अर्थ नहीं होता। तुम्हारे कारण ही मेरे जीवन में कितने ही प्रश्न, उत्तर, अर्थ और मर्म पैदा हो गए हैं। सार्थक जीवन का भविष्य सजीव हो गया है। अब और क्या कहूँ ?"

दुर्गादास को लगा कि उसने अपनी माँ के वेदनाओं से भरे हृदय में खंजर भोंक दिया है। उसे लगा कि कई बार वह नादानियाँ कर देता है। उसने अपने आपको धिक्कारा। लेकिन वह भी क्या करे ? वह जितना नीरस जीवन जी रहा है, उसमें भला कौन सामान्य रह सकता है ?

उसकी माँ फिर बोली, "मैं जिस तरह तुम्हारा पालन-पोषण करना चाहती थी, नहीं कर पाई। पर इसके पीछे मेरा अपना दुर्भाग्य ही है। मेरे दुर्भाग्य की काली छायाएँ तुम पर भी पड़ीं। यदि मैं अपना मान छोड़ देती तो तुम्हारे पिताजी से समझौता हो सकता था। यदि मैं प्रतिष्ठा के परदे को जीर्णशीर्ण कर देती तो कदाचित् हमें इन दुर्दिनों का सामना नहीं करना पड़ता।" उसकी माँ पल भर के लिए नयन मूँद कर फिर बोली, "पर मैं भी तो क्षत्राणी हूँ। मानिनी हूँ। मुझमें भी हठ है। अनुचित सहने के बदले कष्ट उठाने की क्षमता है।"

दुर्गादास ने अपनी माँ के हाथों को पकड़कर कहा, "माँ सा ! आप मुझे क्षमा कर दीजिए। मुझमें विचित्र-सी हीनता आ गई थी। मैं इस हीनता को त्याग कर अपनी सामर्थ्य को आँकूँगा। माँ सा। मैं अब जवान हो गया हूँ। क्षत्रिय-पुत्र हूँ। हल चलाते-चलाते मेरा मन श्रांत-क्लांत हो गया है। मैं किसी रियासत के महाराजा की सेवा में जाकर अपनी वीरता और रण-कौशल को दिखाना चाहता हूँ। अपने पराक्रम धर्म-कर्तव्य और स्वामिभक्ति से सर्वोपरि पद को प्राप्त करना चाहता हूँ। जो भी मेरा

स्वामी हो, उसकी परीक्षा की कसौटी पर खरा उतरना चाहता हूँ।''

"तुम ठीक कहते हो बेटे, अब समय आ गया है कि तुम अपना रण-कौशल दिखाओ। मैं तुम्हारे इस निर्णय के बारे में सोचकर बताऊँगी। कम-से-कम मैं यह अवश्य चाहती हूँ कि तुम मारवाड़ाधिपति यशवंतसिंहजी के दरबार में न जाओ। वहाँ तुम्हारे पूज्य पिताजी सरदार हैं। हाँ, मेवाड़ ही तुम्हारे लिए उपयुक्त होगा।''

"जैसा आप उचित समझेंगी, वैसा ही बता दीजिएगा।''

गाँव की विरहन ब्राह्मणी सुभगा अपने मर्मभेदी स्वर में गा उठी :

साजन घर आवोजी,
म्हलां में डरपे सुंदर अकेली।

सुभगा जवान विधवा थी। उसका पति महाराजा गजसिंहजी के साथ युद्ध में मारा गया था। उसकी मृत-देह नहीं मिली। उसे ढाढ़स बँधाने के लिए झूठ ही कह दिया कि उसका पति जीवित है और शत्रु के बंदीगृह में है। वह पति को अत्यंत प्रेम करने वाली थी। बेचारी के हाथों की मेहंदी का रंग फीका ही नहीं हुआ कि उसका पति रणक्षेत्र में वीरगति प्राप्त हो गया। जो सैनिक रण क्षेत्र से आया था उसका साहस नहीं हुआ कि वह सुभगा को कह दे कि उसके पति का देहांत हो गया है। जब उसने करुण-क्रंदन करके पूछा, "कहाँ हैं मेरे देवता, मेरे चुड़ैले के स्वामी, सेज के सिंगार, कहाँ हैं, भाई सा बताओ वे कहाँ हैं ? यदि वे वीरगति को प्राप्त हो गए हैं तो उनकी पगड़ी लाकर दो ताकि मैं सती हो जाऊँ। उनके बिना जीवित रहना पत्नी के लिए कोई मायना नहीं रखता।''

अपार विषाद। अश्रुओं की धारा। सैनिक सच नहीं बोल सका। उसने कह दिया कि वह शत्रुओं द्वारा बंदी बना लिया गया है। तब से वह सुहागिन बनी पिया की प्रतीक्षा में जी रही है। कभी-कभी रात्रि के नीरव पहरों में जब धरित्री का कण-कण प्रशांतता से घिर जाता है। आकाश-पृथ्वी, समीर सब गूँगे हो जाते हैं तो उसका हृदय विदारक मधुर स्वरगीत की स्वरलहरी छोड़ देता है।

दुर्गादास ने बाहर से वापस आकर कहा, "माँ ! सुभगा बहू को हम क्यों नहीं सच बता देते ? एक स्त्री के लिए इससे बड़ा कष्ट क्या होगा कि वह झूठ को सच समझकर जी रही है। जो है ही नहीं, उसे हैं समझकर कब तक हम उसे अज्ञात पीड़ा देते रहेंगे ?''

"दुर्गादास ! जीवन की विडंबनाओं से कौन वंचित रहा है ? दुःख का एक रूप नहीं होता। दुःख अनेक रूपों में आता है। जब तक भोगना लिखा होता है तब तक भोगना पड़ता है। सो जा बेटा।''

दुर्गादास जाकर सो गया। उसे नींद कहाँ ? अनगिनत तारों भरे आकाश को अपलक देखता रहा।...कब वह निद्रा के गहन अंक में समा गया, उसे पता ही नहीं चला।

सूर्य उगने के पूर्व दुर्गादास उठ गया था। नभमंडल निर्मल था। धुला-धुला। नितांत नीला। चंडिका के मंदिर की घंटा ध्वनियाँ होने लगी थीं। शंख बजने लगा था। दुर्गादास पीतल का गोल पेंदीवाला लोटा लेकर जंगल की ओर चला गया था। वापसी पर वह दौड़ लगाता हुआ आता था। दौड़ने की गति उसकी अति तीव्र थी। बहुत तेज धावक था वह। फिर दंड-बैठकें लगाता था।

उसकी तेल से भीगी मश्कें मोहती थीं। हृष्ट-पुष्ट शरीर का अवलोकन उसकी धात्री प्रभात-वेला में ही करती थी ! मुग्ध-भाव से वह उसके बलिष्ठ और आकर्षक बदन को देखती रहती थी। फिर काजल की बिन्दी ललाट के दाईं ओर लगाती थी। कई बार वह भाव-विभोर होकर थुत्कारा डालती थी ताकि उसके पुत्र को उसकी ही नजर न लगे। एक वाक्य उसकी जबान पर आते-आते रह जाता था कि तू सचमुच हमारा वंशज है। राठौड़वीर आसकरणजी का साक्षात् वीर-पुत्र है।

जब उसने ममता भरी दृष्टि से भरपूर देख लिया तो वह काली गाय को दुहने लगी। काली गाय के दूध से तीन सेर का जब पीतल का 'गूणिया' भर गया तो वह उसे लेकर आई। दुर्गादास ने गट-गट करके दुग्ध-पान कर लिया। उसकी आकृति पर तृप्ति के भाव आए। माँ मातृत्व से भर आई। उसके बालों को इस तरह सहलाने लगी जैसे वह कोई नन्हा-सा बच्चा हो।

दुर्गादास तरुण हो गया था फिर भी उसकी माँ को प्रतीत होता था कि उसकी छातियों में दूध सरसराहट कर रहा है। क्या यह आज भी संभव है कि माँ की ममता इतनी आर्द्र और वेगवती हो जाएगी कि दूध की धाराएँ प्रवाहित हो जाएँगी। कई प्राचीन लोक-कथाओं में ऐसा हुआ है। माँ के दूध की अजस्र धाराएँ पुत्र को देखकर फूट पड़ी थीं। ममता की पराकाष्ठा की यह स्थिति है।

"क्या सोचने लगीं माँ सा ?" दुर्गादास ने विमूढ़ बैठी माँ का ध्यान भंग किया।

"कुछ नहीं।"

"कुछ तो आप जरूर सोच रही थीं।"

दीर्घ निःश्वास छोड़कर उसने कहा, "सोच रही थी कि तुम चाकरी के लिए कोसों दूर चले जाओगे तुम्हारा वियोग मैं कैसे सह पाऊँगी। मेरा रोम-रोम तुम्हारे नाम की मौन ध्वनियाँ करता रहेगा। हर घड़ी मुझे तुम्हारी उपस्थिति का आभास होता रहेगा।...दुर्गादास ! जिसके अस्तित्व का कण-कण तुम्हारा है, वह कैसे तुम्हारी अनुपस्थिति को सहन करेगी। जो जड़-चेतन और समस्त प्रकृति में केवल तुम्हारे अहसास को देखती है, वह कैसे जीवित रहेगी ?"

दुर्गादास ने माँ को विश्वास दिलाते हुए कहा, "माँ सा ! जो साँस भी सोटी (सहज) अपनी माँ के कारण लेता है, वह उससे अलग कैसे रहेगा। मेरे शरीर की शक्ति में आपके आशीर्वाद का शोणित है। माँ सा ! मैं समझता हूँ कि आप सदा मेरे साथ रहेंगी। तन से भले ही नहीं, मन से। मैं सदा आपके चरणों में रहूँगा संपूर्ण

मनोयोग से अतः हम सदा संग ही रहेंगे। फिर कहीं भी जैसे ही सुव्यवस्थाएँ होंगी, आपको बुला लूँगा।"

"यह सच है कि शरीर भले ही जुदा हो जाएँ पर हमारी आत्माएँ सदा एक रहेंगी।"

"अच्छा माँ सा, मैं खेत चला।" उसने माँ के चरण-स्पर्श किए और खेत की ओर प्रस्थान कर गया।

खेत धूप से भर गया था। हरियाली सघन हो रही थी। उसके खेत में दो तोते आकर खेजड़े पर बैठ गए थे। उसने नीम का दाँतुन तोड़ कर दाँत साफ करने शुरू कर दिए। तोते बोलने लगे। वह उसे अपलक निहारने लगा। खेत से थोड़ी दूर पर तालाब था। वह उसमें स्नान करने चला गया।

तालाब के घाट आकर्षक थे। लाल पत्थरों के मजबूत घाट। एक-दो छतरियाँ थीं जिसके गोलाकार स्तंभों की महीन नक्काशी अत्यंत ही कलात्मक थी। ये छतरियाँ किसकी थीं, इसे कोई नहीं बता सकता था—प्रमाणिक रूप से। इतिहास की अनेक घटनाओं, तिथियों और सच्चाइयों की तरह ये छतरियाँ भी कितने ही झूठे विवादों और दंत-कथाओं के निराधार तथ्यों से आवेष्टित होकर अपना मूल सत्य खो चुकी थीं।

दुर्गादास ने तालाब के घाट पर बैठकर कुल्ले करने शुरू किए। वह हथेली भरकर पानी मुँह में डालता और कुल्ला बाहर थूकता। उसने सुन रखा था—बिल में मूते, जल में थूके, उसके पाप कभी नहीं छूटे। जल में थूकना पाप है ! वह कुल्ले करके तालाब में तैरने लगा। बड़ी देर नहाकर उसने अपनी धोती धोई। गमछा पहन कर खेत की ओर रवाना हुआ।

रास्ते में कई हिरन छलाँगें मारते हुए, दौड़ते हुए उसे दिखाई दिए। उसके पीछे एक अत्यंत हराभरा खेत था।

दुर्गादास उस प्रकृति के सुरम्य दृश्य को निहारने लगा। श्रावण मास का माधुर्य, वातावरण में विचित्र सा-विस्तृत होता है। वर्षा ऋतु की चित्ताकर्षक हवाएँ। ऐसी मादक ऋतुएँ तरुणावस्था में असीम आनंद देती हैं। दुर्गादास युवा था। वह छलाँग लगाते हिरनों को देखकर आह्लाद से भर गया।

प्रकृति का सौंदर्य ही मानव-मन का सच्चा चित्तराम उत्पन्न करता है। वह सौंदर्य मन के शुष्क व बंजर कोनों को सज्जित कर देता है। वह मन की परती धरा को उर्वर बना देता है। इसीलिए प्रकृति का सौंदर्य ही शाश्वत होता है।...संपूर्ण पृथ्वी पर उसका सौंदर्य कहीं न कहीं और किसी रूप में अवश्य स्थित रहता है।

दुर्गादास उस सौंदर्य का रसपान करता हुआ अपने खेत में पहुँचा तो उसे यह देखकर आश्चर्य हुआ कि एक बलिष्ठ व्यक्ति खड़ा-खड़ा उसकी तीव्रगति से धावित होनेवाली सुंदर सांडणी (ऊँटनी) को ललचायी आँखों से देख रहा है।

यह सांडणी उसने स्वयं पाली थी। उसे एक चतुर राईका की तरह पाला-पोसा था।

राईका राजस्थान के वे लोग हैं जिन्हें ऊँट के बारे में बड़ा ज्ञान होता है। ये समर्पित लोग हैं जो ऊँट की रग-रग पहचानते हैं। कहते हैं कि राईका ऊँट को छत पर चढ़ा-उतार सकता है। वे ऊँट को प्रशिक्षित भी कर सकते हैं।

दुर्गादास उद्विग्न हो गया। यह कौन है जो उसकी सांडणी को घूर-घूर कर देख रहा है।

वह त्वरा से पाँव उठाकर उस व्यक्ति के पास गया। कहा, ''जै माताजी, कहाँ से पधारे हैं आप। कुण सरदार हैं आप ?''

आगंतुक के सिर पर बंधेज का पंचरंगी साफा था। कानों में लांग और सोने के भांवरिए थे। कमर में तलवार लटक रही थी।

आगन्तुक ने दर्प से कहा, ''मैं महाराजा श्री जशवन्तसिंहजी का 'राईका' हूँ। इस सुंदर और आकर्षक सांडणी को देखकर पाँव रुक गए। यह बहुत तेज भागनेवाली सांडणी है। आपने इसके शरीर पर खवास से जो मांडणें बनवाए हैं, वे तो अद्‌भुत हैं। क्या चक्र, क्या मोर, क्या पेड़-पौधे ? दीठ (नज़र) हट ही नहीं रही है।''

दुर्गादास ने कहा, ''इस सांडणी को मैंने ही छोटी से बड़ी किया है। इसे मेरे एक मित्र ने मुझे उपहारस्वरूप दी है। यह एक घंटे में दस कोस भाग सकती है। गगनचुंबी धोरों (रेत के टीले) को पार कर सकती है।''

''मैं तो इसे देखते ही समझ गया। राईका हूँ न। लेकिन···।''

''लेकिन क्या ?''

''यह सांडणी तो महाराजा के पास होनी चाहिए सब जानते हैं कि बड़ी वस्तु बड़े लोगों के पास ही शोभा देती है।''

दुर्गादास ने हँस कर कहा, ''यह आकाश और पृथ्वी तो सबसे बड़े हैं ये आपके महाराजा के पास क्यों नहीं हैं ? वे इस छोटे से राज्य पर ही क्यों संतोष कर रहे हैं।''

राईका उत्तेज़ित होकर बोला, ''आप महाराजा का अपमान कर रहे हैं।''

''नहीं राईका जी, मैं तो आपकी बात का उत्तर दे रहा हूँ।''

उसने दर्पपूर्ण स्वर में कहा ''मैं इस सांडणी को यहाँ से ले जाकर महाराजा को दूँगा। ऐसी सांडणी उनके ही प्रयोजन की होती है।''

दुर्गादास ने व्यंग्य से कहा, ''राईका जी ! उनके प्रयोजन की तो अनेक वस्तुएँ हैं। ऐरावत हाथी, आगरा का किला···भारतवर्ष का सिंहासन, राजपूताने की ठकुराई पर वे उन्हें प्राप्त तो नहीं।''

''मैं इस सांडणी को खोल कर ले जा रहा हूँ। देखता हूँ क्या करते हो !''

''तुम इसके हाथ तो लगाओ। जो हाथ इसे छूएँगे मैं उन हाथों को काट

डालूँगा।'' उसने दाँत पीसकर कहा।

''इतना घमंड ?''

''असली क्षत्राणी माँ का दूध पिया है, किसी गोली (दासी) का नहीं।''

''देखता हूँ तुम क्या करते हो ?'' राईका सांडणी को खोलने के लिए आगे बढ़ा। उसने अपनी तलवार म्यान से बाहर निकाल ली। चेतावनी भरे स्वर में बोला, ''मेरे काम में बाधा डालने की कोशिश मत करना। अनर्थ हो जाएगा। मैं महाराजा के स्वभाव को जानता हूँ। वे इसे पाकर प्रसन्न होंगे। आखिर राज्य के काम-काज में ही इस सांडणी का उपयोग होगा।''

दुर्गादास समय की नाजुकता समझ गया। वह लपककर झोंपड़ी में गया। अपनी तलवार ले आया। इस बीच राईका सांडणी को जो पेड़ से बँधी थी, खोलने लगा।

''रुक जा गोली का जाया (पैदा किया हुआ)। यदि तुम अब भी नहीं माने तो तलवार से टुकड़े-टुकड़े कर दूँगा।''

''जा रे जा कीड़े, महाराजा के राईके पर हाथ उठाना सरल नहीं। तेरी सात पीढ़ी को महाराजा कोल्हू में पिसवा देंगे। कैसा समय आ गया है कि राबड़ी भी कहने लगी कि मुझे दाँतों से खाओ।'' उसने कड़ककर कहा, ''कहीं चींटी भी हाथी की बराबर कर सके।''

दुर्गादास ने आगे बढ़ते हुए कहा, ''कई बार चींटी हाथी को मार भी देती है।''

राईका फिर सांडणी को खोलने लगा कि दुर्गादास ने राईका का हाथ पकड़ कर उसे दो-तीन बार घुमाकर गिरा दिया।

राईका ने अपनी तलवार निकाल ली। गरजकर बोला, ''गोली के जाए, अन्नदाता के राईके से बाथेड़ा करता है। लगता है कि तुम्हें अपने प्राणों से मोह नहीं है।...ले।''

उसने तलवार का प्रहार करना चाहा। दुर्गादास ने अपनी तलवार से प्रहार को रोका। द्वंद्व-युद्ध शुरू हो गया।

थोड़ी देर बाद दुर्गादास क्षुधित व्याघ्र की भाँति राईके पर प्रहार पर प्रहार करता रहा। चंद ही क्षणों में राईका का सिर धड़ से अलग था। धड़ थोड़ी देर तक तड़पता रहा।

जंगल की आग की तरह यह बात गाँव में फैल गई कि दुर्गादास ने राजा के राईके को मार डाला। कुछ भीड़ इकट्ठी हो गई। दुर्गादास महाकाल की तरह रक्त सनी तलवार लिये खड़ा था।

दुर्गादास की माँ को मालूम पड़ा। वह आकुल-व्याकुल सी भाग कर आई। उसके मुख पर आशंका और भय के विचित्र भाव थे। उसके अंग-प्रत्यंग में कंपन था।

माँ ने सन्निकट आकर घबराकर कहा, ''यह क्या कर डाला तूने ? राजाजी के राईके की हत्या कर दी। पहले से ही संकट क्या कम है जो तूने इतना भयानक

अपराध कर डाला।''

''माँ सा ! इसने मुझे शस्त्र उठाने के लिए विवश किया। यह महाराजा का नाम ले-लेकर मुझे धमकाता रहा और मेरी सांडणी को जबरदस्ती ले जाना चाहा। इसने मेरे रक्त को गाली थी। मुझे गोली का जाया कहा और मारना चाहा। माँ सा ! कोई श्रेष्ठ वंशज यह सहन नहीं कर सकता। फिर मैंने इसे निहत्थे को नहीं मारा। हमारे बीच द्वंद्व-युद्ध हुआ। युद्ध का परिणाम तो आप जानती हैं माँ सा, विजय या मरण अथवा पराजय या आत्मसमर्पण।''

''यह तो युद्ध का परिणाम हुआ पर इस तरह के जघन्य अपराध का परिणाम क्या होगा ? जानते हो, भयानक दंड। मृत्यु-दंड। सहज मृत्यु-दंड भी नहीं, अत्यंत पीड़ादायक मृत्यु-दंड।''

दुर्गादास ने अपनी रक्तरंजित तलवार को देखकर कहा, ''वीर पुरुष अपमानों और जबरदस्तियों को सहन करके तो नहीं जीएगा ? वह एक पल भी जीएगा तो गर्व और गौरव से। वह अपशब्द सुनकर चुप नहीं बैठा रहेगा। यदि उसमें शुद्ध कौटुम्बिक रक्त है तो वह उसकी जीभ काट डालेगा। मुझसे इस राईके की अशिष्टता सहन नहीं हुई ?...माँ सा ! न्याय के लिए हिंसा भी पाप नहीं होती। मैंने इसकी हत्या अपने पर हो रहे अन्याय के विरुद्ध की है।''

''यह सब करने के पूर्व मुझे सूचित तो करते ? यदि यह सांडणी ले भी जाता तो हम महाराजा के दरबार में गुहार करते। महाराजा हमें अवश्य न्याय देते ?''

दुर्गादास ने तरस भरे स्वर में कहा, ''यह तो आपने वणिक-बुद्धिवाली बात कर दी। शूरवीर चाहे वह किसी भी जाति व धर्म का हो, वह तत्क्षण ही निर्णय लेगा। वह परिणाम की तनिक भी चिंता नहीं करेगा।'' उसने एक पल रुककर कहा, ''माँ सा ! आप इसे मेरे विवेक और आयु का दोष समझ लें पर मैंने अन्याय के विरुद्ध ही शस्त्र उठाया है। मैं अपमान नहीं सह सकता, मैं न्यायपूर्ण बात के लिए हिंसक भी हो सकता हूँ। अपमान को सहने की दुर्बलता तो कायरता होती है। कोई मुझे अपमान का विष पिलाए और मैं क्लीव बना खड़ा रहूँ ? नहीं-नहीं माँ सा, कदापि नहीं। मैं इसे कतई नहीं सह सकता।''

उसकी माँ मांगलियाणी विचित्र पीड़ा से भर आई। विगलित स्वर में बोली, ''क्षत्रिय की आन-बान और विवेकहीन दंभ ने ही तो उनकी सत्ताएँ, वैभव और अस्तित्व को नष्ट किया है। नहीं तो क्या औकात थी महमूद गजनवी की, कि वह हमारे देश पर बार-बार आक्रमण करता और क्षमा माँग कर चला जाता। ...यदि पृथ्वीराज चौहान में शरणागत को क्षमा करने का संस्कारगत दंभ नहीं होता तो वह शत्रु का दलन कर देता।...बेटे ! शस्त्र उठाने के पहले अपने अंतःस्थल में विवेकपूर्ण विचार-विमर्श करना चाहिए।''

दुर्गादास को अपनी माँ की बात मर्मभरी लगी। नत-मस्तक होता हुआ वह

बोला, ''क्रोध में मनुष्य का विवेक मर जाता है। वह अपने समकक्ष खड़े शत्रु का नाश करने के लिए उद्विग्न हो उठता है। मैंने यह जो किया है, उसका मुझे न तो दुःख है और न पछतावा। मैं उसका दंड सहर्ष स्वीकार कर लूँगा।''

''मेरे लाडले। तुम मेरी वेदना को क्यों नहीं समझते ? अपने जीवन के स्वर्णिम काल के सुअवसरों की क्यों नहीं परिभाषा करते ? क्यों नहीं जानते कि इस अपराध का दंड मृत्यु भी हो सकता है। युवावस्था तक पहुँचने में तुम्हारी माँ को कितनी तपस्या करनी पड़ी है। तपस्या बिना किसी सुफल के भंग हो जाए तो व्यर्थ हो जाती है। उस निरर्थकता का बोध असंख्य दंश पीड़ाएँ देता है। इतना ही स्मरण करके अपने हाथों व इरादों को रोक लिया होता कि एक अभागी माँ के सहस्र स्वप्न तुमसे जुड़े हैं। उसका आत्म-दर्पण तुम्हारे क्रोध के एक प्रहार से चूर्ण-विचूर्ण हो जाएगा।'' ठकुराणी मांगलियाणी के नयन छलछला आए।

दुर्गादास का हृदय अपार वेदना से भर आया। उसकी माँ के कथन में सच्चाइयाँ थीं। उसकी ममता यदि उसे कोई भयंकर दंड मिला तो छिन्न-भिन्न हो जाएगी।

उसने सिर झुकाए हुए कहा, ''माँ सा ! मनुष्य के हृदय में क्या-क्या दबा है, यह वह नहीं जानता। कुछ भी घटित होता है, उसके पीछे कारण अवश्य होता है पर निश्चित इच्छा नहीं। क्रोध के काम में कर्त्ता की मनसा नहीं होती। अब आपको धैर्य धारण कर लेना चाहिए। मातृत्व के उद्रेक पर काबू करके भविष्य में आनेवाली सारी भयंकर विकट स्थितियों का सामना करने के लिए तत्पर हो जाना चाहिए। जिनके भाग्य में प्रकाश की एक किरण भी नहीं लिखी हो, उसे तो अंधकार का ही आलिंगन करना होगा। फिर भी आपके पुत्र से भिड़ना सरल नहीं है। लड़ाई शस्त्र और बल की ही है। आपका बेटा दुर्गादास भीम की भाँति वीर है। फिर महाराजा सत्य का अन्वेषण करके ही न्याय करेंगे।''

''जब प्रजा अपने स्वामी अथवा राजा को ईश्वर समझती है तो केवल उसकी इच्छा ही न्याय बन जाती है। उसके अनुचित आदेश को भी जन-जन इच्छा-अनिच्छा से स्वीकार कर लेता है। लोकतंत्र में ही बेटा न्याय दबावों और इच्छा से मुक्त होता है। कई बार तो इनकी जूती ही इनका कानून बन जाती है। कहने का मतलब यह है कि शक्तिशाली न्याय जैसी इच्छा हुई, वैसा कर देते हैं।''

दुर्गादास ने चिंतारहित होकर कहा, ''जो होगा, उसे भुगत लूँगा।''

उसी समय ठाकुर के लोग आए और कार्रवाई करने लगे।

थोड़ी देर में वहाँ खेत की धरती पर रक्त के बने कई चित्तराम दिखाई दे रहे थे।

इस हत्या का समाचार जोधपुर के महाराजा के पास पहुँचा। यह सन् 1655 के आसपास

की बात है। दुर्गादास यौवन की उत्ताल तरंगों में जी रहा था। सत्रह वर्षीय यह पूरा पट्ठा जवान लग रहा था। हालाँकि उसका जन्म 1638 में 13 अगस्त जोधपुर से नौ कोस दूर सालावास गाँव में हुआ था। उसका पिता आसकरण राठौड़ जोधपुर के दरबार में एक प्रतिष्ठित पद पर आसीन था। मंत्री था। लेकिन दुर्भाग्य यह था कि किसी बात से उसमें और दुर्गादास की माता में अनबन हो गई और समस्त रक्त के संबंध टूट गए। कौन-सी बात थी जिसके रहस्य पर पड़े पर्दे को न तो उसकी माता मांगलियाणी ने उठाया और न आसरकरण ने। यह रहस्य रहस्य ही बना रहा। जीवन को जीने के लिए कुछ रहस्य कभी भी प्रकट नहीं किए जाते हैं और कुछ घटनाएँ विस्मृति के गर्भ में डालकर मनुष्य निश्‍चिंत हो जाता है।

महाराजा जसवन्त सिंह ने दरबार में दुर्गादास को पहली बार देखा तो विमुग्ध-भाव से देखता रह गया। चौड़ा ललाट, तेजस्वी आकृति, सुगठित शरीर जिसका एक-एक अंग संशक्त और आकर्षक पुष्ट वक्ष। लंबे हाथ ! नेत्रों में दीप्त ज्योति की दहक। फूटती मूँछें।

महाराजा स्वयं उसे मुग्ध-भाव से अपलक निहारने लगे। समस्त उपस्थिति भी विमूढ़स्थिति में थी।

सेवट महाराजा ने अपना मौन तोड़ा, ''तुम्हारा नाम क्या है ?''

''दुर्गादास !''

''जाति ?''

''राठौड़।''

''गाँव।''

''लूणवा।''

''आयु ?''

''लगभग सत्रह साल।''

''राठौड़ और लूणवा ?'' वह विचारलीन सा हुआ। तभी दुर्गादास ने कहा, ''मैं अपनी ननिहाल में रहता हूँ। वहीं मेरा लालन-पालन हुआ अन्नदाता।''

''क्यों ?''

''महाराज ! इस सृष्टि में जो पराधीन है, वह निर्दोष होते हुए भी सबसे अधिक कष्ट पाता है। जिसका दोष राई जितना हो, उसे दंड पर्वत जितना मिलता है। सच ही कहा है कि पराधीन सपने सुख नाहीं।''

''तुम्हारे पिता का नाम।''

''महाराज ! आप मेरे पिताजी के नाम की जगह मेरे अपराध के बारे में जानिए। यह समझिए कि मैंने आपके इस अकड़बाज और अन्यायी राईके की हत्या क्यों की ? राजा प्रजावत्सल होता है। वह प्रजा का पोषण करता है। वह प्रजा को धनधान्य परिपूर्ण करता है। उसके मातहत मंत्री-संतरी, दीवान-दरोगे, सरदार-उमराव प्रजा की

रक्षा करते हैं, उन्हें सताते नहीं। उनका पोषण करते हैं, क्षरण नहीं। आपके राईके ने मेरी सांडणी को जबरदस्ती खोल कर आपको नज़र करना चाहा। मेरे बार-बार मना करने के बावजूद भी वह आपका राईका होने का दंभ बताता रहा। मुझे भयभीत करता रहा कि वह उसे बंदीगृह में डलवा देगा, यह करवा देगा-वह करवा देगा। आखिर हम दोनों उलझ गए। महाराज ! मेरी माताजी ने मुझे सदा अन्याय के विरुद्ध लड़ना सिखाया है। अधर्म के विरुद्ध विद्रोह करने की सीख दी है। हमारे मध्य द्वंद्व-युद्ध आरंभ हो गया। आप तो जानते हैं अन्नदाता, द्वंद्व-युद्ध में एक अवश्य मरता है। एक अवश्य पराजित होता है।'' उसने दीर्घ-श्वास लेकर पुनः कहा, ''आपके राईके ने मुझे बार-बार उत्तेजित किया, उकसाया और अंत में विवश कर दिया कि मैं उससे लड़ूँ।···महाराज ! मैं अन्न-धन देनेवाली अपनी खेती की धरती की सौगंध खाता हूँ कि आपके राईके ने मुझे गोली का जाया कहा। यह मेरी संघर्षशील, दुखियारी और मान-मर्यादा पर उत्सर्ग होनेवाली माँ पर गाली थी। उसने और भी कई अपशब्द कहे। आखिर मेरा रजपूती खून खौल उठा जिसका परिणाम आप श्री जी के सम्मुख है। न्याय-दंड आपके कर कमलों में है। सत्य आपके सम्मुख है।''

दुर्गादास ने अपना सिर झुका लिया।

महाराजा विचारता रहा। उसकी आकृति पर गंभीरता पसर गई। बोला, ''न्याय करने के पूर्व हम तुम्हारे पिता का नाम जानना चाहेंगे।''

''उस व्यक्ति के स्मरण मात्र से मेरे भीतर झंझावात से उठते हैं।''

''हमारी आज्ञा है, तुम अपने पिता का नाम बताओ।''

''महाराज ! उनका नाम है– श्री आसकरणजी राठौड़।''

महाराजा घड़ी भर के लिए खड़ा हो गया। विस्मय भरे स्वर में बोला, ''आसकरण जी राठौड़।''

अपने आसन पर बैठा आसकरण खड़ा हो गया—हठात्।

''कहाँ के आसकरणजी।''

''सालावास ठिकाणे के।''

''ओह ! हमारे ही मंत्री आसकरणजी के तुम बेटे हो दुर्गादास।''

''जी अन्नदाता ! दुर्भाग्य से बेटा मैं उनका ही हूँ। मेरी रगों में उनका ही पवित्र रक्त संचरण कर रहा है। लेकिन मैं अत्यंत पीड़ा और संकोच से कह रहा हूँ कि मैं उनका दुखियारा पुत्र हूँ। क्योंकि पितृ-प्रेम और स्नेह की छत्रछाया से मैं अभागा वंचित रहा हूँ। यह उपेक्षा और अन्याय की पराकाष्ठा नहीं है कि एक पुत्र पिता के होते हुए पितृ-हीन बना रहे। उसकी माँ डेरों व हवेलियों में न रहकर झोंपड़ी में रहे ?···अन्नदाता ! कार्य में वृषभ और जीवन में कृषक-सा जीवन जीनेवाला मैं उस पिता के प्रति जरा भी आदर कैसे रख सकता हूँ जिस पिता ने मुझे और मेरी माँ को दूसरों की दया पर छोड़ दिया।''

"कोई विवशता भी हो सकती है।"

ठाकुर आसकरण स्तब्ध व निस्पंद सा बैठा था।

"महाराज ! पति-पत्नी के संबंध विवशताओं से खंडित नहीं होते। पवित्र-बंधन है। मंत्रों व अग्नि की साक्षियों के सम्मुख जोड़ा गया महान् गठ-बंधन है। लेकिन इस समाज ने स्त्री को कुछ भी अधिकार नहीं दिए हैं। कोई स्थायी सम्मान और प्रतिष्ठा नहीं दी। बड़ी दीन और लाचार है वह। पुरुष उस पर अपने विचार, संस्कार, आदेश और व्यक्तित्व लादता है। उसको दो जून रोटी और पहनने को वस्त्र देकर उसका हर दृष्टि से शोषण करता है।"···

वह आगे बोलना चाहता था कि महाराजा बीच में बोला, "दुर्गादास ! फिर बताओ, तुम्हारी आयु क्या है !"

वह धीमे से हँसा। बोला, "इस देह की आयु तो सत्रह-अठारह होगी पर मन-ज्ञान की आयु तो काफी हो चली है। कभी विचारते-विचारते लगता है कि कहीं से मैं वृद्ध हो चला हूँ।" दुर्गादास के चेहरे पर पीड़ाओं की परत पसर गई। वह पुनः बोला "हम वास्तविक प्रसंग से हट गए हैं दीनानाथ।"

महाराजा भी चौंक गया। बोला, "हाँ-हाँ, हमें तो न्याय करना है।"

"हाँ, अन्नदाता। आप न्याय कीजिए। मैं दीन-हीन हूँ। मेरे हाथ में किसी तरह की समर्थता नहीं है। आप स्वयं विद्वान् हैं और जानते हैं कि जिसके पास सम्पदा और सामर्थ्य होता है, वह अपनी मिथ्या बात को भी सच सिद्ध कर सकता है। जिसके पास सत्ता और शक्ति होती है, वह धर्म और न्याय की व्याख्याएँ भी बदलवा देता है। मैं तो अंकिचन हूँ पर अपनी आदरणीय माँ की सौंगंध खाकर कहता हूँ कि मुझे आपके राईके ने शस्त्र उठाने के लिए विवश किया था।"

महाराजा ने निर्णय सुनाते हुए कहा, "हमने तुम्हारे बयानों पर विश्वास किया। हमारे मन ने भी इसे माना है कि तुमने जो भी कहा, सच कहा, इसलिए हम तुम्हें दोष मुक्त करते हैं और हृदय से क्षमा भी करते हैं पर चंद शर्तों पर।"

दुर्गादास विह्वल हो उठा। आँखें छलछला आईं। महाराजा के चरण-स्पर्श करके उसने विगलित स्वर में कहा, "अन्नदाता ! मुझे मृत्यु वरण से भी भय नहीं था। लेकिन आपका यह जीवनदान वस्तुतः संघर्षशील और ममता का वर्षण करनेवाली मेरी माँ को जीवनदान दिया गया है। मैं आपका रोम-रोम से कृतज्ञ हूँ। बताइए, आपकी क्या शर्तें हैं।"

"हम तुम्हें उपसेनापति का पद देते हैं।"

"मुझे स्वीकार है अन्नदाता।"

"आज आप हमारे साथ थाल-अरोगेंगे।···दीवानजी ! दुर्गादासजी के लिए नई पोशाक आदि की व्यवस्था की जाए।"

"जो हुक्म अन्नदाता।"

फिर उन्होंने अपने समीप विराजे हुए राजपुरोहित के कान में कहा, ''आप आसकरणजी को कह दीजिए कि वे भी हमारे साथ थाल अरोगेंगे।''

दुर्गादास ने विनती की, ''अन्नदाता ! मेरी माँ ने मेरे जीवन की चिंता के लिए अन्न-जल ग्रहण नहीं किया होगा। मुझे एक बार यह खुशखबरी सुनाने के लिए लूणवा जाने की आज्ञा दें।''

''उन्हें सारे समाचार भिजवा देंगे पर आप थाल अरोग कर ही जाएँगे।''

दरबार समाप्त हो गया।

ठाकुर आसकरण दीवान के साथ जाता हुआ दुर्गादास को किस दृष्टि से देखता रहा, कहा नहीं जा सकता।

मंत्रणा-कक्ष में आसकरण और महाराज के बीच गंभीर वार्तालाप हो रही थी। गवाक्ष से सूर्य की पवित्र किरणें अपना उजाला फैला रही थीं। एक-दूसरे के समक्ष गवाक्ष थे अतः उत्तरार्द्ध और दक्षिणार्द्ध हवाएँ कक्ष के भीतर आ-जा रही थीं जिससे गर्मी नहीं लग रही थी। हवा में भी वर्षा ऋतु का हलका ठंडापन व गीलापन था।

''ठाकुर सा ! आपने हमें कभी नहीं बताया कि हमारे एक पुत्र और है जिसका नाम दुर्गादास है।''

ठाकुर आसकरण बोला, ''कोई भी क्षत्री थूककर चाटता नहीं। मैंने उसका और ठकुराणीजी का त्याग कर दिया था। जिसको त्याग दिया, उसको कैसे स्मरण करूँ। कैसे अपना कहूँ ?''

जसवंतसिंह निपुण था। विहँसकर बोला, ''हाँ ठाकुर सा, हम पुरुष हैं न, थूक कर नहीं चाटते। कारण भी स्पष्ट है कि हम एक क्या, जितनी चाहे पत्नियाँ रख सकते हैं पर भारतीय नारी तो एक ही पति रख सकती है। दूसरे की कल्पना भी नहीं कर सकती। दूसरे पति की कल्पना मात्र से वह काँप उठती है। अपने को पापिन, विधर्मी और दुश्चरित्र समझने लगती है। यह न्याय तो नहीं हुआ ?''

''हम बात के धणी हैं। न्याय-अन्याय नहीं समझते। महाराज ! मैं नहीं बता सकता कि हमारा अलगाव किस विषाक्त कटु बात से हुआ है।''

''पर पुत्र तो आपका ही है।''

''अवश्य।''

''फिर माँ के दोष का दंड पुत्र क्यों भोगे ? क्या आपका अपने खून के प्रति भी सम्मोह नहीं जागा। यह कोई बात है कि दो पाटों के बीच घुन भी पिस जाए।''

''अन्नदाता ! जब हृदय में घृणा का वास हो जाता है तब स्नेह का सागर सदा के लिए सूख जाता है। मैंने मांगलियाणीजी को पूरी तरह विस्मृत कर दिया। अन्नदाता ! जिस गाँव जाना ही नहीं, उसका रास्ता क्यों पूछूँ ?''

"पर आपका पुत्र सुयोग्य और शूरवीर है। आपकी ठकुराणी मांगलियाणीजी ने उन्हें श्रेष्ठ शिक्षा दी है। मेरा पूरा भरोसा है कि आपका सुपुत्र दुर्गादास एक दिन सूर्य की भाँति तेजस्वी और यशस्वी होगा। आपको उसे प्रेम और अपनत्व देना चाहिए। हमने उसे जो पद-प्रतिष्ठा प्रदान की है, उसकी वह अवश्य ही गरिमा रखेगा। हम तो उससे पहली ही दृष्टि में मोहित और प्रभावित हो गए।"

आसकरण ने पल भर के लिए नेत्र मूँदे और खोले। बोला, "आप हमारे स्वामी हैं। ईश्वर हैं। आप जो भी करेंगे, अच्छा ही करेंगे। लेकिन इतने उग्र स्वभाव का व्यक्ति दुर्गादास क्या राजनीति व कूटनीति के लिए सही रहेगा।"

इस बार महाराज फिर हँसा। बोला, "यह उग्रता उसमें आपकी है लेकिन उसमें एक अलग तरह का धैर्य और संयम है। विवेक है अतः वह हर समस्या को हल कर लेगा। संकट से उबर जाएगा।"

"मुझे ऐसी कोई आशा नहीं है।"

"यह आप सही नहीं कह रहे हैं। वह प्रबल पराक्रमी बनेगा। चाहे आप मानें या न मानें, आपकी ठकुराणी मांगलियाणीजी अत्यंत ही मेधावी और समझदार हैं। उन्होंने दुर्गादास को सभी तरह की शिक्षाएँ दी हैं। स्वाभिमानी और अभिमानी दोनों का अंतर समझाया है। मैं चाहूँगा कि आप अब अपने पुत्र व पत्नी को आदर सहित अपने रावले में प्रवेश दीजिए। मोट्यार बेटा वृद्ध होते हुए पिता का संबल होता है। साथी होता है, सुरक्षा होता है, यश होता है।"

"महाराज ! हृदयों में खटास पड़ जाने के बाद माधुर्य अपने पूर्ण प्रभाव से कभी भी नहीं आता। मैं समझता हूँ कि यह उचित नहीं होगा। कदाचित् वह मानिनी और अपने वचनों पर सदा अडिग रहनेवाली ठकुराणी यह प्रस्ताव माने ही नहीं।"

"आप तो पहले मानिए।" महाराजा ने परिहास से कहा, "हम तो सुनते आए हैं कि पति-पत्नी का झगड़ा सूर्यास्त के साथ ही समाप्त हो जाता है।"

ठाकुर आसकरण ने हताश-स्वर में कहा, "मुझे तो लगता है, या यूँ कहिए कि हमारी हठी प्रवृत्ति के कारण यह राड़ जीवनास्त के साथ ही समाप्त होगी। आप प्रयास करके देख लीजिए।"

उसी समय हाजरिया मनसुखसिंह दुर्गादास को लेकर आ गया।

दुर्गादास ने दोनों को सिर झुकाया। विनम्रता से कहा, "जै माताजी की महाराज, जै माताजी की ठाकुर सा।"

"पधारिए दुर्गादासजी।"

दुर्गादास दूसरी जाजम पर बैठ गया।

"आपने अपने पिताजी के कभी दर्शन ही नहीं किए !"

"नहीं अन्नदाता, ऐसा मैं भाग्यशाली कहाँ ?...फिर मेरी माँ सा अत्यंत ही मानिनी स्त्री है। उसने बचपन में मुझे कुछ बताया ही नहीं। मैं जब समझदार हुआ

तो मुझे भी इस बात का अत्यंत ही दुःख हुआ कि व्यक्तिगत बात के लिए इतनी उपेक्षा और घृणा। सच महाराज, एकांत के क्षणों में मैं निरंतर सोचा करता था कि जिसके रक्त और पौरुष का मैं अंश हूँ, उसके मन में क्या अपने अंश के प्रति तनिक भी मोह नहीं ? उसे देखने की तनिक भी ललक नहीं। ऐसा निर्मोही पिता कोई हो सकता है ?''

''है तो सही और वह पिता आज़ तुम्हारे सम्मुख बैठे हैं। ठाकुर आसकरण जी।''

दुर्गादास के काटो तो खून नहीं। अपलक दृष्टि जमा दी उसने अपने पिता पर। विमूढ़ और अचल हो गया वह।

महाराजा ने गंभीर स्वर में पूछा, ''क्यों, विश्वास नहीं होता ?''

दुर्गादास ने बुझे स्वर में कहा, ''आपकी बात पर मैं भला अविश्वास कैसे कर सकता हूँ ? यह मेरे पूजनीय पिता हैं, तो हैं। चूँकि ये मुझसे बड़े हैं, आपके दरबार के एक सम्मानित-प्रतिष्ठित सरदार हैं ; पर मैं केवल आपको नत-मस्तक होकर प्रणाम करता हूँ।''

''क्या आप अपने पिता को प्रणाम नहीं करेंगे ?''

उसने उदास होकर बुझे स्वर में कहा, ''नहीं महाराज, उस पिता को कैसे प्रणाम किया जा सकता है जिसे पुत्र जानता ही न हो ? यह तो संयोगवश आपने बता दिया महाराज वरना यह अकल्पनीय स्थिति भी कभी उत्पन्न हो सकती थी कि अनजाने में मैं और ठाकुर सा युद्ध भूमि में आमने-सामने होते और हम एक-दूसरे पर प्राणघातक आक्रमण कर देते। मार देते। सच तो यह है कि मैं प्रणाम करना नहीं चाहता और इन्होंने यह अधिकार खो दिया।''

इस अपमान से ठाकुर आसकरण का मुख ताम्रवर्णी हो गया। नसें तन गईं। अपने को संयत करके ठाकुर बोला, ''मैंने कहा न महाराज, इसमें उग्रता हद से ज्यादा है।''

''यह सब तारुण्य का प्रभाव है। यह प्रभाव है वर्षों से उपेक्षित रहे जीवन का।...दुर्गादासजी ! ठाकुर सा आपके पिता हैं। मैं चाहता हूँ कि आप सबमें समझौता हो जाए। ऐका हो जाए। विच्छिन्न परिवारों का जुड़ना भी शक्ति होती है।...आप बीते को भूल जाइए। बाप-बेटे एक होकर हमारी शक्ति में वृद्धि कीजिए।''

''महाराज !'' दुर्गादास ने कहा, ''अन्नदाता ! इनसे किसी तरह का समझौता करने का अधिकार मुझे नहीं है। ये सारे अधिकार मेरी परम आदरणीय माँ के पास हैं। ठाकुर सा मेरी माँ से बातचीत कर सकते हैं। मैंने तो बचपन से लेकर आज तक पितृ-स्नेह का स्पर्श भी नहीं पाया है। मैं तो केवल मातृत्व की घनी छाया में साँस लेता रहा हूँ। जिस माँ ने मुझे कभी भी स्नेह, प्रेम, ममता, वात्सल्य का अभाव नहीं होने दिया, जो मुझे हर दुःख-पीड़ा में अपनी छाती से लगाए रहीं, जो सदा मुझे

शस्त्र-शास्त्र की शिक्षा देती रहीं, उस विदुषी और करुणामयी माँ का मेरा रोम-रोम कृतज्ञ और श्रद्धानबत है। मेरी माँ कौटुम्बिक गौरव के दंभ को भुलाकर सदा मुझे यथार्थता का पाठ पढ़ाती रही है। उस माँ को ही राजीनामा करने का अधिकार है।''

ठाकुर आसकरण को यह विषय कुछ तिक्त होता हुआ लगा। वह कुछ कहता कि चाकर ने आकर कहा, ''महाराज की जय हो। थाल लगा दिए गए हैं।''

ठाकुर ने उठते हुए कहा, ''चलिए, भोजन कर लें।''

''मुझे विश्वास है कि आप एक बार ठकुराणीजी के पास अवश्य जाएँगे। मनुष्य को सुख के क्षण जितने मिल जाएँ, उतने ही अच्छे हैं।'' महाराजा खड़ा होकर चल पड़ा। उसके पीछे वे दोनों थे।

अपराह्न !

सूर्यदेव प्रतीची के प्रांगण की ओर प्रस्थान कर रहे थे। धूप में हर वृक्ष-पौधे की छायाएँ लंबी हो गई थीं। कहीं-कहीं मयूर अपने पंख विस्तृत करके मुक्त लास्य में प्रमत्त से लग रहे थे।

पगडंडियों की धूल वर्षा ऋतु में जम जाती है। हरीतिमा की चादर अपना अस्तित्व बताने लगती है।

दुर्गादास अश्वारूढ़ हुआ लूणवा की ओर द्रुतगति से अग्रसर हो रहा था।

उसे चिंता थी कि उसकी माँ के लिए एक-एक पल पर्वत-सा हो रहा होगा। पुत्र को राजा के लोग अपराध में पकड़कर ले गए थे। क्या दंड मिला होगा, उसके पुत्र को, इसी द्वंद्व में वह उद्विग्न और चिंतित थी।

माँ की स्मृति आते ही दुर्गादास अश्व को तेज भागने के लिए ललकारता था।

सेवट उसका घर दिखाई दिया।

इस समय सूर्य देवता प्रतीची के प्रांगण के अंतिम छोर तक पहुँच गए थे। फिर भी हलका उजाला था।

एक घुड़सवार को गाँव में प्रवेश करते देखकर गाँववाले उत्सुकता से भर गए। सबके भीतर संदेह के काँटे उग आए। 'क्या दुर्गादास का अपराध इतना संगीन है कि गाँववालों को पकड़ने आ गया है सैनिक।' सबके भीतर भय संचरण हो गया।

घुड़सवार गाँव के भीतर आया। वहाँ एक चामुंडा का मंदिर था। घुड़सवार उतर कर मंदिर में गया। देवी के दर्शन करके पुजारी के चरण-स्पर्श करके कहा, ''पुजारी जी पगेलागूँ।''

''कौन…दुर्गादास ?…अरे बेटे ! मैं तो सुबह से देवी माँ से प्रार्थना कर रहा था कि माँ दुर्गादास पर दया करना। तू तो जगत् अभयदात्री है। तेरी कृपा की एक किरण संपूर्ण लोक को दीप्त कर सकती है। मेरे पुत्र पर दया करना। उस माँ

मांगलियाणीजी पर दया करना जिसने श्रम, तप और त्याग से अपने पुत्र को इतना बड़ा किया है। उसकी 'पत' रखना माँ।...बेटा ! तुम्हें अपने समक्ष देखकर मेरा मन आह्लादित हो गया। मेरे रोम-रोम में माँ के प्रति विश्वास प्रगाढ़ हो गया। जाओ, अपनी चिंतित माँ की चिंता हरो।''

''बाबा ! मैं महाराजा की सेना का उपसेनापति हो गया हूँ।''

''तुम खूब फूलो-फलो। तुम्हारी कीर्ति का ध्वज समस्त पृथ्वी पर फहराए।''

दुर्गादास जैसे ही मंदिर से बाहर आया। वैसे ही गाँववालों ने उसे पहचान लिया। प्रसन्नता की लहर दौड़ गई सबमें।

''दुर्गादास आ गया...दुर्गादास आ गया। उसे दंड नहीं, पुरस्कार मिला है।''

एक बालक भागता हुआ मांगलियाणी माँ के पास गया। आवेगपूर्ण स्वर में बोला, ''माँ सा ! माँ सा !...दुर्गादास भाई आ गया है।''

वह हठात् उठी। दिन भर दुष्कल्पनाओं व चिंताओं के कारण वह बावरी हो गई थी। बाहर की ओर भागी—मेरा दुर्गा आ गया, मेरा लाडला आ गया...मेरे हिवड़े का हार आ गया...दुर्गा...दुर्गा...।

दुर्गादास घोड़े से उतरकर माँ से लिपट गया। माँ और बेटे की आँखों से अश्रुओं की अविरल धारा प्रवाहित होने लगी।

''बेटे ! तुम ठीक हो न ? यह चमत्कार कैसे हुआ ?''

''माँ सा !'' वह माँ के आलिंगन से अलग होकर संयत स्वर में बोला, ''सब आपका आशीर्वाद है।''

और उसने चंद बातें बताकर कहा, ''महाराज मुझ पर बड़े ही कृपालु हैं। उन्होंने मुझे पद और प्रतिष्ठा दोनों प्रदान की हैं। उन्होंने मेरी पूरी बात शांति से सुनी और मुझे निर्दोष पाया। माँ सा ! आपने मुझे जो-जो शिक्षाएँ दीं, उन्हीं का यह फल है। वे मेरे वाक्-चातुर्य से ही प्रभावित हुए।''

''तुम देवी माँ के दर्शन कर आए।''

''हाँ, माँ सा।''

''सच बेटा।'' ठकुराणी ने उपस्थिति पर दृष्टि डाल कर कहा, ''सारा गाँव आज अन्न ग्रहण किए बिना रहा है। सब प्रभु से प्रार्थना कर रहे थे कि हमारे दुर्गादास पर जरा सी भी आँच न आए।''

दुर्गादास ने हँसकर कहा, ''माँ सा ! इस अपूर्व खुशी में आज गाँववालों को मोगरी का चूरमा और दाल-रोटी का भोजन करा दीजिए।''

''हाँ-हाँ, तुमने मेरी मन की कह दी।'' और सारे गाँववाले भोजन बनाने में लग गए।

भोजन-कार्य से निवृत्त होते-होते रात्रि काफी ढल गई थी। सबके चले जाने के पश्चात् ठकुराणी और दुर्गादास खाटों पर आमने-सामने बैठ गए।

नीरव रात्रि। असंख्य तारे। नीले-निर्मल आकाश में तैरते मेघ खंड। कभी-कभी रात्रि पखेरू की आवाज।

"माँ सा ! उस समय मैं एक महत्त्वपूर्ण बात सबके सामने आपको नहीं कह सका।"

"कौन-सी बात ?"

अपने पिता के बीच हुई बातें और संवादों को बताकर उसने कहा, "माँ सा ! महाराजा की हार्दिक इच्छा है कि हम बाप-बेटे एक हो जाएँ। विगत को भुलाकर नए सिरे से संबंधों की शुरुआत करें। वे इस पर बड़ा ही जोर डाल रहे थे।...वे मुझे आग्रहमिश्रित आदेश में कह रहे थे कि आप इसे स्वीकार कर लीजिए। मैंने स्पष्ट रूप से अस्वीकार करते हुए कहा कि इसका निर्णय केवल मेरी माँ सा कर सकती है। जिसने अनंत आघातों के घाव अपने शरीर पर खाए हैं, वही उपचार की बात कर सकती है।...माँ सा ! आप इस पर क्या सोचती हैं ?"

इस कथन मात्र से उसकी माँ व्याकुल हो उठी। यह अनसोची और अनचीती बात थी। तत्क्षण वह कुछ भी नहीं कह पाई। जड़ता के भाव थे उसके मुख पर।

दुर्गादास भी विचारलीन हो गया।

दोनों के बीच मौन आकर बैठ गया।

दीया-घर में दीया जल रहा था। उसका उजास मद्धम-मद्धम फैला हुआ था। छत से बाँस के दोनों किनारों से बँधी रस्सियों से लटकी 'तणी' पर कुछ वस्त्र रखे हुए थे।

उसकी माँ ने मौन तोड़ते हुए कहा, "बेटा ! मैं तुम्हारे बाप को गहराई से जानती हूँ। वे टूट सकते हैं, झुक नहीं सकते। जिस बात को पकड़ लेते हैं, उसे छोड़ते नहीं। फिर बेटा प्रकृति की वरदानमयी उम्र के जाने के पश्चात् मैं क्या करूँ उनके समीप जाकर। शरीर है पर उसका समस्त रस सूख गया है। इच्छा, प्रेम, अपनत्व, पुरुषार्थ सहन-वहन करने की शक्ति, जिजीविषा, सब कुछ तो बुझ गया है। समस्त इंद्रियाँ भी दुर्बल हो गई हैं सर्व इच्छाओं पर केवल एक इच्छा ही बलवती थी—'मेरा पुत्र योग्य बने और सम्मानजनक जीवन जिए।' आज तुमने मेरी यह इच्छा पूर्ण कर दी। अब मृत्यु को सहर्ष गले लगा लूँगी। परित्यक्ता का जीवन तिल-तिल दग्ध होता रहता है। अत्यधिक कष्टमय होता है। उसके चारों ओर वैभव की नदियाँ बहती रहें पर उसके अंतस् में भयानक सूखा होता है। बेटा ! वर्षों से मैं स्वतंत्र रही हूँ। मुझ पर कोई आदेश देनेवाला नहीं रहा है, अपनी इच्छा का एक-एक पल व्यतीत किया है। अब मन आज्ञा नहीं सह सकता। अब मन दासता में नहीं रह सकता। विद्वान् कहते हैं—स्त्री संपूर्ण-सृष्टि की संचालिका है। वह करुणा, मनुष्यता और प्रेम की प्रतीक होती है। वह कोमलता और सौंदर्य की पराकाष्ठा है। आकर्षण का कोष है।...पर बेटा, मुझे लगता है कि ये कथन मिथ्या हैं। झूठ हैं। ऋषि-मुनियों से लेकर दिग्गज

विद्वानों तक ने शब्द जाल में स्त्री को भ्रमित कर रखा है। मैं अपने जीवन के गहन अनुभवों से कह सकती हूँ कि स्त्री दासी है, पराधीन है, उपेक्षिता है, दुखियारी है···उसका कोई सम्मान नहीं। विशेषतः सामन्ती लोगों के मध्य तो वह केवल भोग्या है। बेटा ! मन मृतप्रायः हो गया है।" उसने दीर्घ श्वास लेकर पुनः कहा, "बेटा ! एक बात कहूँ कि मैं तुम्हारे पिता के पास नहीं जाऊँगी और तुम्हारे पिता यहाँ नहीं आएँगे।"

"क्या वह महाराजा की बात टालेंगे ?"

"हाँ टालेंगे। क्योंकि वे जानते हैं कि ठकुराणी मांगलियाणीजी भी किसी मूल्य पर उन्हें स्वीकार नहीं करेंगी। बेटा ! अब तो इस गाँव में रहकर ही सारा जीवन बिताना चाहती हूँ। रही तुम्हारी बात, तुम सैनिक हो गए हो और तुम्हें वीरता का प्रदर्शन करके योद्धा बनना है। भविष्य में राजनीति की शतरंज के कई तरह के खेल खेलने हैं, ऐसी स्थिति में किससे कैसे संबंध रखने हैं, यह तो आगामी समय ही बताएगा। फिर भी मैं तुम्हें व्यक्तिगत रूप से स्वतंत्र करती हूँ।"

दुर्गादास गंभीर हो गया। माँ की पीड़ा और उसकी उदारता ने उसे और विगलित कर दिया। वह निर्णायक स्वर में बोला, "माँ सा ! आप ही उन्हें पूर्ण रूप से क्षमा कर सकती हैं। मेरा अस्तित्व तो आप हैं। आपके बिना मेरा पूर्ण अस्तित्व खंडित हो जाएगा।"

वह उठकर बाहर आ गया और खाट पर चादर ओढ़कर सो गया।

पर उसकी माँ को निद्रा कहाँ ? वह खुले आँगन के एक छोर पर खड़ी होकर तारों भरे गगन-मंडल को देखने लगी। देखते-देखते उसके भीतर गहन रुदन घुमड़ने लगा। नयन भर आए। सोचने लगी—एक शिलाखंड पर बैठकर कि पुरुष जन्म से संचित दुरभिमान की क्यों अन्याय की भित्ति पर रक्षा करता है।···उसका वज्र सा अभिमान कैसे टूटे ? उसके भीतर न्याय की कोमलता कैसे जागे ? ओह ! ठाकुर सा ने उसे परिस्थितियों की वास्तविकता को न समझते हुए क्यों दुत्कार दिया ? क्षणभर में इतनी विषाक्त प्रतिज्ञा कैसे कर ली ? क्यों उसे त्याग दिया ? बात भी तो कोई विशेष नहीं थी। वह अपनी सहेली के साथ अपने परिवार की बात कर रही थी कि उनका बुलावा आ गया। तीन बार बुलावा आया। उसने तीन बार अरदास की कि वह पारिवारिक महत्त्वपूर्ण बात समाप्त करके आ रही है। बस, इतनी-सी बात से वे उग्र और क्रोधित हो गए। फिर अनेक अनुरोध, मिन्नतें और प्रार्थनाओं के बाद भी वे रावले (अंतःपुर) में नहीं लौटे। स्पष्ट कहला दिया कि वे उसे किसी भी मूल्य पर स्वीकार नहीं करेंगे। वह उनके लिए मर गई। इतनी-सी बात के लिए सब कुछ स्वाह हो गया। मंत्रों, अग्नि और स्वजनों की साक्षियाँ, अनगिनत समर्पण, पवित्र संबंध और जन्म-जन्मान्तरों के पति-पत्नी के बंधन सब भस्मीभूत हो गए। उनके स्वामित्व के दंभ ने अपनी आत्महिंसा से उसके भविष्य के समस्त स्वप्नों को भंग कर दिया।

जीवन को असमाप्त मरुस्थल कर दिया। प्रतीक्षा की पलकें बिछाए मांगलियाणी आसकरण की प्रतीक्षा करती रही। वह नहीं आया। अंततोगत्वा ठकुराणी ने उस स्थान को ही त्याग दिया। वह अब भी सोचती है कि पुरुष के उत्पीड़न का व्यापार इस व्यवस्था में निरंतर चलता है। इस स्थापित पुरुष की अन्यायपूर्ण सत्ता को तोड़ना होगा। बदलना होगा वरना नारी की अस्मिता का कोई अर्थ ही नहीं रह पाएगा। उसकी मुक्ति की बात छलना मात्र रह जाएगी। पुरुष की इस दर्प-भावना के कारण तो नारी का सदैव शोषण ही होगा। क्यों कहा गया कि यत्र नारी पूज्यंते तत्र देवता रमयंते।…यह शास्त्रीय-वाक्य मिथ्या है क्योंकि नारी तो संपूर्ण रूप से सामाजिक, आर्थिक और परिवारिक दृष्टि से शोषित है। दासता की शिकार है। उसे लगा कि उसके भीतर दुखों का वृहदाकार स्तूप खड़ा है। वह अत्यंत ही अशक्त हो गई थी। खाट पर जाकर श्लथ-सी पड़ गई। निस्पंद, सारे वातावरण की तरह निस्पंद।

## दो

दुर्गादास का प्रभुत्व बढ़ता गया साथ ही वह महाराजा जसवंतसिंह का विश्वासी और कृपापात्र भी होता गया। लेकिन उसकी माँ ने जो कहा, वह सच निकला। ठाकुर आसकरण लूणवा नहीं गया। उसने दुर्गादास को पितृ-स्नेह से भी वंचित रखा। वस्तुतः कौन-सी कुंठा थी उसके पिता में कि वह दुर्गादास को खुले मन से बेटा कहना ही नहीं चाहता था।

दुर्गादास को इससे अथाह पीड़ा थी। वह रात्रि-मौन में अपने दुर्भाग्य पर सोचा करता था कि इस मनमुटाव के रहस्य पर पड़े आवरण को क्यों नहीं उठाता कोई ? उसने भी अंत में अपने मन को समझा लिया कि उसे सोच लेना चाहिए कि यह सुख उसके भाग्य में नहीं लिखा है। उसकी माँ तो सदा की तरह तटस्थ थी।

एक बात अच्छी हुई कि दुर्गादास राजकाज के कार्यों में व्यस्त हो गया। इस व्यस्तता के कारण वह इस द्वंद्व से दूर रहने लगा।

बादशाह शाहजहाँ रुग्ण रहने लगा। वैसे ही वह अत्यंत कोमल स्वभाव का व्यक्ति था। प्रायः वह वैभव सागर में डूबा रहता था अतः उसने अपने सारे पुत्रों को देश के विभिन्न हिस्सों का सूबेदार बना दिया था।

जब शाहजहाँ को यह पता चला कि उसकी अस्वस्थता का लाभ उठाकर उसके पुत्रों ने विद्रोह कर दिया है तो उसका माथा ठनका। हालाँकि शाहजहाँ का प्रिय पुत्र

दारा सारे साम्राज्य का संचालन कर रहा था। यह अन्य पुत्रों को मान्य नहीं था। शाहजादा शुजा ने बंगाल में और दक्षिण में औरंगजेब ने विद्रोह का बिगुल बजा दिया था। मिर्जा राजा जयसिंह को शुजा का दमन करने के लिए और औरंगजेब से मोर्चा लेने के लिए महाराजा जसवंतसिंह को बादशाह शाहजहाँ ने भेजा। उनके साथ कई वीर राजपूत योद्धा थे। जसवंतसिंह ने दक्षिण की ओर कूच किया। वे राठौड़ मुगल सेना के सेनापति थे।

जसवंतसिंह आगरा से नर्बदा की ओर चला। उसके संग वीरवर दुर्गादास राठौड़ भी था। महाराजा अपने प्रिय और युद्ध-कौशल को समझनेवाले अश्व महबूब पर आरूढ़ था।

उज्जैन तक पहुँचते-पहुँचते उसके संदेशवाहक ने समाचार दिया, "अन्नदाता की जय हो। शाहजादा औरंगजेब हमारा सामना करने के लिए प्रस्थान कर चुका है। हमें उसकी सेना की नाकेबंदी कर लेनी चाहिए। बिना लड़े उसका आगे बढ़ना श्रेयस्कर नहीं रहेगा। हम पर उसकी सेना का दबाव बढ़ जाएगा।"

जसवंतसिंह ने धरमत गाँव में पड़ाव डाला।

यह सन् 1658 की बात है। हालाँकि दुर्गादास का मत था कि हमें तुरंत आक्रमण कर देना चाहिए। लेकिन जसवंतसिंह ने उसके परामर्श को नहीं माना। यह उसकी अदूरदर्शिता थी। यह प्रतीक्षा उसके लिए पराजय का कारण बनी। औरंगजेब की सेना के साथ मुराद की सेना सम्मिलित हो गई। जसवंतसिंह ने सोचा था कि वह एक साथ दोनों शाहजादों की सेनाओं को परास्त कर विजय प्राप्त कर लेगा पर यह सोच गलत निकली। दोनों शाहजादों की सम्मिलित सेना का सामना करना जसवंतसिंह के लिए महँगा पड़ा।

औरंगजेब कूटनीति और कुटिलता के दाँव प्रायः फेंकता रहता था। उसने मुगल सेना के धैर्य-बल को तोड़ डाला। लाचार मुगल-सेना जसवंतसिंह का साथ छोड़कर भाग गई। परिणामस्वरूप जसवंतसिंह को पराजय का मुँह देखना पड़ा। जसवंतसिंह इस युद्ध में घायल हो गया। उसका अश्व 'महबूब' उसे लेकर भाग खड़ा हुआ। दो मुगल सैनिकों ने उसका पीछा किया पर दुर्गादास भी अश्व-आरूढ़ था। उसने उन्हें देख लिया। फिर क्या था ? पवन-वेग से उनका पीछा किया।

अवसर मिलते ही दुर्गादास ने एक सैनिक को कटार फेंक कर और दूसरे को भाला फेंक कर मार डाला। जसवंतसिंह दुर्गादास पर मुग्ध हो गया। कृतज्ञता से उसे देखकर कहा, "राठौड़ वीर ! आपने हमारे प्राण नहीं, जोधपुर के राजमुकुट की रक्षा की है। आपने राठौड़ों के सूर्य को अस्त होने से बचाया है। जोधाणा देश आपका सदा ही ऋणी रहेगा। आप वास्तव में मरु-केसरी हैं।"

"महाराज ! कोई भी सच्चा सेवक अपने स्वामी की एक रक्त-बूँद के पीछे अपने प्राणोत्सर्ग करने को तत्पर रहता है। यह उसका कर्तव्य और धर्म होता है।

मैंने आपका नमक खाया है। नमक का हक अदा न करनेवाले को रौरव नरक मिलता है।''

वे दोनों पेड़ की घनी छाया तले घोड़ों से उतरकर जरा विश्राम करने लगे। दुर्गादास ने अपना कमरबंद बिछा दिया। उसी समय दो चाकरिए आ गए। उन्होंने महाराजा के घावों पर जड़ी-बूटी का लेप किया। जल-पान कराया।

जसवंतसिंह ने दुर्गादास की ओर उपकृत-दृष्टि से देखकर कहा, ''दुर्गादासजी ! हम आपको पाँच गाँव झंवर, समदड़ी, जगीसा, कोटड़ी और अमरसर देते हैं। इनकी वार्षिक आय बारह हजार रुपए है।''

''अन्नदाता का मैं इस भेंट के लिए आभार स्वीकार करता हूँ। जब तक मेरे तन में प्राण है। तब तक मैं आपकी सेवा करता रहूँगा।''

इस भयंकर युद्ध में दस हजार मुस्लिम सैनिक और सत्रह सौ राठौड़ सैनिक हताहत हुए।

युद्ध बंद नहीं हुआ था।

महाराजा ने सूर्य की ओर देखकर जैसे याद करके कहा, ''राठौड़ सरदार ! युद्ध हो रहा है। हमें पुनः युद्ध-क्षेत्र में जाना चाहिए। कहीं हमारी अनुपस्थिति से हमारे शूरवीरों का मनोबल न टूट जाए ?''

''आप सही फरमा रहे हैं महाराज !

अबकी बार जसवंतसिंह और दुर्गादास यवन सेना पर रौद्र रूप धारण करके महाकाल की तरह टूट पड़े। दोनों प्रचंड योद्धा असंख्य शत्रुओं के होते हुए भी अत्यंत साहसपूर्वक शत्रु-संहार करते रहे। रण-क्षेत्र में धड़ और मुंड पड़े थे। कटे अंग अत्यंत ही वीभत्स लग रहे थे। धरा पर बने रक्त के विभिन्न धब्बे रोंगटे खड़े कर रहे थे।

रात्रि के आरंभ के साथ युद्ध रुक गया। दोनों सेनाओं के लोग हाथों में मशाल लिये हुए अपने-अपने घायल सैनिकों को उठा-उठाकर ले जा रहे थे।

दुर्गादास भावाभिभूत और विह्वल हुआ अपने परिजनों और अन्यजनों की लाशों को देख रहा था। वह देख रहा था—रक्त स्नान की हुई कोई-कोई धड़ अब भी तड़प रही थी। कुछ सिरों के बड़े-बड़े नेत्र ऐसे लग रहे थे मानो शत्रु-दल पर अब भी अंगारे बरसा रहे हैं। बूँदी और कोटा के हाडाओं और जोधपुर के सहस्र राठौड़ों का बलिदान इस युद्ध का परिणाम था।

दुर्गादास राठौड़ व्यथापूरित होकर शवों के बीच बढ़ा। खून से लथपथ और विकृत मुख लिये एक सैनिक दुर्गादास की ओर बाज़ की तरह झपटता हुआ आया। वह चीख पड़ा, ''मेरा बेटा कहाँ है ? मुझे उसकी लाश दो। उसका कटा सिर और धड़ दो। मैं तो ढूँढ़-ढूँढ़कर पागल हुआ जा रहा हूँ। यदि धड़ और सिर न मिले तो उसकी पगड़ी ला दो, उसकी भेड़ के मुखवाले हत्थे की तलवार ला दो। अरे ! मैं उसकी नवविवाहिता को कैसे प्रमाण दूँगा कि तुम्हारा पति शहीद हो गया है। वह

अपने महाराजा की आन-बान पर न्यौछावर हो गया है।…भाई ! मेरे लाडले की कोई तो निशानी लाकर दे दो…।

उसने उन्मत्त होकर दुर्गादास का गला पकड़कर झिंझोड़ डाला। वह काँप रहा था। उसके नेत्रों में रोष और व्यथा के अश्रु प्रवाहित हो रहे थे। वह विषाक्त स्वर में फिर बोला, "सब मौन हैं। आप राठौड़ सरदार, सत्य पर टिकी पृथ्वी, बिन स्तंभ खड़ा आकाश, यह सनसनाता समीर और प्रज्वलित मशालों का प्रकाश…कोई भी मुझे उत्तर नहीं देता। एक भाग्यहीन बाप को उसके बेटे का कोई चिह्न लाकर नहीं देता। हे ईश्वर यह कैसा न्याय है तुम्हारा ?"

और वह विक्षिप्त-सा व्यक्ति फिर अंधकार में लोप हो गया।

दुर्गादास अपार वेदना से द्रवीभूत हो गया। दाढ़ी खुजाते हुए उसे लगा कि उसके भीतर कोई आर्त्त स्वर में चीख रहा है…यह युद्ध, यह भयानक युद्ध…। इसकी अदृश्य महाग्नि में मानवता भस्मीभूत हो जाती है। इस सत्ता के सम्मोह में मनुष्य मनुष्य को कितनी बर्बरता और हिंस्रता से गाजर-मूली की तरह काटता है। पिता पुत्र का विनाश करता है। पुत्र-पिता का। भाई-भाई को विष का प्याला पिलाता है तो बहन भाई के जिस हाथ पर राखी बाँधती है, वही उसे काट डालता है। समस्त लोग कहते हैं कि धर्म लड़ता है। नहीं-नहीं, धर्म कहाँ लड़ता है ? हर धर्म मानव-प्रेम का संदेश देता है। हर धर्म, अहिंसा, दया और भाईचारे का प्रतीक है। धर्म लड़ने के पूर्व अधर्म हो जाता है। सदा अधर्म ही लड़ता आया है। सदा असंबंध ही लड़ते हैं। सदा स्वार्थ ही लड़ते है। सदा दुराकांक्षाएँ ही लड़ती हैं। दुर्गादास के नेत्रों से आँसू टपक पड़े। उसने रणक्षेत्र पर दृष्टिपात करके फिर सोचा कि इसमें उसके स्वजातिजन बहुत मरे पड़े हैं।…उनमें गोपालदास मेहता भी होगा। एक शूरवीर।

वह शनैः-शनैः रणभूमि पर बिखरे शवों को देखने लगा। एक मशालची उसके संग था। दुर्गादास ध्यानपूर्वक शवों को देख रहा था। विचारा कि अपने वीर मित्र का अंतिम दर्शन तो कर लूँ। उसकी मृत-देह पर दो अश्रु तो बहा लूँ।…वह उद्‌भट योद्धा था। उसके जीवन की विडंबना यह थी कि अहिंसा का पालनकर्ता वह जैन योद्धा उदरपूर्ति और महत्त्वाकांक्षा की पूर्ति हेतु योद्धा बना। कहता था—दुर्गादासजी एक दिन मैं यशस्वी योद्धा बनूँगा। सारे राजपूताने में मेरी वीरता के गान गाए जाएँगे पर प्रथम युद्ध में ही वह महानिर्वाण के पथ पर चला गया।

ढूँढ़ते-ढूँढ़ते वह श्रांत-क्लांत हो गया। लौट आया अपने शिविर में। पीठ तकिये का सहारा लेकर शय्या पर अर्धशायित होकर दीर्घ श्वास लिया और प्रभु को स्मरण करके मन ही मन बोला—प्रभु ! इस पृथ्वी पर से युद्ध समाप्त कर दे। मानव के इस दानव रूप को मिटा दे। मैं तुम्हें हृदय से प्रार्थना करता हूँ।

धर्म का दुरुपयोग आदिकाल से हुआ है। महाभारत, रामायण और उसके पश्चात् हर काल में।

औरंगजेब धार्मिक भावनाओं का दुरुपयोग करता था और अपनी विजय की दुंदुभि बजाता था। जब कि प्रकृति में वह इन विचारों के विपरीत था। पितृ-द्रोह, भ्रातृ-हत्या और झूठ-कपट के सहारे वह अपनी सत्ता-बुभुक्षा को शांत करने के लिए कृत संकल्प था। उसने तमाम रक्त संबंधों को भुला दिया था। उस युद्ध समाप्ति की रात वह अपने सेनापतियों और वीरों से मंत्रणा करता रहा। अंत में उसने तय किया कि राजपूती सेना युद्ध के लिए तत्पर हो, इसके पूर्व ही आक्रमण बोल दिया जाए।

राठौड़-सेना को पराजय का सामना करना पड़ा। इस युद्ध में रतलाम के रतनसिंह ने अद्भुत वीरता का प्रदर्शन किया और अपने प्राणों की आहुति दे दी।

जसवंतसिंह अपनी शेष सेना के साथ जब जोधपुर पहुँचा तब वहाँ विकट स्थिति उत्पन्न हो गई। तब पीठ दिखाकर आनेवाले हर वीर की पत्नियाँ उन्हें धिक्कारती थीं। कई बार तो अपने रावलों के द्वार तक बंद कर लेती थीं।

जसवंतसिंह की रानी ने भी ऐसा ही किया। उसने राजा, दुर्गादास और अन्य सरदारों के सिरों पर धूल डालते हुए कहा, "पीठ दिखाकर आनेवाले वीर-पुरुषों का सत्कार कैसे कोई वीरांगना करे ? वह तो लज्जा से जीते जी मर जाती हैं। उस नतमस्तक किए और संकोच से पीतवर्ण हुए पति के मुखमंडल को देखकर अपना प्राणांत करना चाहती हैं। अपने सतीत्व के प्रभामंडल को धूमिल होते हुए देखती हैं।...महाराज आप, शौर्य के प्रतीक समझे जानेवाले राठौड़ दुर्गादास व अन्य सरदार कायर-कीट-कपूतों की तरह लौट आए। धिक्कार है आप सबको।"

उत्तेजित-क्रोधित रानी के सन्निकट राजपुरोहित ने आकर कहा, "राणीजी ! जय-पराजय, यश-अपयश और सुख-दुःख विधि-विधान के आधीन हैं। मनुष्य पर उसका वश नहीं। योगी-पुरुष श्रीकृष्ण ने कहा है कि कर्म करना चाहिए और फल ईश्वर पर छोड़ देना चाहिए। ज्ञानियों ने कहा कि जब पराजय की संभावना हो, तो बुद्धि से काम लेना चाहिए। अपने को विनष्ट करने से तो अच्छा यह रहता है कि आपको अपनी सुरक्षा करके दुबारा आक्रमण करना चाहिए। किसे पता है कि दूसरे प्रयास में सफलता मिल जाए। महाराजा और अन्य सरदारों ने ठीक किया। कूटनीति का भी यही कहना है। आवेश और क्रोध में दूसरे का अपमान करना हितकारी सिद्ध नहीं हो सकता।"

राणी का क्रोध कम हो गया।

दुर्गादास महाराजा से विदा लेकर अपनी माँ मांगलियाणी के पास पहुँचा।

उसने माँ के चरण-स्पर्श किए। माँ ने उसे गले लगाकर आशीर्वादों की झड़ी लगा दी। उसके शरीर पर हाथ फेरकर कहा, "तुम्हें कोई चोट तो नहीं लगी।"

"नहीं माँ सा जिस पुत्र के साथ त्यागी और ममता की मूर्ति माँ का आशीर्वाद हो, उसका बालबाँका कैसे हो सकता है ? लेकिन एक अनहोनी हो गई।"

"वह क्या ?"

"माँ सा ! युद्ध में हमारी पराजय हो गई। हम राठौड़ों का यश धूल-धूसरित हो गया। हमें पीठ दिखाकर भागना पड़ा। हम किसी के समक्ष सिर ऊँचा नहीं कर सकते ?" दुर्गादास उदास हो गया।

माँ ने उसके कंधों को पकड़कर कहा, "जो व्यक्ति विजय का उल्लास मनाता है और पराजय का दुःख, वह विवेकशील वीर नहीं हो सकता। ऐसी स्थिति में अहंकार पीड़ादायक होता है। होना तो यह चाहिए कि और बड़ी शक्ति संचय करके शत्रु पर आक्रमण करना चाहिए। युद्ध में जय-पराजय तो होती ही है। महमूद गजनवी कई बार हार कर भी लड़ता रहा। अंत में उसने विजयश्री प्राप्त कर ली। बेटा जय-पराजय रात-दिन के सदृश है। स्थिर नहीं।"

"आप ठीक फरमा रही हैं माँ सा।"

"अब मैं भोजन बनाती हूँ।"

"माँ सा ! मुझे अब जोधपुर में ही रहना है। महाराजा ने हमें पाँच गाँवों की जागीर प्रदान की है।"

"सच !"

"हाँ माँ सा, वे गाँव हैं—झंवर, समदड़ी, जगीसा, कोटड़ी और अमरसर। बारह हजार की आय है उनकी।"

"बेटा ! मेरा स्वप्न पूर्ण हुआ। अब हम सम्मान से अपने ठिकाणों में रहेंगे। तुम्हारे पिताजी से कभी भेंट होती है ?"

"ना माँ सा। मैं तो महाराजा के संग रहता हूँ। पिताजी वृद्ध होते जा रहे हैं। फिर संबंध एक ओर से नहीं निभाए जाते ? ये दोनों ओर की कड़ी है। खैर, जब उन्हें हमसे प्रेम नहीं है तो हम क्यों नाते-रिश्तों का बोझ ढोएँ। पता नहीं, उन्हें क्या कुंठा है कि वे खुले मन से हमें अपना ही नहीं कहते।"

"छोड़ो इन बातों को। तुम नहा-धोकर के भोजन करो। फिर लंबी तान कर सो जाओ। बहुत थक गए होंगे बेटा।"

दुर्गादास व्यथा से बोला, "माँ सा ! मैं युद्ध करने से नहीं थका हूँ। थका हूँ अपने मन के स्वभाव की प्रतिकूलता से। जरा सोचिए, एक राईके की हत्या से सत्ता, न्याय और व्यवस्थाएँ चीखने-चिल्लाने लगी थीं पर युद्ध-क्षेत्र में मैंने न जाने कितने लोगों की हत्या की है, कह नहीं सकता। शोणित से सना खड्ग, हिंस्रता और प्रहार। धड़ से सिर अलग और सिर से धड़ अलग। मुंड और धड़ ऐसे पड़े थे जैसे टूटे खिलौने पड़े हों। कराहते-तड़पते और घायल सैनिकों की याचना भरी आँखें, उनके अस्फुट स्वरों में सुनकर हृदय हाहाकार कर उठा था।...माँ सा ! जगतूनियन्ता सर्वशक्तिमान

ईश्वर ने यह कैसा विश्व बनाया है, जहाँ युद्ध, हिंसा, दंभ, वैमनस्य, झूठ, मोह, छल-कपट का बोलबाला है। इनसे यह पृथ्वी स्वर्ग से नरक बन गई। ईश्वर ने इतने विभिन्न धर्म और जातियाँ क्यों बनाईं ? सर्वत्र एक धर्म होता और मनुष्य केवल मनुष्य रहता।...माँ सा ! मेरी भी कैसी विवशता है कि मैं जिस हिंसा से आंतरिक रूप से घृणा करता हूँ, वही मुझे बार-बार करनी पड़ती है...आह ! यह मनुष्य कितना लाचार है ?''

उसकी माँ ने उसे समझाते हुए कहा, ''बेटा ! इस संसार में प्रत्येक मनुष्य अपनी इच्छा के विरुद्ध ही जीता है। यह विवशता उसकी नियति है। किसी भी काल में कोई भी उसकी विडंबनाएँ, विसंगतियों और विद्रूपताओं को सहे बिना नहीं जी सका। काल का दंड सब पर लटकता है। वह दंड सृष्टि का संचालक है।''

''चाहे प्रकृति का कोप हो या ईश्वर की इच्छा पर इस पृथ्वी पर जो हो रहा है—मनुष्य-मनुष्य के बीच, वह अच्छा नहीं हो रहा है।''

दुर्गादास वहाँ से उठकर दैनिक कार्यक्रम से निवृत्त हुआ और भोजनोपरांत सो गया। पूरा दिन और पूरी रात सोता रहा।

प्रभात-प्रत्यूष गाँव के मंदिर के धवल शिखर पर अपनी स्वर्णिम आभा बिखेरने लगा था। दुर्गादास के आवास से कुछ दूर नीम, जाल और खेजड़े के वृक्ष थे। उसके सन्निकट किसी वैश्य का पक्का निवास था। उसके पिछले हिस्से की दीवार में चंद कपोत-घर बने हुए थे। चकोर और सुरक्षित घर।

होली का उल्लासमय और रंग-बिरंगा त्यौहार चला गया था। ऋतु में जो ठंडापन था, उसका प्रभाव घटने लगा था। ऋतु में एक आनंददायक शीत-उष्णता का मिश्रित प्रभाव आ गया था जो प्राणियों को अच्छा लग रहा था।...हालाँकि सघन नीरवता थी, फिर भी पक्षियों का कलरव उसे यदाकदा भंग कर देता था।

दुर्गादास की नींद तीतरों की तीखे स्वर की ट्रिंट...ट्रिंट...ट्रिंट से भंग हो गई। वह उठकर बाहर आया। तीतर एक दीवार पर पंक्तिबद्ध चल रहे थे—पाँच-सात थे वे।

दुर्गादास ने उन्हें देखा। सोचने लगा कि मनुष्य पशु-पक्षियों को कितनी निर्दयता से मार कर अपना आहार बना लेते हैं। इन तीतर-बटेरों को तो बड़ी नृशंसता से लोग मार देते हैं। सच, मनुष्यों के हिंस्र स्वार्थ ने वन-उपवनों के सौंदर्य को विनष्ट कर डाला है।

वह अपने आवास के मुख्य द्वार के बाहर आ गया। वह धीमे-धीमे उगते दिवाकर की ताजा पवित्र धूप का आनंद लेने लगा।

इसी समय चार ग्रामीण खेजड़े के हरे वृक्ष के एक बड़े डाले को बैलगाड़ी पर

रख कर आ रहे थे।…उसे अजीब लगा कि गाँववाले भी हरे वृक्षों को काटने लगे। ऐसा अक्षम्य पाप करने लगे। प्रकृति के अनुपम सौंदर्य को नष्ट करने में संलग्न ये लोग अपने ही हाथों अपना सुख और स्वास्थ्य लूट रहे हैं। यदि जंगल हरा-भरा नहीं होगा, यदि जंगल में पशु-पक्षी नहीं रहेंगे तो प्राणी कैसे सुखी-संतुष्ट रहेगा ?

उसने उन लोगों को 'हेला' मारते हुए कहा, "भाई ! यह पाप आप लोग कब से करने लगे ? हरा वृक्ष काटना एक मनुष्य की हत्या के बराबर होता है। तुम लोगों ने इतनी बड़ी डाली काटी है--इसका तात्पर्य यह है कि तुमने किसी वृक्ष-प्राणी का हाथ काट डाला उसे अपंग बना डाला। अरे मूर्खो ! सोचो, हमने उसे अपंग नहीं बनाया बल्कि अपने को अपंग बनाया है।"

"दुर्गादासजी ! परसराम जाट की झोंपड़ी एक अंधड़ में उड़ गई। बीच का लट्ठ टूट गया। अब इतना लंबा लट्ठ सूखे पेड़ का मिला ही नहीं। झोंपड़े बिना उस गरीब का परिवार रहेगा कहाँ, इसलिए इसे काटना पड़ा।"

दुर्गादास गंभीर हो गया। बोला, "उसकी समस्या भी गंभीर है पर वृक्षों को काटकर प्रकृति को नाराज करना जरा भी ठीक नहीं। मैं चाहूँगा कि आप भविष्य में ऐसा अनर्थ नहीं करेंगे।" उन लोगों ने अपनी सहमति जताई कि वे भविष्य में हरा पेड़ नहीं काटेंगे।

वह भीतर आ गया। तैयार होकर वह माँ से आज्ञा लेकर चल पड़ा--महाराजा की सेवा में।

# तीन

समय बीत रहा था।

पाँचों गाँव की ठकुराई राठौड़ दुर्गादास के अधीन आ गई थी। दुर्गादास अपनी ग्रामीण प्रजा के प्रति अत्यंत ही संवेदनशील और नम्रीभूत रहता था। कोई अनुचित लागें-लगान नहीं। दुर्भिक्ष के दिनों में वह प्रजा को सुविधानुसार अन्न का वितरण करता था। वह धर्म और मर्यादा का पालन करता था। लेकिन वह सहृदय था। मनुष्यता और प्रकृति के अस्तित्व के खातिर वह अत्यंत उदार हो जाता था और धर्म-मर्यादा की कई हदबंदियाँ खंडित कर देता था। वह अनेक बार सोचता था कि जो समाज, सत्ता और व्यवस्था षड्यंत्रों और रक्तपात पर अधिकांश रूप से आधारित हैं उन्हें संचालित करने के लिए मन को वैसा ही बनाना पड़ता है। उस मन को सत्य से विलग

करके व्यवस्था के अनुरूप ढालना पड़ता है। फिर माँ सा ठीक कहती हैं कि काल का अपना सत्य होता है। यह सत्य मनुष्यों द्वारा प्रयोग होते-होते कुछ परिवर्तित हो गया है, क्षण के सत्य से प्रछन्न हो गया है। उस क्षण के सत्य को ही अपनाना पड़ेगा क्योंकि वही वर्तमान को आत्यंतिक रूप से संचालित कर सकता है। उसी सत्य को अपना कर ही तो औरंगजेब ने हमें परास्त किया। वह हिंदुओं की भाँति परिभाषित सत्य, धर्म, मर्यादा, वचन और व्यवहार का कट्टरता से पालन नहीं करता। न वह कुटिलता करते घबराता है और न उसका जमीर डगमगाता है।…वह जो कुछ करता है, वह हिंदू शासकों को अच्छी तरह समझ लेना चाहिए। एक सम्राट् का दूसरे सम्राट् पर आधिपत्य करना उसका प्रधान ध्येय है। वह जिस प्रक्रिया से सफलीभूत होता है, वही उसके लिए श्रेष्ठ है।…और प्रत्येक मनुष्य को भी ऐसी ही क्रिया करनी चाहिए जो समग्र रूप से उसके उत्कर्ष के पथ को प्रशस्त करके सफलतापूर्वक शिखर तक पहुँचा दे। मनुष्य को केवल अपनी सोच पर ही अड़े नहीं रहना चाहिए। यदि महाराजा उसकी राय मानकर औरंगजेब पर तुरंत आक्रमण कर देते तो हमारी विजय निश्चित होती।…

दुर्गादास पुनः सोचने लगा कि वह प्रयास करेगा कि समय के सत्य को पूरी तरह ग्रहण करे।

दुर्गादास स्नानादि से निवृत्त होकर शिव मंदिर दर्शनार्थ जाता था। रास्ते में कई लोग अपनी व्यथा-कथा सुनाते थे। दुर्गादास उनकी समस्याओं का समाधान करता था। प्रेम और सच्चाई से।

अभी वह गाँव के कुवे के सन्निकट उगे पीपल के पवित्र पेड़ के सन्निकट आया ही था कि उसे किसी बालिका का क्रंदन सुनाई दिया। वह सचेत हुआ। ध्यान से इधर-उधर देखा। कोई नहीं था।

कुवे से पानी निकालनेवाला माली चमड़े के बने 'वारे' (पानी निकालने का डोल) को पकड़कर जोर से पुकारा—कीलिया रे कीली खोल…।

दो बैलों के बीच में चमड़े की बनी रस्सी 'बरत' जो बैलों के जूए में अटकी हुई थी, को खोल दी। पानी का डोल खाली हो गया। उसका पानी एक आकर्षक पथरीली लघु चकोर कुंडी में से होकर 'कोठे' में चला गया। माली ने वापस 'वारे' को कुवे में डाल दिया। वारा प्रबल-वेग से कुवे के भीतर जाने लगा। माली ने रेत में फटी जूती को पाँव तले दबाकर बरत के अंतिम छोर को रोका। धड़ाम की आवाज हुई। फिर प्रशांत मौन पसर गया। दूसरी बैल जोड़ी ने उस बरत को फँसाकर फिर पानी खींचने के लिए 'सारण' के अंतिम छोर की ओर चल पड़ा।

गहरे कुवे से पानी निकालने की समस्त प्रक्रिया दुर्गादास के नेत्रों के समक्ष फैल गई।

तभी एक आठ-दस वर्ष की अर्धनग्न लड़की जोर-जोर से रोती हुई दिखाई पड़ी।

वह काली-कलूटी थी। उसके बाल मैले चिक्कट और धूल-धूसरित थे। शरीर पर धूल आर पसीने के बने विभिन्न आकृतियों के सयाल (चगदे) थे।

दुर्गादास ने उसे पुकारा। "ए छोरी, इणगी आ तो ? क्यों रो रही है ? तुझे किसने पीटा ?"

वह छोरी उसके पास आई। दुर्गादास ने देखा कि छोरी के निचले होंठ और दाएँ कंधे से लहू टपक रहा है।

दुर्गादास दयार्द्र हो उठा। क्षण भर में वह पितृत्व के करुण बोध से तिरोहित हो गया। उसको स्पर्श करके कहा, "किस दुष्ट ने तुझे पीटा ?"

तभी गाँव का ब्राह्मण रामदास व्यग्रता से बोला, "अरे-अरे कुँवर सा, यह आप क्या कर रहे हैं···यह-यह अछूत है···दूर हटिए··· ।"

दुर्गादास ने अपने दुपट्टे से उसके लहू को पोंछा। उसी पल उस छोरी ने सुबकते हुए कहा, "इसने मेरे चाडे को (छोटी मटकी) फोड़ डाला। ऊपर से इसने मुझे पीटा भी।···कोजी-कोजी (गंदी-गंदी) गालियाँ भी निकालीं।" वह फिर फफक-फफक रो पड़ी।

दुर्गादास ने कठोर स्वर में पूछा, "पंडितजी ! आपने इस छोरी को क्यों मारा ?"

"कुँवर सा ! यह मेरी गाय को मार रही थी।" पंडित ने अकड़कर कहा, "भला इन नीचों की यह मजाल कि वह गऊ माँ को मारें। गाय पर प्रहार पड़ते देख मेरा खून खौल उठा। आखिर गाय हमारी पूजनीय है।"

छोरी ने कहा, "गाय मेरे चाडे में मुँह डालने लगी तो··· ।"

"तो क्या हुआ ? गाय है, कोई सूअर-बकरी तो नहीं। किसी गाय को मारते हुए कोई हिंदू किसी को देख सकता है ?"

पंडित उत्तेजित और क्रोधित था।

दुर्गादास की दृष्टि पंडित की गाय की ओर गई। उसी क्षण गूजर हनीफ खाँ भी अपनी चार गायों को लेकर आ गया। दुर्गादास ने उन सारी गायों पर दृष्टिपात करके कहा, "पंडितजी ! आप ब्राह्मण हैं, गो-भक्त हैं। जरा अपनी गाय को देखिए··· कितनी दुर्बल और रुग्ण है। पसलियाँ गिन लीजिए। गूजर हनीफ ख़ाँ की गायों को देखिए, कितनी स्वस्थ और प्यारी हैं। आप ब्राह्मण हैं और हनीफ मुसलमान पर गायें उसकी ही तंदुरुस्त और अच्छी हैं।"

हनीफ खाँ ने दुर्गादास के समक्ष सिर झुकाकर कहा, "कुँवरजी, छोटे मुँह बड़ी बात चोखी नहीं लगती पर कहे बिना रहा भी नहीं जाता। यह पंडितजी हैं न, गो-भक्ति और सेवा का पाखंड करते हैं। इनकी यह गाय जब कभी भी भूखी मरती हुई हमारे बाड़े की ओर आती है तो मैं उसे घास डालता हूँ। खुदा को हाजिर-नाजिर करके कहता हूँ कि एक जून हम भूखे रह सकते हैं पर अपने ढोरों को भूखा नहीं रखते।"

पंडित पर तो मानो घड़ों पानी पड़ गया। वह सुन्न-सा खड़ा रहा। लगा जैसे उसके माईत (माँ-बाप) मर गए हैं।

दुर्गादास ने कठोर स्वर में कहा, "बोलिए पंडितजी, आपकी गो-भक्ति किस मतलब की है ! केवल इस गरीब छोरी का लहू निकालने की। फिर यह कोई अछूत नहीं है। यह लुहार है, पर मैं कहता हूँ कि मेहतर भी क्यों न हो, मनुष्य तो वह भी है। इस बच्ची को पीट कर आपने किस धर्म का उदाहरण सामने रखा है ? सबमें एक से प्राण, लहू और आत्माएँ हैं।...सारे वही सब खाते हैं, जो हम खाते हैं। बड़े दुःख से कह रहा हूँ पंडितजी, एक दिन जाति का भेद हम भारतवासियों को बड़ा महँगा पड़ेगा। एक दिन धर्म का भेदभाव इस देश को अग्नि-कगार पर लाकर खड़ा कर देगा। तब हम पश्चात्ताप से तिलमिलाएँगे। तब हमें अपने दोषों का भान होगा।"

दुर्गादास ने निःसीम गगन पर दृष्टि डालकर फिर कहा, "इस नन्ही-सी कोमल कली को देखिए न, वही पीड़ा, वही भय, वही दीनता इसके मुख पर है जो ऐसी स्थिति में हम सबके बच्चों के मुखों पर होती है। मनुष्य-मनुष्य पर निराकरण अत्याचार करे यह पाप और अन्याय दोनों हैं और जो कोई भी अन्याय और अत्याचार करता है, उसे उसके स्वामी को दंड देने का हक होता है। मैं आपको इस अपराध का दंड दूँगा ताकि मेरे किसी भी ठिकाणे में कोई भी दीन-हीन पर अत्याचार, अन्याय और अनर्थ न करे।"

"नहीं, कुँवर सा नहीं। मुझसे भूल हो गई।"

"भूल क्षमा की जा सकती है पर अत्याचार नहीं, उसका दंड मैं अवश्यमेव दूँगा।"

"मैं विप्र हूँ। विप्र को दंड देना शास्त्रसम्मत नहीं। विप्र तो समस्त शास्त्र ग्रंथों व पौराणिक परम्पराओं से क्षम्य होता है।"

"आप ठीक कह रहे हैं। हम इसीलिए आपको प्रणाम करते हैं। हमारे मरण, जन्म, वरण (विवाह) और समस्त जीवन के हर शुभ और अशुभ कार्यों की परिणति आपसे करवाते हैं। इसमें कोई भी संदेह नहीं कि आप हमारे पूज्य नहीं हैं ? इन सारी बातों पर विचार करके ही हम आपको वैसा दंड दे ही नहीं सकते, जो हमें पापी और जघन्य बना दे। हम आपको अर्थ-दंड देंगे। पंडितजी ! आप इस छोरी के परिवार को इक्कीस कलदार देंगे। यही दंड आपके लिए पर्याप्त है।"

दुर्गादास चलने लगा कि रुका। पलटकर बोला, "इस दंड को आज ही पूरा कर दें। यदि ऐसा नहीं हुआ तो दंड बढ़ सकता है सोच लीजिए। भविष्य में मेरे गाँवों पर ऐसा अमानवीय अपराध कोई नहीं करेगा। यह मेरा हुक्म है।"

दुर्गादास झुँझला उठा कि मनुष्यों में ऐसे भेदभाव क्यों हैं ? कभी इस देश को इसका दंड भुगतना होगा।

# चार

महाराजा जसवंतसिंह निर्णायक स्थिति की टोह में था कि शाहजहाँ के पुत्रों की शत्रुता क्या परिणाम देती है। शाहजहाँ का कौन-सा पुत्र भावी बादशाह बनता है ? वैसे महाराजा सतर्क था। उसके विश्वसनीय दूत और गुप्तचर बराबर निगाह रखे हुए थे।

उस दिन जब दुर्गादास की माता मांगलियाणी जोधपुर के किले में आई तो महाराजा अत्यंत ही प्रसन्न हुआ।

उसका राजा ने स्वयं आव-आदर किया। नज़र भेंट करके मांगलियाणी ने महाराजा को पीले चावल देकर कहा, "घणी-घणी खम्मा अन्नदाता, आपकी असीम कृपा से कुँवर दुर्गादास के ब्याह थरपिज गए है। सगपण होटलू ठिकाणे के स्वामी चतुर्भुज सांचोर चौहान की पुत्री से हुआ है। आपको घणै-घणै मान से अरज है कि इस मांगलिक कार्य में पधारें।"

महाराजा बोले, "ठकुराणीजी ! हम अवश्य पधारते पर राजनैतिक स्थितियाँ अत्यंत तेजी से बदल रही हैं। ऐसी नाजुक स्थिति में हमारा चल्ना संभव नहीं है। हमारे युवराज पृथ्वीसिंहजी अवश्य पधारेंगे। यदि आप बुरा न मानें तो कुछ कहूँ।"

मांगलियाणीजी ने स्मित-रेख बिखराते हुए कहा, "आपको हमें कुछ भी कहने का अधिकार है। आप हमारे स्वामी हैं। स्वामी की हर बात पर गंभीरता और सच्चाई से सोचना हमारा धर्म है। आप हमारी श्री और शोभा दोनों हैं।"

"ठकुराणीजी ! हम एक विनम्र निवेदन करना चाहते हैं। आप उसका गलत अर्थ नहीं लेंगी।"

"स्वामी की हर बात का सही उत्तर देना चाकर का धर्म होता है।"

"क्या इस शुभ कार्य में ठाकुर आसकरणजी नहीं पधारेंगे ? पुत्र के विवाह में पिता की अनुपस्थिति प्रश्नचिह्न नहीं लगाएगी।"

मांगलियाणी शांत रही। चंद क्षण उसकी बुढ़ाती आकृति पर गंभीरता की परत पसर गई। आंतरिक पीड़ा को दबाते हुए वह बोली, "महाराज ! कहावत है कि मन मिलिया तो मेला, नहीं तो अकेला सारे सहज और खरे संबंध तो मन के आधार पर होते हैं। मन की मलीनता के कारण तन का कुंदन भी अपनी वास्तविक आभा नहीं दिखा सकता। ठाकुर सा अपने पुत्र को पुत्र के रूप में हृदय से स्वीकार नहीं करते। ऐसी स्थिति में यह संभावना नहीं।...यदि वे लोक-लज्जावश साथ चल पड़े तो इससे कौन-सी श्री-वृद्धि होगी ? वे अजनबी की भाँति रहेंगे।" उसने एक पल रुककर साँस लिया। फिर कहा, "आन-बान और शान के लिए सर्वस्व विसर्जन करना श्रेष्ठ कर्म हो सकता है पर विराट जीवन की समस्त सच्चाइयाँ, व्यवहार और संबंधों की गहनता और अर्थवत्ता को दृष्टि ओझल करके अपने रोष को आन-बान-शान बना लेना मूढ़ता

ही कहलाएगी। अन्नदाता ! जो अपनों को अपना न कह सके, वह अपनों के सुख-दुःख में कैसे सम्मिलित होगा ?"

"मुझे सदा इसका दुःख रहेगा।"

"भाग्य की बात है महाराज।"

वार्तालाप समाप्त करके ठकुरानी ने महाराज का अभिवादन किया।

# पाँच

दुर्गादास और चौहान पुत्री प्रेमकँवर का मंगल-परिणय संपन्न हो गया। दुर्गादास अपनी पत्नी के रंग-रूप और गुणों से प्रभावित हुआ।

वैसे प्रेमकँवर शालीन, सुशील और शिक्षित युवती थी। पुष्ट देह और बड़ी-बड़ी आँखें। शस्त्र चलाने में भी निपुण थी। दुर्गादास अपनी पत्नी से पूर्ण संतुष्ट था। उसके संग उसका जीवन पतित पावनी गंगा की तरह लहराता हुआ गुजरने लगा। मांगलियाणी भी अपनी बहू से परम संतुष्ट थी।

प्रेमकँवर प्रथम चरण-स्पर्श के अवसर पर ही सास से बोल गई, "माँ सा ! क्षमा चाहती हूँ कि आपसे रीति को त्याग कर संवाद कर रही हूँ।…वस्तुतः सास का पद प्राप्त होते ही बहू बेटी और सास माँ हो जाती है। बहू को बेटी की तरह आत्मीयता रखनी चाहिए और सास को माँ की तरह अपार ममता। बहू को सास के सम्मान में तिल भर भी कमी नहीं रखनी चाहिए और सास को मैत्री-भाव से बहू के दोषों की समीक्षा करके बताना चाहिए।"

मांगलियाणी ने विहँसकर कहा, "और पति और सास के बीच हुए मनमुटाव और झगड़े में बहू किसकी पक्षधर रहेगी। जबकि पति तो परमेश्वर कहलाता है।"

"आपका कथन सही और उचित है। पति स्वयं परमेश्वर नहीं, परमेश्वर के पद के समकक्ष है। वह भी तब, जब वह जीवन के समग्र व्यवहार में नीति-रीति और धर्म से चले। वह पत्नी को दासी नहीं, सहधर्मिणी जाने। उसे अर्धांगिनी माने। वह प्रत्येक समस्या के समाधान हेतु अपनी पत्नी के साथ विवेकपूर्ण वार्तालाप करे, तार्किक विवाद करे और निर्णय में उसकी सहमति ले। सहिष्णुता के प्रकरण में वह स्त्री धरती होती है, वैसे ही वह स्वयं धैर्यवान बने।"

"और पत्नी… !"

प्रेमकँवर ने अपने पारदर्शी अवगुंठन से पलभर के लिए मुख को ढाँपा। फिर

उसे बोरल 'आभूषण' तक लाकर कहा, "पत्नी के दायित्व भी उतने ही हैं। वह अपने संस्कारों की श्रेष्ठता को स्वीकारे, मर्यादा का पालन करे। समय के सच को समझकर उसकी विशेषताओं का आकलन करे, ऐसी स्थितियाँ और परिस्थितियाँ कभी भी उत्पन्न न होने दे जो संदेह को जन्म देती हैं। हालाँकि पति-पत्नी का संबंध जन्मजन्मान्तरों का समझा जाता है, वह अटूट-अडिग और अमर शब्दों से विभूषित किया जाता है पर 'संदेह' शब्द तीक्ष्णता और तीव्रता से संबंधों का ह्रास कर देता है। माँ सा ! पति-पत्नी के स्थायी संबंधों के लिए इन्हीं बातों की जरूरत है।"

मांगलियाणी ने प्रेमकँवर को सीने से लगा लिया। स्नेहिल हाथ सिर पर रख कर कहा, "आपकी सांसारिकता की समझ से मैं प्रसन्न हूँ। प्रथम भेंट में ही तुमने मेरा मन मोह लिया।"

"प्रयास करूँगी कि मेरा मोहना स्थिर हो और मैं अपने कर्तव्य का पालन करती रहूँ।"

वास्तव में प्रेमकँवर ने सबका मन मोह लिया। दुर्गादास को राजनीतिक दाँव-पेंचों और अस्थिरता ने अत्यंत ही व्यस्त बना दिया। वह ठिकाणे कम ही आया करता था।

उस दिन संध्या के रात्रि में समाविष्ट होते-होते दुर्गादास ने अपने आवास में प्रवेश किया। माँ से मिला और भोजनादि से निवृत्त होकर वह रावले में पहुँचा। कुँवराणी प्रेमकँवर ने उसके चरण-स्पर्श किए। कहा, "मैं आपका स्वागत करती हूँ कुँवर सा।"

दुर्गादास जाजम पर बैठ गया। दीया-घर में जल रहे दीए का मद्धम प्रकाश कक्ष में फैला हुआ था। गवाक्ष से रुक-रुक कर पवन के झोंके आ रहे थे। एक दीवार पर एक ढाल लगी हुई थी।

"मैं लज्जित हूँ कुँवराणीजी। राजनीतिक अस्थिरता के कारण मैं अपने पारिवारिक दायित्व को ईमानदारी से नहीं निभा पा रहा हूँ। आपको अपने प्रेम और अपनत्व के अमृतमय क्षणों से तिरोहित नहीं कर पा रहा हूँ।"

"नहीं स्वामी ! आपके संग बिताया एक क्षण मेरे लिए मनवन्तर समान होता है। एक कर्तव्यनिष्ठ, स्वामिभक्त और शूरवीर व्यक्ति के लिए गृह-आँगन से अधिक अपने स्वामी का आँगन और रण-क्षेत्र महत्त्वपूर्ण होते हैं। परिवार की रक्षा से बेसी स्वामी की रक्षा होती है। वह तो जन्मभूमि के लिए अपना सर्वस्व बलिदान कर देता है। कुँवर सा ! मेरा प्रेम मुखर-प्रखर अवश्य है पर दृष्टिहीन नहीं। व्यक्ति जब अधिक यशस्वी होने लगता है तो उसकी पहचान बदल जाती है। जो बेटा बाप के नाम से जाना जाता है, वह अपने नाम से जाना जाने लगता है। मैं तो ईश्वर से प्रार्थना करती हूँ कि आप यश के शिखर को स्पर्श करें और स्मरणीय बनें।"

"सच कुँवराणी, आपके उदार-विचार और संयम के कारण मुझमें किसी तरह का कोई तनाव नहीं रहता।...औरंगजेब बादशाह हो जाएगा। महाराज इस संदर्भ में क्या निर्णय लेंगे, यह विचारणीय स्थिति है। यदि महाराजा ने बादशाह की मातहती

स्वीकार कर ली तो फिर से समरांगण की रणभेरियाँ सुननी पड़ेंगी। दूर-दूर तक रणक्षेत्र में जाना होगा। गरिमामय भाषा में, शत्रुदल का संहार करना होगा और मेरी भाषा में हत्याएँ करनी होंगी। इस उदरपूर्ति हेतु बेचारा सैनिक किस तरह अपने जीवन का यह नृशंस खेल खेलता है। कई बार तो राजा की कठोर आज्ञा होती है कि फलाँ ठाकुर इतने सैनिक लाएँ और ठाकुर अपनी लाठी और अधिकार से उन्हें सेना में भर्ती करा देता है। क्या यह जीवन की भयंकर त्रासदी नहीं ? अनिच्छा से जो जीवन वरण किया जाता है वह मृत्यु सदृश ही होता है।···सच कहता हूँ कुँवराणीजी, एक बार मैं इसी ऊब, कुंठा और उत्तेजना के फलस्वरूप युद्ध क्षेत्र में भयंकर विनाशकारी हो गया था और मैंने गाजर-मूली की तरह शत्रुओं को काटना शुरू कर दिया। परिभाषित नहीं कर सकता कि वह मेरा वीरत्व था या कुंठित मन की बर्बरता।''

दुर्गादास के मौन होते ही प्रेमकँवर ने उसके हाथ पर अपना हाथ रख कर कहा, ''मैं आपकी इस बात से सहमत हूँ कि पृथ्वी पर युद्ध बंद हो जाने चाहिए।''

''मैं समझता हूँ कि मौन एकांत क्षणों में हर आदमी, हर राजा-महाराजा, बादशाह ऐसा ही सोचते होंगे पर कदाचित् इस समय में उनके अस्तित्व की रक्षा इसी युद्ध पर निर्भर हो।''

''ऐसा ही है।'' प्रेमकँवर ने कहा, ''मुझे पता चला है कि मेरी एक बहन का और ब्याह है।''···

दुर्गादास जाजम पर सोता हुआ हँसकर बोला, ''अधिक शादियाँ और अधिक बच्चे।···जब आप दादी बनेंगी न, तब आपके भाई-बहनों के ब्याह होते रहेंगे।···''

उसी पल आकाश से तारा टूट कर धरा की ओर आता गवाक्ष में से दिखाई दिया। प्रेमकँवर ने राम-राम किया।

## छह

सज्जित मंत्रणा-कक्ष।

महाराजा जसवंतसिंह और राठौड़ दुर्गादास गंभीर मुद्राओं में मंत्रणा कर रहे थे। कक्ष के दरवाजों पर द्वारपाल पहरा लगा रहे थे। वातावरण शांत था।

महाराजा मद्धम स्वर में बोला, ''अब क्या करना होगा। औरंगजेब निश्चित रूप से भारत का बादशाह बनेगा। उसके भाग्य का सितारा बुलंद है। फिर वह बड़ी निर्ममता से प्रतिशोध लेगा क्योंकि वह इस सिद्धांत को माननेवाला है कि शत्रु चाहे

निर्बल हो या सबल उसे जीवित नहीं छोड़ना चाहिए। क्षमा भी उसे ही करना चाहिए जो भविष्य में उसकी अधीनता स्वीकार करके वफ़ादार बना रहे।''

दुर्गादास महाराजा की ओर देखकर बोला, ''हाँ महाराज, वह अत्यंत कुशाग्र बुद्धिवाला है। उसकी तीक्ष्ण दृष्टि में पहचानने की बड़ी क्षमता है। वह आदमी को पहचानता है। वह धर्म, सत्य और ईश्वर की गहनता से भिज्ञ है। इसलिए वह सबका हथियार की तरह उपयोग करता है। वह इस उद्देश्य को पूरी तरह मानता है घि प्रेम और युद्ध में कुछ भी अनुचित नहीं है।''

''मैं समझता हूँ कि वह शक्ति के साथ-साथ बुद्धि कौशल का भी प्रयोग करता रहता है। वह राजनीति की शतरंज का चतुर खिलाड़ी है। हर चाल चलने में गहराई से सोचता है तभी तो वह कई बार प्यादी से बादशाह को मात दे देता है।''

''हाँ अन्नदाता, हमें भी कौवे की तरह सतर्क रहना पड़ेगा। उस पर पूर्ण विश्वास करना भी मूर्खता होगी। आलमगीर द्वारा प्रदत्त मनसब, मान-सम्मान और उच्च पद यानी वह कुछ भी देता है, अपनी स्वार्थपूर्ति हेतु देता है। उसके हर कदम के पीछे की भावनाओं को समझना होगा।''

''आप ठीक कहते हैं दुर्गादासजी।''

''महाराज, हम कब चलेंगे।''

''देखें कब स्थिति बनती है पर यह बिलकुल तय है कि हम महाशक्तिशाली शासक के अधीन ही रहेंगे। इससे दुर्गादासजी हमें अनेक लाभ हैं। व्यर्थ के तनावों से बचते रहेंगे। हमारे पर वह दायित्व नहीं रहेगा जिससे हमें हर घड़ी युद्ध की तैयारियाँ करनी पड़ें। उनके बेशुमार खर्चे उठाने पड़ें।''

दुर्गादास ने तनिक सोच कर गंभीर स्वर में कहा, ''अधीनता कलंक समान होती है। वह योग्य व्यक्ति और प्रचंड योद्धा के व्यक्तित्व को खुरच-खुरच कर समाप्त कर देती है। कहा भी है कि पराधीन सपने सुख नाहीं।…हम ऐसी स्थिर और अस्पष्ट स्थिति में स्वयं का साम्राज्य क्यों न स्थापित करें।''

जसवंतसिंह के होठों पर भेदभरी मुसकान धावित हो गई। बोला, ''दुर्गादास जी ! मुगलों के पास अपार सैन्य बल है। साधन है, धन है। उनके पास फिरंगियों की तोपें भी हैं। ऐसी स्थिति में व्यर्थ के झंझट मोल लेना बुद्धिमानी नहीं। राज्य में अशांति फैलाने और अपने सैनिकों को मरवाने के लिए बैर मोल लेना अच्छी बात नहीं।''

दुर्गादास वहाँ से आकर अपने निवास स्थान में अकेले बैठकर सोचने लगा। उसका ध्यान विगत की चंद घटनाओं की ओर गया। अतीत के पृष्ठ फड़फड़ाने लगे। उसे स्मरण हो आया कि लोह-पुरुष और शत्रुओं को पादाक्रांत करनेवाला जोधपुर नरेश गजसिंह जब अनारा बेग़म को आगरा से जोधपुर ले आया तब जसवंतसिंह ने अत्यंत ही कुटिलता से अनारा बेग़म को अपना पक्षधर बना लिया। उसने अत्यंत

चतुराई से अमरसिंह जो राज्य का वास्तविक उत्तराधिकारी था, को गजसिंह की दृष्टि में उद्दंड और उग्र प्रमाणित करा दिया। राजा गजसिंह अनारा बेग़म के प्रणयोदधि में आकंठ डूबा हुआ था, वह भी अनारा बेग़म के संकेत पर नाचने लगा। यहाँ तक जसवंतसिंह अनारा बेग़म को इतना खुश रखता था कि जब वह उठती थी तो वह झट से उसकी मोतियों जड़ी पगरखी को उसके सामने रख देता था इसके विपरीत अमरसिंह अनारा को कुछ भी महत्त्व नहीं देता था। परिणामस्वरूप राजा गजसिंह ने अमरसिंह को नागौर की जागीर दे दी और जसवंतसिंह जोधपुर नरेश घोषित हो गया। हालाँकि दुर्गादास को यह नैतिक नहीं लगता था किंतु उसे तो जोधपुर के सिंहासन और महाराजा के प्रति तन-मन-धन से वफ़ादार रहना था। राठौड़ों की प्राण-प्रतिष्ठा के लिए उत्सर्ग होना था।...वह समझता है कि आज की राजनीति की कोई आचारसंहिता नहीं। छल-बल और कौशल से शत्रु को परास्त करना ही एकमात्र उद्देश्य रह गया है अब। केवल विजय पाकर सत्ता और शक्ति को प्राप्त करना। इधर के सत्ता स्वामियों और प्रतिष्ठा शिखर पुरुषों में विलासिता के प्रति भी तीव्र सम्मोह जाग्रत हो रहा है। वे अपने से बेसी शक्तिशाली के सम्मुख दासों की भाँति रिरियाते और समर्पित हो रहे हैं ताकि उनकी विलासितापूर्ण जिंदगी सुचारु रूप से चलती रहे। वे भोग-विलास में लिप्त रहें। यही स्थिति हिंदू-नरेशों की दीमक खाई लकड़ी की तरह हो रही है। आपसी फूट, वैमनस्य और दूरदर्शिता की कमी के कारण वे दिन-प्रतिदिन बाहरी आक्रमणकारियों की दासता के चंगुल में फँसते जा रहे हैं।

कई दिनों पश्चात् जब जसवंतसिंह औरंगजेब की जी-हुजूरी में प्रस्तुत हो गए तो दुर्गादास को लगा कि वे अपनी मूल अस्मिता से हट गए हैं।

डावड़ी (दासी) ने आकर कहा, ''कुँवर सा, आपसे कोई मिलने आया है।''

''उन्हें दानखाने में बिठाओ, मैं आ रहा हूँ।''

मध्याह्न ढलने लगा था और अपराह्न का आगमन शुरू हो गया था।

औरंगजेब ने सिंहासन हस्तगत कर लिया। फिर भी अभी वह अपने को अनेक संकटों से घिरा हुआ समझता था। शुजा का आगरा की ओर अग्रसर होना तथा अनेक नगरों में भी विद्रोह राख के ढेर के नीचे अंगार की भाँति सुलग रहा था।

फिर भी औरंगजेब जानता था कि राठौड़ों की शक्ति बहुत बड़ी है। उसने आमेर नरेश द्वारा जसवंतसिंह को क्षमायाचना का आश्वासन भिजवाया और सेना सहित उपस्थित होने को कहा। उसका कथन लिखित में था।

तुरंत जसवंतसिंह ने अपने प्रमुख सरदारों को आमंत्रित किया। उनसे परामर्श किया। कई सरदारों के साथ उसमें दुर्गादास भी था।

दुर्गादास ने कहा, ''मुझे इस आमंत्रण पर विश्वास नहीं होता। आलमगीर के

लिए विश्वासघात करना कोई बड़ी बात नहीं। कहीं इसी प्रेमपूर्वक बुलावे में षड्यंत्र हो।''

जसवंतसिह ने गंभीर होकर कहा, ''इसकी कुछ प्रतिशत संभावना है पर यह भी अवसर है कि हम इस लड़ाई में जाकर औरंगजेब का विश्वास भी जीत सकते हैं। हम लोग इस बार ऐसी युद्ध-नीति अपनाएँ जिससे हमें कम-से-कम हानि उठानी पड़े और लाभ अधिक हो।''

चौहान सरदार ने अपनी राय व्यक्त की, ''महाराज सही फरमा रहे हैं कि हमें युद्ध की ऐसी नीति अपनानी चाहिए जिससे औरंगजेब को हमारा पूर्ण विश्वास प्राप्त हो जाए।''

जसवंत ने निर्णय सुनाया, ''हमें उससे मित्रता का हाथ बढ़ा लेना चाहिए।''

जसवंतसिंह की सेना ने कूच कर दिया।

इलाहाबाद के निकट खजुआ नामक स्थान पर शुजा और औरंगजेब की सेनाओं में भयंकर युद्ध हुआ। राठौड़ सेना का सैन्य-संचालन महाराजा जसवंतसिंह, दुर्गादास और अन्य सरदार कर रहे थे। मुगल सेना का संचालन दारा सुलेमान शिकोह कर रहा था। इस भयंकर युद्ध में शुजा की पराजय हुई।

जसवंतसिंह की सेनाओं ने भयंकर लूटपाट की। वस्तुतः दुर्गादास की ही यह सोच थी कि इस युद्ध में जयश्री प्राप्त करने के पश्चात् या उसके पूर्व लूटपाट की जाए। यहाँ तक कि राठौड़ सेना ने असुरक्षित शुजा के बादशाही डेरों की ओर बढ़कर आक्रमण किया। यहाँ की बहुमूल्य सामग्री पर आधिपत्य करके मारवाड़ की ओर प्रस्थान कर दिया। अनेक ऊँटों व बैलगाड़ियों पर सामान लदा था। जब जसवंतसिंह ने प्रस्थान किया तब लड़ाई जारी थी।

जसवंतसिंह ने दारा को भी कहलाया कि वह युद्धभूमि में पहुँचे पर दारा नहीं पहुँच सका। इधर जसवंतसिंह का अस्पष्ट स्थितियों में मारवाड़ा आना ही बेहतर था। वह लूट का माल लेकर जोधपुर की ओर चल पड़ा।

औरंगजेब का पूर्ण विश्वास किए बिना जसवंतसिंह उसे शक्तिहीन करने के लिए कभी उससे मिलता और कभी उसके विद्रोहियों से।…वह भी षड्यंत्रों की रचनाएँ करता रहा पर वह कहीं भी पूर्ण रूप से सफल नहीं हुआ।

राठौड़ों की आँख मिचौली से तंग आ गया था औरंगजेब ! अंत में औरंगजेब ने अत्यंत भरोसा व कसमें खाकर जसवंतसिंह से बांधव संबंध जोड़ लिया और विश्वास दिलाया कि वह उन्हें भ्रातृ-सम व्यवहार करेगा। फिर जसवंतसिंह ने भी विश्वास कर लिया।

औरंगजेब ने अत्यंत विचार-विश्लेषण के पश्चात् यह निर्णय लिया कि जसवंतसिंह को कहीं दूरदराज के दुर्गम-बीहड़ इलाके में भेज दिया जाए। उसी समय काबुल में अफगानों ने विद्रोह कर दिया। औरंगजेब ने वहाँ जसवंतसिंह को भेजने

का विचार किया।

अफगान अत्यंत वीर और खूँखार लोग थे। उन पर काबू पाना सहज नहीं था। बस, औरंगजेब ने निर्णय लिया कि शूरवीर जसवंतसिंह को वहाँ भेज दिया जाए। एक तीर में दो निशाने हो जाएँगे। या तो अफगानों का विद्रोह दब जाएगा या फिर यह बलशाली समाप्त हो जाएगा। उसने जसवंतसिंह की भूरि-भूरि प्रशंसा की और उसे महान् योद्धा स्वीकारते हुए कहा कि ''आप तो वीर शिरोमणि हैं, आपकी दहाड़ से पर्वतों के कलेजे काँप जाते हैं, शत्रुओं के अडिग साहस टूट जाते हैं। आप हमारे बंधु हैं। आपको बता दूँ कि हमारे राज्य की सुरक्षित सीमाओं पर दुश्मन दस्तक दे रहा है। आपको अफगानों के विद्रोह को दबाना है।''

प्रशंसा सुनकर मनुष्य अपने को जो है, उससे अधिक आँक लेता है।

जसवंतसिंह ने काबुल जाने की हाँ भर ली।

तुरंत सारे सरदारों को उसने अपना निर्णय सुनाया।

दुर्गादास ने सोच कर कहा, ''जब कोई राजा अपनी शक्ति से अपने शत्रु को परास्त नहीं कर सकता तब वह शत्रु को अपना मित्र बना लेता है। फिर उसे आत्मविश्वास में लेकर अपने से अधिक शक्तिशाली शत्रु से लड़ने के लिए भेज देता है ताकि दो-दो शत्रु नष्ट हो जाएँ।''

खींची सरदार ने कहा, ''दुर्गादासजी की बात में काफी सार है। कहीं औरंगजेब की यही कुटिल मनसा तो इसके पीछे नहीं है ?''

चौहान सरदार ने कहा, ''दुष्ट व्यक्ति सरलता से अपनी दुष्टता को नहीं त्याग सकता।''

जसवंतसिंह ने कहा, ''हमने अपनी स्वीकृति दे दी है। क्षत्रिय वचन और विश्वास कुटिलताओं के कुठाराघातों से विचलित नहीं होते। यदि हर कोई परिणाम देखकर ही कदम उठाएगा तो कुछ भी नहीं कर पाएगा। योगी-पुरुष श्रीकृष्ण ने कहा है कि कर्म कर फल की चिंता न कर। मेरा आदेश है कि काबुल की ओर प्रस्थान करने की तैयारियाँ की जाएँ। दुर्गादासजी ! आप सैनिक अस्त्र-शस्त्र की जाँच-पड़ताल कर लेंगे। इस अभियान को सफल बनाना ही है, किसी भी मूल्य पर।''

सब तैयारियाँ करने उठ गए।

# सात

सन् 1671-72 ई.।

जमरूद नगर।

महाराजा जसवंतसिंह अपने लश्कर के साथ वहाँ विराजमान था। ऊब मिटाने के लिए साथियों के संग मृगया हेतु जंगल में निकल पड़े। उसके साथ कई विश्वासपात्र योद्धा और राठौड़ दुर्गादास भी था। कोई शिकार मिल नहीं रहा था। महाराज उद्विग्न और आवेश में भर गया था।

अप्रत्याशित दो मृग दिखाई दिए।

किसी ने कहा, "वे रहे मृग महाराज।"

महाराज ने उस ओर देखा। वह अपने तीव्रगामी, पुष्ट और समझदार अश्व महबूब पर आरूढ़ था। वह पीछा करने लगा।

मृग तो जंगल के बीहड़ व दुर्गम मार्गों को पहचानते हैं। देखते-देखते वे लुप्त हो गए।

इस गहमागहमी में दुर्गादास महाराजा से बिछुड़ गया। श्रांत होकर एक छायादार वृक्ष के तले सो गया। गहरी निद्रा आ गई।

उसी समय महाराज्रा जसवंतसिंह आ गया। उसने देखा कि दुर्गादास गहरी निद्रा में निमग्न है और धूप उसके मुखमंडल पर फैल गई है। महाराजा ने उसकी तेजस्वी और कांतिमय आकृति को देखा। अपना कमरबंद खोल कर उस पर डाल दिया। साथियों को संबोधित करके कहा, "किणी दिन दुर्गो देस माथै छाया करेला। इण पर छांव करणै वगत मन्नै गरब हुवै। म्हैं इण माथै छांव करी नै ओ सगलै मारवाड़ माथै छांव करैला।"

जब दुर्गादास को उसके साथी सरदारों ने यह बात बताई तो वह सिर उठाकर दर्प और श्राद्ध के मिश्रित भावों से बोला, "मैं अपने स्वामी और जन्मभूमि हेतु अपना सर्वस्व विसर्जन कर दूँगा। जहाँ उनके स्वेद कण पड़ेंगे वहाँ मेरे रक्त-कण पड़ेंगे। ...मैं उनके विश्वास का हनन कभी भी किसी मूल्य पर नहीं करूँगा।"

चौहान सरदार ने प्रश्न किया, "क्या आज की इस राजनीति में यह संभव है कि मनुष्य ने जो निर्णय एक बार लिया है, वह परिवर्तित ही न हो।"

"यह संभव नहीं है। राजनीति तो गिरगिट की भाँति है। पल-पल में रंग बदलती है पर जो स्वामिभक्त है। जो मन, वचन और कर्म से अपने स्वामी को समर्पित है, वह तो स्थिर ही रहेगा। उसके लिए उनकी आज्ञा ही शिरोधार्य और सर्वोपरि होगी। उस स्वामिभक्त में एक और गुण होना चाहिए कि वह स्वामी पर आई किसी भी आपदा को दूर करे। श्रेष्ठ समय में वह स्वामी की छत्रछाया में जितना सुख पाता

है, इसके विपरीत उसके अश्रेष्ठ समय में उसकी दुविधा, संकट, असुविधा, अभाव और उद्विग्नता को उतना ही दूर करें। वही सच्चा योद्धा और स्वामिभक्त होता है।...

"आपके विचार उच्च हैं राठौड़ सरदार" मुकुन्ददास ने कहा।

"इस व्यवस्था और वातावरण में हमारा अस्तित्व हमारा स्वामी ही होता है।" और दुर्गादास सोचने लगा कि मनुष्य परिस्थितियों और मौजूदा व्यवस्था के अंतर्गत काफी समय वह अनिच्छा से जीता है। अपने मन के विरुद्ध उसे कई बार विचार प्रकट करने पड़ते हैं।

वह अपने शिविर में आकर पलंग पर लेट गया। इलाका ठंडा था। हलकी-सी रजाई ओढ़ ली। पुनः सोचने लगा कि महाराज इतनी दूर अफगान विद्रोहियों की क्रूर प्रकृति की चिंता किए बिना रावले को साथ लाए हैं। दो-दो राणियाँ, वे भी उदरिणी हैं। कहीं अनचीती और अनसोची हो जाए तो लेने के देने पड़ जाएँगे। लेकिन उन्हें कोई रोक भी तो नहीं सकता है। यदि इधर आक्रमण हो गया तो सेना किस-किस का बचाव करेगी।...प्रभु ! हम सबकी रक्षा करना।

वह विचारलीन-सा बैठा रहा।

## आठ

कुत्ते की पूँछ को छह माह पत्थर के नीचे रखो पर वह सीधी नहीं होगी। वही स्थिति औरंगजेब की मनःस्थिति की थी। वह नहीं बदल रही थी। पता नहीं, इतना योग्य होते हुए भी उसे न जाने कौन-सी कुंठा और भय था कि उसे संदेह बना रहता था कि हर कोई मेरा शत्रु है। बस, इसलिए वह येनकेन प्रकारेण हर शत्रु का दलन करना चाहता था। यही कारण था कि वह कभी भी निश्चिंतता की निद्रा नहीं सो पाता था। वह इतना अविश्वासी हो गया था कि स्वयं पर भी पूर्ण विश्वास करना भूल गया था।

यह नितांत सही है कि मनुष्य का स्वार्थ केवल उसके चतुर्दिक् लिपटा रहे तो वह स्वार्थ कहीं न कहीं, हानिप्रद हो सकता है। स्वार्थ का अर्थ यह कभी भी नहीं हो सकता कि वह निजी जीवन तक सीमित रहे। स्वार्थ अगर अन्यों के हितों की भी कुछ सीमा तक रक्षा करे तो वह स्वार्थ सहनीय हो जाता है। स्वार्थ संपूर्ति में मर्यादा तो होनी ही चाहिए। मनुष्य की समस्त इंद्रियाँ संपूर्ण जीवन में अपने तमाम

स्वाद व अनुभव ले सकती हैं। क्या यह संभव है कि राक्षसी प्रयत्नों के बाद भी कोई भी मनुष्य समस्त विश्व को विजय कर सका है ? इतिहास में ऐसा दृष्टांत कहाँ है ? प्रकृति ने ही मनुष्य को सीमाबद्ध कर रखा है।

यह सच है कि अनेक सम्राटों की तरह औरंगजेब भी कभी भी अपनी प्रत्येक इच्छा की पूर्ति नहीं कर पाएगा। लेकिन तृष्णाएँ तो अनंत होती हैं। एक तृष्णा की तृप्ति दूसरी तृष्णा को जन्म देती है।

जसवंतसिंह को वह पूरी तरह परास्त नहीं कर सका। उसके अधीनस्थ होते हुए भी जसवंत कई मायनों में स्वाधीन ही था अतः औरंगजेब ने उसे दूसरी तरह से पंखहीन करने का विचार किया।

यह कितना सही है कि यदि मनुष्य अपनी भौतिक इच्छाओं पर आध्यात्मिक अंकुश न रखे तो उसे किसी भी स्थिति में संतोष नहीं मिल सकता।

औरंगजेब को संतोष कहाँ ?

उसने युवराज पृथ्वीसिंह को न्योता भेजा और कहा, ''वे दरबार में हाजिर हों, हम उन्हें खास इज़्ज़तवाली मनसब देंगे।''

युवराज दूरदर्शी नहीं था। अपूर्व शक्तिशाली था पर सांसारिक कुटिलताओं से अपरिचित।

दरबार में उपस्थित हो गया। औरंगजेब के दरबार के आत्मीयता भरे सम्मान से वह अभिभूत हो गया।

औरंगजेब ने मुसकराते हुए पृथ्वीसिंह को अपने सन्निकट बुलाया। उसके दोनों हाथों को पकड़कर कहा, ''युवराज ! मैंने सुना है कि तुम्हारे हाथों में वही ताकत है जो तुम्हारे वालिदे माजिद (पूज्य पिता) के हाथों में है। अच्छा, यह बताओ, तुम क्या कर सकते हो !''

पृथ्वीसिंह ने सीना फुलाकर कहा, ''ईश्वर आपको सलामत रखे। जहाँपनाह ! जब बादशाह अपनी प्रजा के होनहार युवकों की पीठ थपथपाता है तो उसका शौर्य और साहस चौगुना हो जाता है। वह प्रजा को सुख और प्रेम देता है तो प्रजा समर्पण भाव से अपने राजा की वंदना करती है।...और आपने तो मेरा एक हाथ नहीं, दोनों हाथ पकड़े हैं। यदि आप हुक्म दें तो मैं संपूर्ण संसार पर फतह पा सकता हूँ।''

''शाबाश युवराज, शाबाश। खुदा आपकी उम्रदराज करें।''

बादशाह ने ताली बजाई।

एक दरबारी चाँदी की थाली में बहुमूल्य खिलअत (पोशाक) लाया। बादशाह ने उसे भेंट करते हुए अत्यंत ही अपनेपन से कहा, ''युवराज ! यह हमारी सबसे बेशकीमती खिलअत है। इसे पानेवाला हमारा और हमारे दरबार के लोगों के लिए सबसे इज़्ज़तदार आदमी होता है। आप जरा इस पोशाक को पहनकर आइए। हम स्वयं आपको अपने हाथ से सलमेसितारों से जड़ी मूँठ व म्यानवाली शमशीर भेंट

करेंगे।"

थोड़ी देर में पृथ्वीसिंह वह पोशाक पहनकर आया। बादशाह ने उसे शमशीर भेंट की। पृथ्वीसिंह दरबार से अपने डेरे पर चला गया।

पोशाक के उतारने के पश्चात् उसके शरीर में जलन शुरू हो गई। उसने यह बात अपने हाजरिए से कही। हाजरिया शहर में से किसी वैद्य को ढूँढ़ने चला गया। चंद ही पलों में वह जलन भीषण हो गई। पृथ्वीसिंह तड़पने लगा। वह चिल्लाने लगा, "मुझे बचाओ, मैं जल रहा हूँ। मेरे रोम-रोम में अंगारे दहक रहे हैं। अरे कोई मुझे बचाओ।"

पृथ्वीसिंह की वेदना बढ़ती गई। वह उठकर इधर-उधर भागने लगा। करुण-क्रंदन करने लगा। पानी की हौजी में कूद पड़ा पर जलन तीव्र से तीव्रतम होती गई। वह भयंकर रूप से छटपटाने लगा।

बार-बार चिल्लाता था, "मैं जल रहा हूँ, मुझे बचाओ…हे भगवान मेरी सहायता कर…"

वैद्य आ गया था। उसने सारी स्थिति को समझकर खिलअत को उठाकर देखा। उसका एक टुकड़ा काट कर उँगलियों से तनिक मसला। जलन-सी अनुभव हुई। तुरंत घी का लेप करके कहा, "मेरे सातों गुनाह माफ करें युवराज, वस्तुतः कोई विष इस खिलअत में लगा है और वह आपके शरीर में प्रवेश कर गया है। अब आपको तो भगवान ही बचा सकता है। हाँ, घी का लेप कीजिए।"

चाकरों ने तुरंत घी से उसके बदन को लिथड़ दिया पर जलन बढ़ती गई। थोड़ी देर में युवराज अचेत हो गया। अंततः उसके प्राणपखेरू उड़ गए।

यह दुखद समाचार विश्वासी संदेशवाहक के साथ जसवंतसिंह को भेज दिया गया।

पृथ्वीसिंह के दाह-संस्कार की व्यवस्थाएँ होने लगीं।

## नौ

जमरूद में जसवंतसिंह ने जब पृथ्वीसिंह की मृत्यु का दुखद व हृदयविदारक समाचार सुना तो अचेत हो गया। तुरंत उपचार की व्यवस्था होने लगी।

दुर्गादास ने महाराज की ओर अत्यंत आदर व अपनत्व भरी दृष्टि से देखकर कहा, "आप अपने को सँभालिए।"

"दुर्गादासजी, ऐसा कौन-सा रोग हो गया पृथ्वी को अचानक, कि प्राण ही चले गए।"

"मेरे लिए तो यह समाचार और भी पीड़ादायक है। इस बुरे समय मैं आपके समक्ष मारवाड़ का भावी धणी और धोरी ही नहीं रहा।" उसका स्वर अवरुद्ध हो गया, "मुझे पक्का विश्वास है कि युवराजजी के साथ अवश्य ही कोई प्रपंच हुआ है। दिल्ली में उनकी मृत्यु का होना इस बात का संकेत करता है कि कोई अनहोनी हुई है। आखिर वे आपको बिना सूचित किए दिल्ली क्यों गए ? क्या ऐसा कार्य था ?"

"कुछ भी हो पर मेरे कलेजे का टुकड़ा तो गया।"

उसी समय एक संदेशवाहक घुड़सवार आया। उसने दुर्गादास को सिर झुकाकर जै माता दी की। महाराजा को अस्वस्थ देखकर दुर्गादास को एकांत में ले गया। सारी घटना बताकर कहा, "अंतिम समय युवराजजी भयानक पीड़ा से ऐसे तड़पते रहे जैसे छिपकली की कटी पूँछ हो। अत्यंत ही भयंकर मृत्यु पाई उन्होंने।"

दुर्गादास ने समस्त सरदारों से गुस्से में जबड़े भींचते हुए कहा, "मैं पहले ही जानता था कि बादशाह अपना स्वभाव नहीं बदल सकता। कहावत है—जेड़ा पड़या सुभाव, जासी जीव सूं, नीम न मीठो होय सींचो घीव सूं।"

सारे सरदार उसकी बात से सहमत थे। विशेषतः दुर्गादास के साले लालसिंह, अजबसिंह और उसके श्वसुर चतुर्भुज चौहान।

चतुर्भुज ने गंभीर स्वर में कहा, "महाराज सा की स्थिति गंभीर बनी हुई है। सुधार के चिह्न भी दिखाई नहीं दे रहे हैं। जो योद्धा विशाल समर प्रांगण में शत्रु दल का संहार करता था, आहतों की चीत्कारों, शत्रुओं की हुंकारों और तलवारों की खनखनाहटों के मध्य सिंह गर्जना करता था, वह अपने पुत्र के असामयिक निधन से विह्वल और कातर है।...पल-पल वे अपनी चेतनावस्था को खोते जा रहे हैं।"

जब भी महाराजा की चेतना लौटती थी, वह आम आदमी की तरह आर्त्त स्वर में कहता, "पृथ्वी...मेरे पृथ्वी।" उसकी दयनीय दशा को देखकर सरदारों के हृदय पसीज जाते थे। वे सब महाराजा को दृढ़ स्वर में कहते थे कि वे मारवाड़ और उसकी मान-मर्यादा की रक्षा करने की प्रतिज्ञा करते हैं।

जसवंतसिंह का मुख असीम अवसाद से पीतवर्णी हो रहा था।

दुर्गादास ने कई दिनों के पश्चात् एक दिन समस्त राठौड़ वीरों को एकत्रित करके कहा, "महाराजा पुत्र-शोक के दारुण दुःख को नहीं सह सके। वे श्लथ और निस्पंद होते जा रहे हैं। ईश्वर अशुभ न करें पर होनी को कोई टाल नहीं सकता। ऐसी विषम स्थिति में हमें प्रतिज्ञा करनी चाहिए कि मारवाड़ के मान-मर्यादा के मार्त्तण्ड के ओज और तेज को हम प्राणप्रण से प्रज्वलित बनाए रखेंगे।"

दुर्गादास ने एक केसरिया पगड़ी मँगवाई। उसे सारे सरदारों के बीच में रखकर हाथ ऊँचा करके कहा, "हम सबके ऊपर अनंत अलौकिक आकाश है और नीचे

प्राणी मात्र की जननी शस्य-श्यामला धरा है। यह केसरिया पगड़ी जो हमारी शान-बान-आन अभिमान, सम्मान और प्राण की प्रतीक है, उसकी सौगंध खाकर हम कहें कि हममें जब तक प्राण है तब तक अपनी मातृभूमि के प्रति वफ़ादार रहेंगे। जोधाणे के सिंहासन की रक्षा करेंगे।''

सबने प्रतिज्ञा की !

दुर्गादास को पृथ्वीसिंह की माँ शेखावत अतिरगदे की बड़ी चिंता हुई। एक तो पुत्र शोक और उस पर पति शोक को वह स्त्री कैसे झेल पाएगी ? जीते जी मर जाएगी।

दुर्गादास यह सोच कर अत्यंत ही दुखी और परेशान था कि जिस महाराजा जसवंतसिंह ने अपने रणकौशल और शक्ति से हिंसक व अनीतिपरक अफगानों को परास्त किया, उसके साथ इतनी असह्य कृतघ्नता तो अमानवीयता की पराकाष्ठा है। महाराजा का एक पुत्र जगतसिंह 22 फरवरी 1676 ई. में पहले ही मर गया था पर दूसरे पुत्र पृथ्वीसिंह की मृत्यु उसकी अपनी मृत्यु बन गई। 28 नवम्बर 1678 ई. को उसका देहावसान हो गया। रानियों ने काला ओढ़ लिया।

उस समय की अंध परंपरा के अनुसार वे सती होने का आग्रह करने लगीं। वे बहुत ही संतप्त एवं विचलित थीं।

सरदार भी चिंतित थे।

समस्त महत्त्वपूर्ण सरदारों से गंभीर परामर्श करके राठौड़ दुर्गादास नरु की और जादमण रानियों के सम्मुख गया।

दुर्गादास ने व्यथाभिभूत विगलित स्वर में कहा, ''आप दोनों हमारी परम श्रद्धेय एवं सम्माननीय हैं। क्षत्राणी और क्षत्रिय अपनी परंपराओं से हटते हुए पाप का अनुभव करते हैं।...पर समय के सत्य के मर्म को समझना भी आवश्यक है। समय का कथन है कि आप इस शोक में धैर्य रखें।''

''आप जानते ही हैं दुर्गादासजी, स्त्री के जीवन का सुख और अस्तित्व पति के साथ है। उसका इहलोक का शृंगार, आलोक, सुख-वैभव सब पति ही है फिर क्षत्राणियाँ पति के बिना कैसे जीवित रहेंगी ?''

दुर्गादास ने कहा, ''हम आपकी आंतरिक पीड़ा और लोक रीति को जानते हैं पर पृथ्वी पर किसी भी स्त्री को दूसरे को मृत्यु देने का अधिकार भी तो नहीं है। स्त्री तो जन्मदात्री है। जो जन्म देती है, वह मृत्यु कैसे देगी ? आपको महाराजा के उत्तराधिकारी को जन्म देना है। वह आपके पतिदेव का अंश-वंश है। क्या आप चाहेंगी कि मारवाड़ का राज्य बिना किसी उत्तराधिकारी के समाप्त हो जाए।''

''नहीं सा, ऐसा हम नहीं चाहतीं।''

''फिर हमें सहयोग और मनोबल दीजिए, ताकि हम आनेवाली लड़ाइयाँ साहस के साथ लड़ सकें।''

रानियों ने उसकी बात मान ली।

बारहवें दिन महाराजा का 'मौसर' करके सारे सरदारों ने फिर सलाह-मशविरा किया।

उसी समय गुप्तचर ने आकर समाचार दिया कि जोधपुर को औरंगज़ेब ने खालसा कर लिया है और ताहिर खाँ को फौजदार; खिदमतगार को किलेदार, शेर अनवर को अमीन, अब्दुर्रहमान को कोतवाल बनाकर जोधपुर रवाना कर दिया है।

राठौड़ दुर्गादास ने यह सब सुनकर गंभीर स्वर में कहा, "ऐसी विषम स्थिति में हमें अपने बुद्धि-कौशल का उपयोग करना चाहिए।"

सरदार सोनिग ने कहा, "हमें कुछ दिनों के लिए बादशाह का मौखिक विरोध भी नहीं करना चाहिए। क्योंकि चालाक बादशाह ने अपने अधिकारियों को भेजने के पूर्व राठौड़ अमरसिंह के पोते योद्धा इंद्रसिंह को भी जोधपुर से दक्षिण की ओर भेज दिया है ताकि उसका रास्ता एकदम साफ हो जाए।"

चौहान चतुर्भुज ने आशंका प्रकट की, "कहीं बादशाह अमरसिंह के सुपुत्र रायसिंहजी को जोधपुर का राजा न बना दे ? ऐसा करके वह राठौड़ों के बीच द्वेष जन्मा सकता है।...आप सभी सरदार जानते हैं कि आपसी संघर्ष से जातियाँ और देश निर्बल हो जाते हैं।"

उदावत सरदार ने कहा, "काश समस्त भारतीय संगठित होकर अपनी स्वतंत्रता की रक्षा करते तथा सौहार्द भरा शांत जीवन जीते।"

सूजावत सरदार ने कहा, "हमें यहाँ से शीघ्र से शीघ्र प्रस्थान कर देना चाहिए। बेसी देर हमारे भविष्य के उज्ज्वल पथ पर तिमिर बिखेर सकती है। हमारे इरादों को तोड़ सकती है क्योंकि यह सर्वसिद्ध है कि शत्रु कुछ अहित करे, इसके पूर्व ही उससे दूर हो जाना चाहिए।"

"आप सही फरमा रहे हैं। हमें यहाँ से डेरे उठा लेने चाहिए।" दुर्गादास ने आदेश भरे स्वर में कहा, "प्रस्थान करो।"

डेरे सिमटने लगे।

# दस

अत्यंत ही सावधानीपूर्वक राठौड़ों का सार्थ चल रहा था। शस्त्रधारी घुड़सवार, नंगी तलवारें लिये हुए विश्वासी सरदार पालकियाँ और बैलगाड़ियाँ जिन पर सामान

लदा था।

दुर्गादास सब पर निगाह रखते हुए अश्वारूढ़ था। उसकी दृष्टि चारों ओर निरीक्षण कर रही थी। तनिक भी संदेह होने पर वह सबको सावचेत कर देता था।

अंत में उनका सार्थ अटक नदी के तट पर पहुँच गया। वहाँ उन्होंने नावों में नदी पार करनी चाही पर मुगल अधिकारी ने उन्हें रोक दिया।

दुर्गादास ने पूछा, "हमें क्यों रोक दिया गया ?"

"आपको पार करने के लिए सरकारी-सनद चाहिए। हमें आप सनद दिखा दें, मैं पार करने की इजाजत दे दूँगा।"

"देखिए श्रीमान, हमें अचानक जरूरी काम से जाना है। समय कम था अतः सनद प्राप्त नहीं कर सके।" दुर्गादास ने विनम्रता से कहा।

"यह कोई वजह नहीं है। कायदे तो कायदे होते हैं।" अधिकारी ने कठोर स्वर में कहा।

"यह सही है।" और दुर्गादास ने जोधा रणछोड़ को संकेत किया। संकेत पाते ही रणछोड़ ने एक ही भीषण प्रहार में उस अधिकारी का सिर धड़ से अलग कर दिया। कुछ सैनिक वहाँ और थे। थोड़ी देर की लड़ाई के पश्चात् दुर्गादास ने प्रेम, भय और बल से अनेक छोटी-बड़ी नावों में नदी को पार किया।

लाहोर तक पहुँचते-पहुँचते यात्रा की असुविधाएँ और मानसिक तनावों के कारण दोनों रानियाँ अस्वस्थ हो गईं।

किसी मकान मालिक को लालच देकर खाली हवेली में डेरा डाल दिया गया। किसी को सही परिचय भी नहीं दिया गया।

राणियों की तबीयत बिगड़ती गई। उदर-शूल से वे तड़पने लगीं। तुरंत ही दाइयों की व्यवस्था की गई। संयोग देखिए कि दाइयाँ भी मिल गईं। पैसा सब कुछ करा सकता है।

सब मन-ही-मन ईश्वर से प्रार्थना कर रहे थे कि महाराजा के बेटा हो। 'सोवन-थाल' बजे।

जामदण राणी ने डावड़ी से पुछवाया, "यहाँ कोई विशेष खतरा तो नहीं है।"

दुर्गादास ने कहलवाया, "नहीं राणीजी, पहली बात तो यह है कि यह गुप्त और छद्‌मस्थान है। फिर हम इस बात का विशेष ध्यान रख रहे हैं कि कोई हमारी वास्तविकता न जाने। आप निश्चिंत रहिए। हम सब प्रार्थना कर रहे हैं कि महाराजा के पुत्र-रत्न ही हो।"

समय बीत रहा था।

दोनों रानियों के क्रमशः अजीतसिंह और मरु की रानी के दलथंभन नामक पुत्र उत्पन्न हुए।

यह सन् 1679 ई. की बात है।

सारे सरदारों में प्रसन्नता की लहर दौड़ गई। उन्होंने ईश्वर को धन्यवाद दिया कि मारवाड़ का स्वामी तो उत्पन्न हुआ।

राठौड़ दुर्गादास की खुशी का ठिकाना नहीं था पर वह रात्रि के नीरव क्षणों में एकांत स्थल पर एक चौकी पर बैठा-बैठा सोच रहा था कि अपने जीवन के दो युग उसने मारवाड़ के धणी की चाकरी में लड़ते-भागते बिता दिए। अपना निजी सुख, संतोष और आनंद का भी ध्यान नहीं रखा। पत्नी प्रेमकँवरजी, और अपनी संतान का लाड-कोड भी नहीं कर पाया। उन्हें अपनी अंक में बैठाकर पितृत्व के माधुर्य से भिगो भी नहीं पाया। उनका कैसा विकास करना है, कैसी शिक्षा देनी है, शस्त्र-शास्त्र में पारंगत कैसे करना है, देश, धर्म और जाति के लिए कैसे उत्सर्ग होना, कौन-सी हिंसा व्यर्थ है और कौन-सी सार्थक इनके भेद का ज्ञान, दया और करुणा की सीमांत की भिज्ञता, वह कुछ भी नहीं करा अपने वंशजों के लिए। उसने पूरी तरह कोई भी दायित्व व कर्तव्य नहीं निभाया।

वह तो उसका सौभाग्य था कि उसे अपनी प्राणप्रिया ही गुणवती मिल गई। कदाचित् प्रेमकँवर ने उसकी माँ का संघर्ष और त्यागमय जीवन को सुना-समझा हो।

प्रेमकँवर को आभास हुआ हो कि नारी का जीवन पर्वतीय नदी की भाँति अनेकों मोड़ों व ठोकरों से गुजरता है। बुद्धिमान और गुणवती स्त्री अपने विभिन्न रूपों व परिवेशों को आत्मसात करके उन्हें दूसरों के निर्माण में लगा देती है। वह झूठी प्रतिष्ठा, अहंकार और बड़प्पन का मुखौटा नहीं पहनती। वह अपने ममत्व के अखूट अमृत सरोवर के जल से सबके जीवन को सिंचन करके सुखमय बनाती है।

प्रेमकँवर ऐसी ही स्त्री है। वह कभी भी उसे कोई उपालंभ नहीं देती। कोई शिकायत नहीं करती। कोई अभियोग नहीं लगाती। कभी नहीं कहती कि प्राणनाथ, मनुष्य का जीवन केवल अपने स्वामी के लिए नहीं होता ? यदि उसके संपूर्ण जीवन के विभिन्न अच्छे-बुरे रंगों का स्वामी केवल उसका राजा होता, उसके सुख-दुःख का स्वामी केवल उसका राजा होता तो कोई बात नहीं थी। अरे ! उसके माँ, पत्नी, बेटे-बेटी भी होते हैं। उसके सुख और आत्मीयता के वे भी हिस्सेदार होते हैं। माँ स्वर्ग सिधार गई। पिता भी अपनी ठूँठपन को लेकर परलोक की यात्रा पर चले गए।…सबको एक दिन इस स्वर्ग-सी सुंदर धरती को छोड़कर महाप्रस्थान के पथ पर जाना है।

दुर्गादास ने अपनी राजा दाढ़ी पर हाथ फेरते और सोचते तारों भरे नभमंडल को देखा। प्रशांत मौन से सनी चंद्रिका चतुर्दिक् विस्तृत थी।

अप्रत्याशित दुर्गादास में सर्वप्रथम आत्ममोह जागा। फिर वह मोह व्यापक होता गया। इतना व्यापक कि अपने परिजनों से लिपटता गया। इतना कस गया कि सघन विषाद का आवरण छा गया। प्रेमकँवर से पृथक् सहस्र रातों के वियोग की पीड़ा विभिन्न मणिधरों की विषाक्त फूत्कारों सी ज्वलनशील लगी। वह विह्वल हो उठा। अनुभव हुआ कि विवाहिता को इतना दीर्घ वियोग देना कोई मनुष्यता नहीं। यह

तो स्त्री की उदारता पर एक आघात है। अन्याय है। मंत्रों व अग्नि की साक्षियों की अवमानना है। उसके धार्मिक, सामाजिक और नैतिक समर्पण का अपमान है। सतीत्व और नारीत्व की अवहेलना है।

दुर्गादास जब-जब अपने ठिकाणे जाता था तब प्रेमकँवर संपूर्ण उल्लास और गहन प्रेम से उसका स्वागत करती थी।

जब वह गहरी आत्मीयता से पूछता, ''कैसी हैं आप ?'' वह पुलककर कहती, ''यह भी कोई पूछने का प्रश्न है। आपकी छत्रछाया में हमें कोई कष्ट और दुःख हो सकता है ? आपके राज्य में आनंद ही आनंद हैं। सुख ही सुख है। दूध के कुल्ले करती हैं हम और मखमली ढोलियों पर पौढ़ती हैं हम। न किसी वस्तु की कमी है और न बड़े से बड़े कार्य के लिए दूसरे की ओर देखना पड़ता है। आपकी श्रेष्ठता के बारे में ज्यादा नहीं कहूँगी। ऐसे कर्तव्यनिष्ठ व्यक्ति भू पर नगण्य ही मिलते हैं। यह क्या कम गौरव की बात है कि अपनी निजी सृष्टि के समस्त सुखों का सम्मोह छोड़नेवाला ऐसा व्यक्ति दुरालक्ष्य है।''

दुर्गादास उसके वाक्यों के गहन अर्थ के मर्म को समझता था। कितना तीक्ष्ण व्यंग्य छुपा है उनमें, वह जानता था। उसकी मुसकान में कितना दर्द था ? सच में स्त्री व्यथा है, सहिष्णुता है। पृथ्वी की तरह बीज धारण करती है, अंकुरित करती है, पल्लवित-पुष्पित करती है, फिर उसे नष्ट होते देखती है। सृष्टि के संचालन की समस्त प्रक्रियाएँ उसमें हैं।

उसे याद आई, वह तिमिरमयी रात्रि।

तारे छोटे-छोटे रत्न-दीपों की तरह उद्भासित थे। शिशिर का मौन विशेष गहरा होता है। सारा परिवेश ठिठुरता हुआ लगता है।

दुर्गादास अश्व पर आया। ड्योढ़ीदार को पुकारा। उसने ड्योढ़ी के कपाट खोले।

''जै माताजी ठाकुर सा।''

''कहो, भँवरलाल कैसे हो ? डावड़ी मनोरी को कहो कि वह ठकुराणीजी को जाकर कहें कि हम पधारे हैं। 'रावले' में आना चाहते हैं।''

''जो हुक्म अन्नदाता।''

थोड़ी देर के बाद डावड़ी ने आकर बताया कि आप रावले में पधार सकते हैं।

दुर्गादास ने वस्त्र बदले। वह प्रेमकँवर के कक्ष में गया।

प्रेमकँवर ने चरण-स्पर्श किए।

दुर्गादास ने जाजम पर बैठते हुए हलकी मुसकान जो कलात्मक दीवट पर रखे दीए के मंद-मंद प्रकाश में दिखाई दे रही थी, अपने होठों पर बिखेरते हुए कहा, ''कैसी हैं आप ?''

उसने भी सदा की भाँति उत्तर दिया, ''आपकी छत्रछात्रा में किसे कोई दुःख हो सकता है ?''

"कुँवर कैसे हैं ?"

"स्वस्थ और प्रसन्न हैं।"

"आप कुछ दुर्बल लग रही हैं।"

"जी नहीं, कई रोज के बाद आपने देखा है इसलिए ऐसा कह रहे हैं। मैं तो कुछ मुटाई ही हूँ।"

वह मुसकरा पड़ी।

कुछ क्षणों के लिए दुर्गादास विमूढ़ हो गया। समझ में नहीं आ रहा था कि वह क्या बोले ? लंबे अर्से के बाद आने पर भी उसके पास कोई ऐसा विषय नहीं था जिस पर कोई लंबी बातचीत हो सके। राजनीति, युद्ध, अपने पुरुषार्थ का यशोगान, ये सब प्रेमकँवर के लिए ऊबानेवाले विषय थे।

प्रेमकँवर ने ही पूछा, "आप हुक्म करें तो मैं 'मोरजड़ी' दारू या 'कसूम्बा' पेश करूँ। अंतस् में कँपकँपी पैदा करनेवाली ठंड है।"

"जैसी आपकी मर्जी।"

थोड़ी देर में प्रेमकँवर की डावड़ी ने अफीम और गुलाबजल में घोंटा हुआ घोल 'कसूम्बा' लाकर दिया।

थोड़ा-सा लेकर वह आश्वस्त सा हुआ। बोला, "ठकुराणीजी ! कभी-कभी मुझमें अपराध बोध जागता है। स्वामी के प्रति अपने कर्तव्य को निभाते हुए आपके प्रति अपने कर्तव्य का पूरी तरह पालन ही नहीं कर पा रहा हूँ।"

"आप ऐसा क्यों कह रहे हैं ? आपके पुण्य-प्रताप से बड़ी जागीरें, अन्न-धन, यश, पुत्र और परिवार सब कुछ प्राप्त हैं। यह एक पत्नी के लिए क्या कम ? आप मुझे कितना मान-सम्मान देते हैं, कितना प्रेम करते हैं। आपने तो उन पर सर्वस्व विसर्जन कर रखा है। आपके चरणों में रहकर ही मैं अपना आत्म-कल्याण कर पाऊँगी। ये क्षुद्र विचार आप त्याग दीजिए। मैं बहुत ही संतुष्ट हूँ।"

दुर्गादास ने देखा कि ठकुरानी के अधरों पर अर्थभरी गोपन मुसकराहट है। उसके मुख को अदृश्य वेदना का झीना आवरण मलीन कर रहा है। राजा-महाराजा, ठाकुरों, सामंतों, उमरावों के ऊँचे कंगूरेवाले गढ़ों, हवेलियों और डेरों की दीवारों में बंद हैं ये स्त्रियाँ। केवल इतना ही नहीं, देह की दीवारों में भी बंद हैं इन स्त्रियों की अभिलाषाएँ। पूज्या नहीं, भोग्या हैं हमारी स्त्रियाँ। इनके त्राण और मुक्ति की अभी कोई संभावनाएँ ही नहीं दिखतीं।

"आप सो जाइए। व्यर्थ के तनावों से अपने मन के सरोवरों को मत सुखाइए।"

उसी समय एक भयंकर आर्त्तस्वर दुर्गादास को सुनाई दिया, वह समीप की हवेली से आ रहा था। कोई पगली स्त्री थी।

दुर्गादास का ध्यान भंग हो गया।

वह अपने शिविर में जाकर सो गया।

# ग्यारह

चरैवेति-चरैवेति।

धर कूंचा, धर मंझला।

चलते रहो···चलते रहो।

सार्थ चल पड़ा। सारे सरदारों को अंदेशा था कि आलमगीर के गुप्तचर कुछ-न-कुछ टोह रख रहे होंगे। यही कारण था कि सब एकमत थे कि लाहोर में अब न ठहरा जाए। यही कारण था कि दुर्गादास के नेतृत्व में लश्कर चल पड़ा।

बीच-बीच में विश्राम।

उस दिन भोर की किरणें संसृति को अपने प्रकाश से आलोकित कर रही थीं। सारे शिविरों में थोड़ी-सी हलचल थी।

दास-दासियाँ अपने कामों में व्यस्त थे।

दुर्गादास और चौहान सरदार शिविर के आगे खड़े-खड़े वार्तालाप कर रहे थे।

दुर्गादास ने कहा, ''आलमगीर का भाग्योदय प्रचंड मार्त्तण्ड की भाँति प्रखर है। तभी उसकी हर कुटिल चाल भी कामयाब हो रही है।''

''समय बड़ा बलवान होता है दुर्गादासजी। जब अकूड़ी के दिन भी बदलते हैं तो वहाँ महल बन जाता है।'' दुर्गादास ने शिविरों पर दृष्टिपात करके कहा, ''फिर भी हमें अत्यंत सावचेती से अग्रसर होना है। यह निर्विवाद रूप से कह सकते हैं कि बादशाह अपनी कुटिलता किए बिना नहीं रहेगा।''

''आप सही फरमा रहे हैं। उसने पृथ्वीसिंहजी को अत्यंत ही चतुराई से कत्ल कर दिया। कहीं हमारे नवजात युवराज पर उसकी कुदृष्टि न पड़ जाए।''

''यह संभव है।''

तभी उन्हें दो घुड़सवार आते हुए दिखाई दिए। वे सचेत हो गए। कई सरदार और आ गए।

उन सवारों का शाही लिबास था। सवार समीप आकर उतर गए। सिर झुका कर कोर्निश की।

''कहाँ से पधारे हैं आप दोनों।'' दुर्गादास ने पूछा।

एक सवार ने कहा, ''हम शहंशाहे आलमगीर के कासीद (पत्रवाहक) हैं। बादशाह सलामत ने राठौड़ सरदार दुर्गादास को एक फरमान भेजा है।''

''मैं ही दुर्गादास हूँ। फरमान पेश कीजिए।''

सलमे-सितारों से जड़े वस्त्र में फरमान लिपटा था। कासीद ने दुर्गादास को पेश कर दिया। उसने खोलकर पढ़ा—हम महाराजा जसवंतसिंह जी के घर बेटों की पैदाइश से तहेदिल से खुश हैं। हम अल्लाताला से दुआ करते हैं कि वे उन दोनों

की उम्रदराज करें। महाराजा ने हमारी मुगलिया सल्तनत की बड़ी खिदमत की है। हमारी दिली ख्वाहिश है कि हम उनकी औलाद की परवरिश खुद करें। यह हमारा फर्ज़ भी बनता है। हम दिल्ली में आपका सबका बेसब्री से इंतज़ार करेंगे।

सवारों का उचित सम्मान करके वापस भेज दिया गया। उनके साथ संदेश भिजवा दिया गया कि हम आपकी सेवा में यथासमय उपस्थित हो जाएँगे।

दुर्गादास ने तुरंत सरदारों की आपात् बैठक की।

वह दूरदर्शी और कूटनीतिज्ञ था।

उसने तुरंत एक विश्वासी सेवक को पत्र लिखकर जोधपुर भेज दिया। उसमें उसने प्रमुख सरदारों से प्रार्थना की थी कि वे दिल्ली पहुँचकर बादशाह से भेंट करें और उसकी मनसा की गहराइयों में पहुँचें। तुरंत सरदार रघुनाथसिंह भाटी, पंचोली केसरीसिंह और मुगल नौशेर खाँ दिल्ली रवाना हो गए।

उधर दुर्गादास ने निश्चय किया कि जब तक दिल्ली की हुकूमत की वास्तविक स्थितियाँ न जान लें तब तक हमें यहीं रुकना चाहिए।...यह भी संभव है कि बादशाह हमारे सरदारों को लोभ-लालच देकर अपनी ओर मिलाना चाहेगा पर हमारा विश्वास है कि राठौड़ अपनी जन्मभूमि, मान-मर्यादा और कुँवरों के हित के अतिरिक्त कुछ भी नहीं सोचेंगे।

लेकिन होनी को कौन टाल सकता है ?

कुँवर दलथंभन एकाएक बीमार पड़ गया। उसको कै और दस्त होने लगे। उपचार शुरू किए गए। वहाँ बस्ती से दूर जंगल था। वैद्य-हकीम तो उपलब्ध नहीं थे। घरेलू उपचार किए गए पर सफल नहीं हुए। अंत में दलथंभन का देहांत हो गया। दुर्गादास को अथाह दुःख हुआ। उसने झुँझलाहट से सोचा—ईश्वर ने इसे क्यों जन्म दिया और क्यों मारा ? इसके जन्म-मरण का क्या अर्थ है ? क्या सार्थकता है ? इसने जन्म लेकर न पाप किया और न पुण्य। इसने तो चींटी को भी नहीं मारा। इतनी अर्थहीन सृष्टि की रचना और ध्वंस क्यों होता है ? इससे ईश्वर को क्या मिलता है।

उसकी आँखें भर आईं। अपनी उँगली से अश्रु पोंछे।

दलथंभन का दाह संस्कार कर दिया गया।

दुर्गादास और अन्य सरदार जानते थे कि इस सुनसान जगह में रहना तनिक भी उचित नहीं है। यहाँ तो खतरे ही खतरे हैं इसलिए यहाँ से कूच करना ही उचित है।

तुरंत सरदारों से परामर्श किया गया और सार्थ चल पड़ा।

कई बार मनुष्य की नियति चलना ही बन जाती है। दुर्गादास की नियति कुछ ऐसी ही थी।

अत्यंत ही सावधानीपूर्वक वे लोग दिल्ली की ओर जा रहे थे। एकदम चौंकन्ने और आशंकित। जरा भी संदेह उन्हें सावचेत कर देता था। यहाँ तक कि कोई सामान्य

प्राणी भी पूछ लेता कि यह सार्थ किसका जा रहा है तो उनके कान खड़े हो जाते थे।

राम-राम भजते वे दिल्ली पहुँच गए।

बलूंदे के चांदावत सरदार मोहकमसिंह की वहाँ हवेली थी। वहीं दुर्गादास ने समस्त सरदारों, रानियों और युवराज अजीतसिंह के साथ डेरा डाला।

ठाकुर मोहकमसिंह ने विस्मय भरे स्वर में पूछा, ''राठौड़ सरदार, आपने युवराज का नामकरण 'अजीत' कैसे कर दिया ?''

दुर्गादास ने अपने होठों पर स्मित रेख लाकर कहा, ''कई बार ऐसे दुर्दिन आते हैं कि जो सम्राट् वैभव संपन्न प्रासादों में कालीनों पर पाँव रखते हैं, हीरे-मोतियों की जूतियाँ पहनकर चलते हैं, उन्हें नंगे पाँव कँकरीले और काँटों भरे रास्ते पर पैदल चलना पड़ता है। शर्बत और शराब पीनेवाले को शीतल जल नहीं मिलता। हमारी परिस्थितियाँ हमारे प्रतिकूल हैं अतः जैसे भी हो नामकरण कर लिया गया। ऐसी विषम परिस्थितियों में जो कुछ हो जाता है, वही अच्छा होता है। दुर्भाग्य भी तो कई बार साथ-साथ चलता है। एक कुँवर की असमय ही मृत्यु हो गई। अब हमारा एक ही परम पवित्र उद्देश्य रह गया है कि अजीतसिंहजी के जीवन की रक्षा के साथ-साथ जोधपुर को कैसे स्वाधीन कराया जाए ?''

मोहकमसिंह ने कहा, ''पल-पल राजनीतिक स्थितियाँ बदल रही हैं। बादशाह आलमगीर अपनी दुष्टता से बाज नहीं आ रहा है। उसने अमरसिंहजी के बेटे इंद्रसिंह जी को राजा का खिताब, खिलअत, जड़ाऊ मूँठ की तलवार, स्वर्ण-शृंगार सहित घोड़ा, हाथी, झंडा और नगाड़ा देकर क्षत्रियों की एकता पुनः भंग करने का दुष्प्रयास किया है।''

''आप ठीक कह रहे हैं कि वे हमारी एकता को खंडित करना चाहते हैं और एक हम हिंदू हैं कि उनकी कुटिलता, दुष्टता और क्षुद्रता को नहीं समझते। वस्तुतः हम सबमें विलासिता आने लगी है। हम हिंदू समझने लगे हैं कि बादशाह की दासता हमें चिंताओं से मुक्त कर देगी। हम निश्चिंत होकर अफीम, गांजा और दारू पीकर 'मारुड़ी' का आनंद लेते रहेंगे। उन्हें इस विचार को गलत मानना होगा। त्यागना होगा। दूसरे, उन प्रलोभनों से बचना होगा जो एकता, प्रभुसत्ता, भाईचारा, परिवार में विघटन लाते हैं। यह बहुत सच है कि हमारे सामंती श्रेष्ठ नैतिक मूल्यों का भयंकर रूप से ह्रास हो रहा है। आन, बान-शान, मान और मर्यादा जैसे शब्द खोखले होते जा रहे हैं ऐसी स्थिति में हमारा हमारी जन्मभूमि और स्वामी के प्रति दायित्व और गंभीर हो जाते हैं।''

''आप ठीक फरमा रहे हैं दुर्गादासजी।''

''यह मैं दावे से कह सकता हूँ कि आलमगीर जोधपुर के उत्तराधिकारी को मारकर वहाँ अपना राज्य कायम करना चाहता है। इस उद्देश्य की पूर्ति के लिए वह

युवराज की हत्या का षड्यंत्र अवश्य रचेगा। उसने यह भी उदारता प्रकट की है कि वह कुँवर का लालन-पालन अपनी देखरेख में शाही ठाट-बाट से करेगा। पर मैं सोचता हूँ कि वह पृथ्वीसिंह की तरह अजीतसिंहजी को भी अकाल मृत्यु की गोद में सुला देगा।''

''इसकी काफी संभावना है।'' मोहकमसिंह ने दुर्गादास की बात का समर्थन किया और नया परामर्श दिया, ''आप एक बार बादशाह से मिलकर उसकी वास्तविक नीयत का तो पता लगाइए।''

दुर्गादास ने संदेशवाहक के साथ अपना मंतव्य बादशाह तक पहुँचाया। बादशाह ने मिलने की स्वीकृति दे दी।

दीवानखास।

दुर्गादास और 'चांपावत' सोनिग पहुँचे।

बादशाह को नियमानुसार कोर्निश की।

औरंगजेब ने प्रफुल्लित मुख से उन दोनों का स्वागत किया। बैठने को आसन दिए। उसकी दाढ़ी-मूँछ से भरी आकृति पर किसी तरह का द्वेषतापूर्ण भाव नहीं था। सादे वस्त्र और सादी टोपी।

औरंगजेब ने विनम्र शब्दों में कहा, ''सरदार दुर्गादासजी ! आपको अपने दरबार में देखकर हमें दिली खुशी हुई है। आपकी वफ़ादारी और बहादुरी के हम कई किस्से सुन चुके हैं। हमारी ख्वाहिश है कि आप हमारे दरबार के बहुत बड़े मनसबदार बनें। हम आपको अपनी हुकूमत की खास जिम्मेदारी सौंपना चाहते हैं।''

दुर्गादास ने नत सिर करके कहा, ''आपने हमें इस योग्य समझा, आभारी हूँ। यह मेरा अहोभाग्य भी है जहाँपनाह।'' दुर्गादास ने सिर उठाकर पुनः कहा, ''हमारी प्रार्थना है कि आप मारवाड़ का राज्य उसके असली वारिस को ही सौंपें। यदि ऐसा नहीं हुआ तो राज्य में विद्रोह और अराजकता फैल सकती है। आप व्यर्थ के तनावों और लड़ाइयों से घिर जाएँगे।''

''हम भी यही चाहते हैं।'' बादशाह ने कहा, ''हम क्यों अपने बहादुर और वफ़ादर इलाके को नाराज करें। लेकिन हम यह भी चाहते हैं कि युवराज हमारे यहाँ ही शानदार परवरिस पाएँ। पता नहीं, आप हम पर क्यों नहीं यकीन करते ?''

सरदार सोनिग ने कठोर स्वर में कहा, ''युवराज पृथ्वीसिंह···''

आलमगीर ने दुःख और पश्चात्ताप से कहा, ''कभी-कभी कुदरत अजीबोगरीब खेल खेलती है। एक ऐसा खेल जो खामख्वाह आदमी को बदनाम कर देता है।···हमने पृथ्वीसिंहजी को खिलअत पेश की और उनका किसी पाजी बीमारी से बेवक्त इंतकाल हो गया। वहम हम पर आया कि हमने उन्हें मार डाला। हम अल्लाताला को माननेवाले हैं। उनके रहमोकरम पर जी रहे हैं। आप यकीन करें या न करें लेकिन यह बिलकुल सच है कि हमारा उनकी मौत में कोई हाथ नहीं है। वे जरूर किसी

अनजान बीमारी से मरे हैं।''

''हो सकता है।'' दुर्गादास ने उसकी बात का समर्थन किया, ''कि वे अपनी मौत मरे हों पर जहाँपनाह शक तो आप पर ही गया है। इसलिए हम चाहते हैं कि शिशु युवराज हमारे पास ही रहें। देखिए जहाँपनाह यदि शिशु युवराज को कुछ हो गया तो फिर पूरा का पूरा राजपूताना विश्वास कर लेगा कि दोनों युवराजों की मृत्युएँ आपके कारण हुई हैं। इसलिए उनका हमारे पास रहना ही बेहतर है।''

औरंगजेब कुछ देर मौन रहा जैसे वह कुछ सोच रहा हो। फिर बोला, ''दुर्गादास जी, हम आपसे अकेले में चंद बातें करना चाहते हैं।''

''जो हुक्म।''

चांपावत सोनिग उठकर चला गया।

बादशाह ने दुर्गादास को अपने सन्निकट बैठने का संकेत किया। मनुष्य की आत्मिक दुर्बलता सदैव संदेहों से घिरी रहती है। हालाँकि वहाँ कोई नहीं था फिर भी औरंगजेब ने दुर्गादास को मद्धम स्वर में कहा, ''हमारी एक दिलीख़्वाहिश है कि आप जोधपुर के महाराजा बनें। आप जैसा काबिल और सियासत को समझनेवाला हमारी निगाह में दूसरा कोई नहीं है।''

''यह आपका भ्रम है आलीजहाँ। इस पृथ्वी पर एक से बढ़कर एक योद्धा और योग्य व्यक्ति हैं। मैं तो उनमें शून्य बराबर हूँ।''

औरंगजेब ने तनिक जोर से कहा, ''आप समझते क्यों नहीं कि मैं आपको जोधपुर का राज्य दे रहा हूँ।''

''उसके बदले में मुझे क्या देना होगा ?''

''युवराज को ! आप यकीन रखें कि हम उन्हें किसी तरह का कोई नुकसान नहीं पहुँचाएँगे। उनकी पूरी हिफ़ाजत करेंगे। पढ़ाएँगे-लिखाएँगे और काबिल बनाएँगे।...''

दुर्गादास मुसकराया। एक भेदभरी मुसकान। बोला, ''जहाँपनाह ! आप यहाँ चूक कर गए। यदि युवराज का आपने पालन-पोषण करके बड़ा कर दिया तो क्या मैं जोधपुर का महाराजा बना रह सकूँगा। क्षत्रिय लोग विवेक से कम रूढ़ियों में अधिक जीते हैं। उनके रक्त में एक विचित्र दास-भावना अपने स्वामी के प्रति होती है जो कालान्तर उभरती ही है। और जब वह उभरेगी तो मुझे क्षमा नहीं करेगी। तब मेरा नाश निश्चित है।''

औरंगजेब ने तर्जनी उँगली हिलाते हुए कहा, ''आप ठीक कहते हैं। क्षत्रियों में स्वामिभक्ति कूट-कूट कर भरी हुई है। वे अपने स्वामी के लिए जान कुर्बान करना अपना ईमान समझते हैं।'' स्वर को पलटकर थोड़ा कोमल बनाया। भौंहें टेढ़ी करके फिर कहा, ''बहुत धीरज और दूर के नफे को जहन में रखकर सोचिए। क्यों नहीं, हमें रास्ते के काँटे को हटा ही देना चाहिए।''

दुर्गादास ने अपने हृदय की घृणा और रोष को बाहर नहीं आने दिया। वह गंभीर बना रहा। बोला, "वैसे लोभ पाप का मूल है और पाप कभी न कभी मनुष्य का पतन अवश्य करता है। कच्ची नींव पर बननेवाले घर कभी न कभी ढहते ही हैं। नमकहरामी से बड़ा अवगुण इस धरती पर दूसरा नहीं है। अपने स्वामी और मातृभूमि को दूसरे के पाँवों की सहायता से रौंदनेवाला आदमी कुत्ते की मौत अवश्य मरता है। देशद्रोही को सपने में भी सुख नहीं मिलता। आप मुझे ऐसा अपराध कराने के लिए कैसे सोच बैठे ? इन रगों में स्वामिभक्ति है। एक ऐसा पौरुष है जो हर अन्याय और अत्याचार का सामना कर सकता है। मेरे रक्त की प्रत्येक बूँद श्रेष्ठ कर्म हेतु ही बहेगी।"

बादशाह ने त्वरा से अपना रूप बदला और हँसकर कहा, "शाबास दुर्गादास, शाबास। आप मेरे इम्तिहान में कामयाब हुए।...राठौड़ सरदार ! यह आपकी वफ़ादारी का इम्तिहान था। आप यकीन रखें कि हम आपके हक में फैसला करके जोधपुर में शांति कायम करेंगे।"

"मेरी एक ही प्रार्थना है कि आप हमें युवराज के पालन-पोषण का दायित्व दें। जोधपुर को खालसा करने के हुक्मनामे को रद्द करें।"

"हम सोचकर जल्दी ही फैसला करेंगे।"

दुर्गादास उसे सलाम करके सोनिग के संग मोहकमसिंह हवेली लौट आए।

सारे सरदार उत्सुकता से उनकी प्रतीक्षा कर रहे थे। वे दुश्चिंता से भी ग्रस्त थे।

जैसे ही दुर्गादास ने हवेली में प्रवेश किया। समस्त सरदारों ने उसे घेर लिया और प्रश्नों की बौछार लगा दी।

दुर्गादास शांत रहा। वह आश्वस्त होकर बैठा। सारे सरदार क्रमशः रूपसिंह, राठौड़ सूरजमल, चांपावत उदयसिंह, रावत प्रतापसिंह, राठौड़ राजसिंह, चांदावत सौनिक, चौहान चतुर्भुज आदि उसको घेर कर बैठ गए।

दुर्गादास ने सब पर दृष्टिपात करके कहा, "जर, जोरू और जमीन यह एक ऐसा त्रिकोण है, जिनके कारण झगड़े, लड़ाई और हत्याएँ होती हैं। रामायण और महाभारत के मूल में भी ये ही तीन बातें थीं। आज भी ये ही तीन बातें हिंसा की जड़ हैं। सरदारो ! राजनीति अपने सारे नैतिक मूल्य खो बैठी है। दूसरे शब्दों में कहूँ कि वह संवेदनहीन हो चुकी है। वचन, कर्म, प्रतिज्ञा, आश्वासन, भरोसा जैसे शब्द उसके लिए दाँव-पेंच हो गए हैं। हर राज्याधिकारी अपनी स्वार्थपूर्ति हेतु इतना नीच हो गया है कि वह स्वयं की नश्वरता से अनभिज्ञ हो गया है। वह यह विस्मृत कर गया है कि एक-दिन उसे भी मृत्यु लील जाएगी। तब मुझे लगता है कि मनुष्य केवल वर्तमान को जीता है। न वह भूत से शिक्षा लेता है और न वह भविष्य के गर्भ में लुप्त दुर्योगों को समझता है। औरंगजेब बावला हो गया है।...वह फकीरी जिंदगी का

ढोंग कर रहा है। अपने परिवार और स्वजनों की क्रूर हत्याओं के बाद प्राप्त किए हुए इस राज्य सिंहासन पर जड़ित हीरक-मुक्ता की प्रखर दीप्ति उसे दिखाई देती है। पर अपने स्वजनों की हत्याओं के लहूलुहान अंग-प्रत्यंग उसे दिखाई नहीं देते ! इसके बावजूद वह भलमनसाहत का ढोंग रचता है। वह समझता है कि उसकी आकृति पर पसरी आत्मीयता की परत के नीचे छुपी जघन्यता से लोग अपरिचित हैं ? मैं उसकी अभिनय प्रवीणता की वास्तविकता को समझता हूँ। वह जोधपुर के वारिसों को समाप्त करके उस पर अपना स्थायी आधिपत्य जमाना चाहता है इसलिए हमें किसी भी तरह कुँवर सा को यहाँ से किसी सुरक्षित स्थान पर ले चलना चाहिए।'' दुर्गादास के मन में बादशाह के प्रति अनादर था।

''यही उचित होगा।'' राठौड़ राजसिंह ने कहा।

थोड़ी देर में ड्योढ़ीदार ने आकर घबराए हुए स्वर में कहा, ''खम्मा घणी ! बादशाह की सेना ने हवेली को घेर लिया है।''

''हम जो समझते थे, वही हुआ न ?'' दुर्गादास ने दुःख से कहा, ''अब समस्या और गहर-गंभीर हो गई है।''

मोहकमसिंह ने कहा, ''इस समस्या का समाधान सहज नहीं है। कुँवर सा को इस हवेली से निकालने के लिए बड़ी सावधानी की जरूरत है। सावधानी के साथ चतुराई की भी। जरा-सी भूल सर्वनाश कर सकती है।''

नौशेर खाँ ने सोच कर कहा, ''यदि आपको मुझ मुसलमान पर भरोसा है तो यह काम मैं कर सकता हूँ। मैं मुसलमान हूँ, मुझ पर सैनिकों को शक नहीं होगा।''

दुर्गादास ने कहा, ''आपने बहुत छोटी बात कह दी खाँ साहब। आपने हमारे महाराज का नमक खाया है और कोई सच्चा इनसान, वह चाहे हिंदू हो या मुसलमान, वह नमकहरामी नहीं कर सकता। नमकहरामी करते हुए हर सच्चे आदमी की आत्मा काँप जाती है और हमें यह भी याद रखना चाहिए कि हर आदमी औरंगजेब नहीं हो सकता।''

''आप ठीक कह रहे हैं राठौड़ सरदार।'' चौहान चतुर्भुज ने कहा, ''नौशेर खाँ की स्वामिभक्ति पर संदेह करना अनुचित है, उन्हें गाली देने के समान है। वे तो महाराजा के साथ कई युद्ध लड़ चुके हैं। वे सच्चे मुसलमान हैं। सच्चा मुसलमान अपनी जन्मभूमि के लिए प्राण भी त्याग सकता है।''

मोहकमसिंह ने सोच कर कहा, ''मैं समझता हूँ कि नौशेर खाँ साहब का भेस बदल दिया जाए। बच्चे को किसी टोकरी में छुपा दिया जाए।''

दुर्गादास ने उसकी बात का समर्थन किया, ''यही ठीक रहेगा।''

नौशेर खाँ ने एक और सुझाव रखा, ''यदि किसी डावड़ी या औरत को मेरी बीवी बना दिया जाए तो काम और आसान हो जाएगा।''

''यह तो और ठीक रहेगा।'' सोनिग ने कहा।

दुर्गादास ने सोचकर कहा, ''खाँ साहब !...आप यहाँ से निकलकर सीमा पर हमारा इंतज़ार करेंगे ! हम लोग यहाँ से निकलकर आपसे मिल जाएँगे।''

''जो हुक्म।''

नौशेर खाँ और एक डावड़ी को उसकी बीवी बनाया गया। उसे बुर्का पहनाया गया। अजीतसिंह के गले में तावीज डाला गया। उस पर 786 अंकित था। पाँवों में पतली पायल पहनाई गई।

वहाँ से निकलने के पहले नौशेर खाँ ने अपने खुदा से प्रार्थना की—बिस्मिल्लाहिर्रहमा-निर्रहीम, नहमदुहू व नुस्वल्ली अला रसूलिहिल करीम...इसके अतिरिक्त खुदा की लाख-लाख मिन्नतें और कीं कि उसे कामयाबी बख्शे। युवराज की रक्षा करें।

सारे सरदारों ने भी ईश्वर से प्रार्थना की कि वह कुँवर की रक्षा करें और खाँ साहब को इस अभियान में सफल करें।

रानियों ने अपनी कुल देवियों से अरदास की कि वह कुँवर की रक्षा करें।

नौशेर खाँ और डावड़ी निकल पड़े। वे काफी चौंकन्ने थे। नौशेर खाँ नौकर के लिबास में था। वे हवेली के पीछे के दरवाजे से निकलने लगे कि सैनिक ने रोक दिया। कड़ककर पूछा, ''कौन हो तुम ?''

''क़िबला, मैं तो हुजूर एक अदना नौकर हूँ। हवेली के पीछे रहता हूँ। बच्चे की तबीयत खराब है, हकीमजी के पास ले जा रहा हूँ।'' वह सैनिक कुछ बोलने लगा कि नौशेर खाँ बीच में बोल पड़ा, ''सरकार ! एक खास बात बताऊँ।''

''क्या ?''

''मैं इनाम लेना चाहता हूँ हमारे बादशाह सलामत से ?''

''कैसे ?''

''जोधपुर के वारिस राजकुमार पश्चिमवाले दरवाजे से बाहर निकलनेवाला है। मुसलमान हूँ न इसलिए आपको बता दिया।''

सैनिक तुरंत अपने सिपहसालार को कहने के लिए भागा। इस बीच नौशेर खाँ नौ-दो ग्यारह हो गया।

दुर्गादास ने नौशेर खाँ को जाते हुए देखा। उस सैनिक ने अपने सिपहसालार को बताया, ''जनाबेआली ! एक बहुत ही जोरदार खबर लाया हूँ।''

''बोलो।''

''युवराज को लेकर वे लोग इसी दरवाजे से भागनेवाले हैं।''

''तुम्हें किसने कहा ?''

''मुझे एक खास आदमी ने कहा है।''

''सारे सिपाहियों को खबरदार कर दो। एक परिंदा भी इस हवेली से न निकलने पाए।''

चौकसी और तेज हो गई।

इधर दुर्गादास के नेतृत्व में सारे वीरों ने निश्चय किया कि बाहर खड़ी यवन-सेना पर हमें आक्रमण कर देना चाहिए। पर एक गंभीर और विकट समस्या थी—नारियों की। परिवार की स्त्रियाँ सुरक्षित नहीं रहीं तो कुल गौरव पर कलंक लग जाएगा।

उसी समय जामदण रानी ने कहलाया कि वे सरदारों की हर आज्ञा को मानने के लिए तत्पर हैं।

चांपावत सरदार ने परंपरागत सुझाव रखा कि हमारी स्त्रियों को जौहर कर लेना चाहिए। इसे मोहकमसिंह की ठकुरानी ने अस्वीकार कर दिया। उसने कहलाया, ''आत्मदाह वीरांगनाओं की गरिमा अवश्य होता है। पर कायरता भी कहलाता है। यह निरर्थक बलिदान होता है। इस आहुति से हमें कोई वापसी नहीं मिलेगी।''

वाद-विवाद के पश्चात् तय हुआ कि सारी स्त्रियाँ शत्रुओं से युद्ध करेंगी। यह सच है कि उनके हाथ में चूड़ियाँ हैं पर ये चूड़ियोंवाले हाथ समय पर खड्ग भी बन सकते हैं। उन्होंने वीरों को यह भी भरोसा दिलाया कि वे उनकी मान-मर्यादा पर कलंक के कीच का एक छींटा भी नहीं पड़ने देंगी।

सारी स्त्रियों ने पुरुष भेस धारण किया और सरदारों के साथ रणक्षेत्र में उतर गईं। भयानक मार-काट हुई। मुगल सेना काफी थी पर जोधपुर के नर-सिंहों ने शौर्य का अनूठा प्रदर्शन किया। थोड़े से सरदारों को यह समर सागर पार करना था।

उस समय वीररस के तेजस्वी चारण योद्धा कवि सूजा ने वीरों को आह्वान करके कहा, ''आज हमें अपने राजानुग्रह का प्रतिदान देना सार्थक होगा। हमने वर्षों से अपने राजा की प्रदान की गई जागीर के अन्न से अपने प्राण और वैभव की रक्षा की है, आज हमें उसके अन्न के एक-एक कण का हिसाब चुकता करना है। शत्रुओं की दाढ़ें अति तीक्ष्ण हैं पर हमारी तलवारों की तीक्ष्णता को कोई भी शत्रु नहीं झेल पाएगा।''

वीरवर दुर्गादास ने ओजस्वी वाणी में कहा, ''हे कुलीन शूरवीरो ! अपने शौर्य और विवेक से शत्रुओं के रचे चक्रव्यूह का भेदन करो। सैन्य-कर्म में त्याग से ही मोक्ष मिलता है। मैं आप सबको शास्त्रों की एक बात कहता हूँ कि यह मृत्यु अंतिम मृत्यु नहीं है…वस्तुतः मृत्यु नए जीवन का पड़ाव है। जो अपनी मातृभूमि और स्वामी के लिए प्राणोत्सर्ग करता है, इस जीवन-मृत्यु के चक्र से मुक्त हो जाता है अथवा वह कोई श्रेष्ठ जन्म लेता है। आज इस रक्त-तर्पण की घड़ी में हमारे शौर्य की परीक्षा है। देखिए, हमारी वीरांगनाएँ रणचंडियों-सी प्रतीत हो रही हैं। साक्षात् दुर्गाएँ। इन्हें अस्त्र-शस्त्रों में सज्जित देखकर मुझे लगता है कि ये वास्तव में पुरुषों की अर्धांगिनियाँ हैं। बोलो, हर हर महादेव।

जोर का उद्‌घोष हुआ—हर हर महादेव…

हवेली की प्रोल खुल गई। भीषण युद्ध रण-स्थल रक्तरंजित होने लगा। सिर-धड़ धूल-धूसरित होने लगे। अनेक सरदार और सारी स्त्रियाँ स्वर्ग लोक सिधार गईं।

दुर्गादास अपूर्व पराक्रम दिखाकर भागने में सफल हो गया। हालाँकि उसके शरीर पर कई घाव थे। तत्काल उसने उन घावों की चिंता नहीं की।

हाँ, वीर चंद्रभान और एक घायल राठौड़ सरदार ने मृतक वीरांगनाओं की लाशों को जमुना नदी में प्रवाहित कर दिया। दाह संस्कार की जगह जल-दाह संस्कार हो गया।

जब बादशाह को मालूम हुआ कि दुर्गादास युवराज को सुरक्षित ले जाने में सफल हो गया है तो उसने अपने सिपाहियों की भर्त्सना की और उन्हें दुर्गादास का पीछा करने के लिए भेजा।

## बारह

दुर्गादास निश्चित स्थल पर पहुँच गया। नौशेर खाँ उसकी प्रतीक्षा कर रहा था। बेचैन और अधीर। बार-बार वह उस राह की ओर देख रहा था जो दिल्ली से आ रही थी। वह जब-जब आशंका से घिरता था तब-तब खुदा से इल्तिजा करता था कि वह दुर्गादास जी को सही सलामत यहाँ भेज दें।

दुर्गादास के घावों से खून रिस कर वस्त्रों पर चमकने लगा था। वह अत्यंत ही श्रांत-क्लांत था। अश्व से उतरकर उसने पानी पिया। अपना रक्त से सना कमरबंद खोला। एक हाथ और एक पिंडली के घाव को पोंछा।

खाँ ने कहा, ''दुर्गादासजी ! यदि बुरा न मानें तो एक बात कहूँ।''

''फरमाइए।''

''इस जगह कोई दवा-दारू तो नहीं है। घाव पर कुछ लगाना चाहिए। आप मेहरबानी करके झाड़ी के पीछे जाकर...।''

''विचार अच्छा है।'' और दुर्गादास ने झाड़ी के पीछे जाकर स्वाम्बु का प्रयोग किया।

वहाँ से वे सीधे बलूदें पहुँचे। वहाँ चारण योद्धा और ओजस्वी कवि सूजा भी पहुँच गया।

दो दिन उन्होंने विश्राम किया। वहाँ पर चिंताएँ तो परछाईं की तरह दुर्गादास का पीछा कर रही थीं।

कवि सूजा ने कहा, ''युवराज की सुरक्षा यहाँ अधिक नहीं है। कभी भी मुगल सेना गाँव को घेर सकती है और यहाँ उनसे बचकर निकलने के किंचित् साधन भी

नहीं हैं। जहाँ संपूर्ण सुरक्षा न हो, वहाँ शत्रु की प्रतीक्षा करना नितांत मूढ़ता है।''

दुर्गादास ने उसकी बात से सहमति जताते हुए कहा, ''आप ठीक कह रहे हैं कविवर, मैं युवराज को कहीं-न-कहीं सुरक्षित स्थान पर ले जाऊँगा पर आपको एक अत्यंत महत्त्वपूर्ण कार्य करना है।''

''कहिए।''

''कविवर ! आपकी वाणी में ओज और सरस्वती का वास है। आपके ब्रह्म स्वरूप शब्दों में अग्नि और सत्य है। आप कृपा करके जोधपुर जाइए और मुगल मनसबदारों के विरुद्ध शूरवीरों को एकत्रित कीजिए। प्रजा में जागरण उत्पन्न करके बताइए—दिल्लीपति औरंगजेब ने हमारे महाराजा के साथ कितना जघन्य व्यवहार किया है ? उन्हें यह समझाइए कि वे मुगल प्रशासन को असहयोग करें और वे चारों ओर उपद्रव करके जोधपुर राज्य में अस्थिरता पैदा करें। चारों ओर की अशांति भी शासकों की नींद हराम कर देती है।''

''जैसी आज्ञा दुर्गादासजी। यह सूजा अपने कर्तव्य को तन-मन-धन से पूरा करेगा।''

''अब तो हमें साम, दाम, दंड, भेद प्रत्येक तरह की लड़ाई लड़नी है।'' एक क्षण नेत्रोन्मीलन करके दुर्गादास ने फिर कहा, ''यदि संभव हो तो किसी एक विश्वासी संदेशवाहक को मेरे ठिकाणे भेजकर हमारी ठकुराणीजी को कहला दें कि हम कुशल हैं। हमारी वे कोई चिंता न करें। सच प्रकृति के इच्छा-दंड से मनुष्य का एक-एक पल संचालित होता है।''

सूजा ने दुर्गादास से विदा लेकर प्रस्थान कर दिया।

दुर्गादास दुश्चिंताओं से घिरा रहा। कई बार तो वह भोजन की थाली में से एक कौर भी नहीं खा सकता था।

ठाकुर मोहकमसिंह ने उसे पूरा भरोसा दिलाते हुए कहा, ''दुर्गादासजी। आप मुझ पर भरोसा रखें। मेरे होते हुए युवराज का कोई बालबाँका नहीं कर सकता।''

''प्रश्न आपके और मेरे होने का नहीं है। प्रश्न तो यह है कि यदि हम न भी रहें तो भी हमारे युवराज रहें। उनका लालन-पालन हो। श्रेष्ठ परम्पराओं से राज्याभिषेक हो।...सुनिए ठाकुर सा ! हमारे चारों ओर मुगलों का दबदबा और फैलाव है। कब युवराज के यहाँ होने का रहस्य प्रकट हो जाए और हम सब संकटाग्रस्त हो जाएँ। मृत्यु के बादल हम पर मँडराने लगें। भागने के सारे रास्ते बंद हो जाएँ। हमारा सारा श्रम, प्रयास और त्याग निष्फल हो जाए। मैं समझता हूँ कि हमें यहाँ से कहीं दूर चला जाना चाहिए।''

''आपके परामर्श में औचित्य है।''

''मैं समझता हूँ कि इन्हें अरावली की पर्वतमाला की बीहड़ता के मध्य स्थित किसी ठिकाणे ले जाया जाय। सिरोही ठीक रहेगा। वहाँ का राजा सच्चा क्षत्रिय है।

शरणागत को आश्रय देता है। उसकी सुरक्षा करता है।''

''हाँ, यही ठीक रहेगा।''

''मगर वहाँ पहुँचा कैसे जाए ?'' दुर्गादास ने प्रश्न किया और वह गंभीर हो गया।

''मेरी राय है कि भेस बदलकर पहुँचा जाए। हम साधू भी बन सकते हैं और बाराती भी'' मोहकमसिंह ने सुझाव दिया।

दुर्गादास ने उसे अस्वीकारते हुए कहा, ''नहीं ठाकुर सा, नहीं।...मैं सोचता हूँ कि एक बैलगाड़ी में एक स्त्री-पुरुष को गाँववालों के भेस में यात्रा कराई जाए। युवराज उनके साथ रहेंगे। हम लोग काफी दूर उनके पीछे रहेंगे। इस तरह किसी को संदेह नहीं होगा। यदि कोई संकट आया तो हम उसे सँभाल लेंगे।''

''श्रेष्ठ विचार है यह !''

उसी दिन मोहकमसिंह और उसकी ठकुरानी गाँववाले बने और युवराज उनका बेटा।

संकटों को झेलते, संदेहों के घेरों से बचते हुए वे सिरोही के महाराव बैरीसाल के समक्ष पहुँचे।

बैरीसाल ने उनका हार्दिक स्वागत किया। सारी कथा सुनाकर दुर्गादास ने कहा, ''मारवाड़ का राज्य कुल आपका सदा कृतज्ञ रहेगा। इन दुर्दिनों में आपकी सहायता और आत्मीयता मारवाड़ की वंश-रक्षक सिद्ध होगी। कम-से-कम मैं आपका इतना कृतज्ञ रहूँगा कि यदि आप मेरे शरीर के चमड़े की जूती बनाना चाहेंगे तो मैं मना नहीं करूँगा।''

महाराव ने दुर्गादास को अपने सीने से लगाकर कहा, ''मैं आपको युवराज सहित शरण देकर कोई उपकार नहीं कर रहा हूँ। यह तो मेरा धर्म है, स्वभाव है, अंतरात्मा का आदेश है। एक शक्तिशाली योद्धा के पुरुषार्थ की परीक्षा है। जिस तरह सूर्य अपनी अजस्र रश्मियों से अनादिकाल से पृथ्वी को जीवनदान दे रहा है, उसी तरह शरणागत को जीवनदान देना इस देश के नरकेसरियों का धर्म रहा है।''

दुर्गादास ने कहा, ''हम आपके वचनों से आश्वस्त हुए।''

''पर मेरा एक सुझाव है।'' बैरीसाल ने कहा, ''उस सुझाव को आप अन्य अर्थ में नहीं लेंगे। मेरे परामर्श को युवराज के हित को सोचते हुए निर्णय लेंगे।''

''कहिए।''

''सिरोही फिर भी प्रसिद्ध राज्य है। यदि आप अन्यथा न लें तो मैं युवराज को अत्यंत ही सुरक्षित स्थान पर पहुँचा देता हूँ।...आप लोगों को मौन देखकर मुझे लगता है कि मैं इस महत्त्वपूर्ण दायित्व से जी चुरा रहा हूँ। नहीं, नहीं सा, ऐसा मत सोचिए। अब तो हम सबका कर्तव्य बन जाता है कि हम मारवाड़ नरेश की रक्षा करें।''

दुर्गादास ने जानने हेतु पूछा, "आप इन्हें कहाँ भेजना चाहते हैं।"

"कालिन्द्री गाँव।"

"वहाँ कौन हैं ?"

"वहाँ मेरी सगी बुआ आनंदकँवर बाई सा हैं। वह विदुषी और दूरदर्शी स्त्री हैं। किंचित् नूतन-दृष्टि भी रखती हैं। वीरांगना भी हैं। समय की पुकार पर वह तलवार भी चला सकती हैं।"

दुर्गादास ने गंभीर होकर पूछा, "हम उन पर इस संदर्भ में अखूट विश्वास कैसे रख सकते हैं ? वे निराकारण ऐसा संकट क्यों मोल लेंगी ?"

बैरीसाल के होठों पर फीकी मुसकान धावित हो गई। उसके नेत्रों में रहस्यमयी दहक-सी उठी। वह दीर्घ निःश्वास छोड़कर बोला, "जीवन रहस्यों से भरा हुआ है। इस निखिल विश्व में कई ऐसी विचित्र क्रीड़ाएँ होती हैं जिनका अनुमान लगाना भी दूभर है। ऐसे भेद आत्मा की अनंत गहराइयों में विलीन हो ज़ाते हैं और जो कभी प्रकट भी नहीं होते। वे रहस्य आत्मा के अकलुष मुक्ता हैं।…एक ऐसा ही रहस्य है हमारी बुआ का। सौंदर्यविहीन वह तपस्वी स्त्री एक योगन है।"

"हम उनके समक्ष नत मस्तक हैं।" दुर्गादास ने कहा, "पर हम हर बात खुलासा चाहते हैं। हम अपने आत्मविश्वास को आश्वस्त करना चाहते हैं कि कौन-सा ऐसा स्वार्थ या मोह है उनका, जो युवराज को प्राणपण से चेष्टा करके पोषण करेंगी।"

बैरीसाल ने क्षणभर के लिए उपस्थिति पर दृष्टिपात किया। कहा, "यह रहस्य है कि अखेराजजी की पुत्री आनंदकँवर का विवाह स्वर्गीय महाराजा जसवंतसिंह के साथ हुआ था।"

"क्या ?" अवाक् रह गया दुर्गादास।

"हाँ वीर श्रेष्ठ, वे महाराजा की विवाहिता हैं क्या कारण था कि वह पति को सदा-सदा के लिए त्याग करके यहाँ आ गईं। हजारों बार पूछने पर भी उन्होंने कारण नहीं बताया। सिर्फ इतना ही कहती थीं कि कुछ अभागिनें ऐसी होती हैं जिनके भाग्य में पति सुख होता ही नहीं। असीम व्यथा से वह दो अश्रु ढलका दिया करती हैं।"

"आप हमें वहीं ले चलिए। वह तो नाते में इनकी माँ हुई। किसी रिश्ते की माँ हो, वह ममता का अवश्य आगार होती है। माँ कभी डायन नहीं होती।" दुर्गादास ने कृतज्ञ भाव से कहा, "हमारा राजवंश सदा आपका आभारी रहेगा।"

स्वामिभक्त अथक यात्री दुर्गादास फिर चल पड़ा। चरैवेति…चरैवेति, धरकूंचा…धरमंझला…

कालिन्द्री गाँव !

आनंदकँवर के छोटे डेरे पर खड़े ड्योढ़ीदार से उन्हें सूचना पहुँचाई गई।

थोड़ी देर में बुलावा आया।

ढलती आयु। झुर्रियोंदार आकृति। छोटी आँखें। कोई रंगरूप नहीं। आज की

उसकी स्थिति को देखकर अनुमान लगाना आसान था कि यह अपनी युवावस्था में भी तनिक रूपवती नहीं थी।

दुर्गादास ने मुजरा करके अपना परिचय दिया। अपनी समस्या बताते हुए उसने कहा, "राणीजी ! अपने अतीत की समस्त बातों को भुलाकर आज आप अपने वंश की रक्षा कीजिए। आँधियाँ चारों ओर हैं—यह बालक युवराज एक लौ के समान है। इसे जलाए रखना हम सबका कर्तव्य है। इन्हें आप अपने आँचल की ऐसी ओट दीजिए जिससे इसे कोई बुझा न सके।"

आनंदकँवर ने कुछ क्षण उस शिशु को अपलक निहारा। फिर गोद में उठाकर चूमा। फिर चुंबनों की वर्षा कर दी। युगों से सुषुप्त ममता के निर्झर फूट पड़े। उसकी आत्मा का सूखा सरोवर उस पावन-स्पर्श से लबालब भर गया। कुछ देर तक वह भावनाओं में डूबी रही। फिर दृढ़ स्वर में बोली, "इसकी रक्षा मैं करूँगी। इसे मैं फूलों की तरह सहेज कर रखूँगी। पालन-पोषण करूँगी। मैं भी इसकी माँ हूँ। जिस तरह जन-मानस में यशोदा की पद-प्रतिष्ठा है, उस तरह मेरी भी होगी।"

उसने डावड़ी जसमा को पुकारा। कहा, "बाहरवाली कोठरी को साफ करके जाजमें बिछा दो। इनके भोजन-पानी की अच्छी व्यवस्था कर दो।...और पुष्करणा पुरोहित जयदेवजी को बुलाकर लाओ।"

"जो हुक्म।" जसमा ने हाथ जोड़कर कहा।

दुर्गादास ने उसकी प्रशंसा करते हुए कहा, "आपने सचमुच अपना धर्म निभाया है। अन्याय का बदला उपकार से दिया है।"

"दुर्गादासजी ! इस समाज-व्यवस्था में कोई स्त्री किसी भी अत्यंत शक्तिशाली पुरुष से बदला ले सकती है ? क्योंकि वह शक्ति की प्रतीक है। साथ ही वह दया, करुणा और क्षमा की धारिणी है। वह हर दुःख और अन्याय को भाग्य की बात समझ कर अपने को समझा लेती है पर मुझे पीड़ा एक ही बात की है कि महाराज ने मुझसे विवाह भी केवल राजनीतिक स्वार्थ की पूर्ति हेतु किया। अपनी शक्ति की वृद्धि हेतु किया। नारी का इतना निकृष्ट उपयोग क्या सह्य है ? नारी का मूल्यांकन रंग-रूप से करनेवाला प्राणी अत्यंत तुच्छ होता है। फिर भी मैंने इसे भाग्य का दोष मान कर संतोष कर लिया। प्रभु स्मरण करके सारा जीवन बिता दिया।

पुष्करणा पंडित जयदेव आ गया था। उसने राणी को मुजरा करके कहा, "आपने मुझे कैसे याद किया ?"

"पंडितजी ! एक बड़ी जिम्मेदारी आपको सौंपना चाहती हूँ।"

"हुक्म कीजिए बाई सा !"

"यह कुँवर सा मेरे अपने लाल हैं। मैंने इन्हें गोद लिया है, ऐसा मान लीजिए। गोद संस्कार बाद में कर लेंगे। मैं चाहती हूँ कि आप इसे कुछ समय के लिए अपने घर पर ही रखें और इस रहस्य को प्रकट न होने दें। आपकी ब्राह्मणी इसे दूध पिला

सकती है तो उत्तम वरना कोई धाय रख लीजिए। इस बात की किसी को भनक नहीं पड़नी चाहिए कि यह कौन है ? यह आपके पास कैसे आया ?''

जयदेव ने युवराज को अपनी गोद में लेकर कहा ''आपको ब्राह्मण का वचन है कि आपने जो कहा, मैं उस पर अमल करूँगा। प्राण दे दूँगा पर रहस्य प्रकट नहीं करूँगा।''

''फिर आप इन्हें ले जाइए।''

जयदेव चला गया।

आनंदकँवर ने कहा, ''दुर्गादासजी ! आप निश्चिंत रहिए। जयदेवजी जीते जी इन पर आँच नहीं आने देंगे। आप नहा-धोकर थाल अरोगिए।''

दुर्गादास फिर भी आशंका से भरा रहा। उसे बेफिक्री नहीं हो रही थी।

दिन ढल गया। सूर्य क्षितिज यौवन का अभिनंदन करके अपने प्रासाद में चले गए। साँझ रात्रि-तिमिर में विलीन हो गई।

दुर्गादास इन नीरव क्षणों में एक चौकी पर बैठा था। मोहकमसिंह और उसकी पत्नी सो गए थे पर उसे नींद कहाँ ? नींद जैसे उससे रूठ गई थी।

एकांत में उसके मन की विकलता क्रमशः बढ़ती गई। वह सघन और तीव्रतर होती गई। मानो कोई पीड़ा उसे अहर्निश बींध रही है। उसे अप्रत्याशित अपनी पत्नी प्रेमकँवर और सन्तानों की याद आ गई। उसे अपना निजी दायित्व कुरेदने लगा कि ओ स्वामिभक्त, यश की क्षुधा से आक्रांत योद्धा, अपने घर की ओर तो देख। क्या अंतर है आनंदकँवर के एकांत वियोग और प्रेमकँवर के एकांत वियोग में ? इसका तो और अधिक पीड़ादायक है। आनंदकँवर का वियोग आध्यात्मिक अंतरंगता के कारण प्रभु समर्पण भाव लिये हुए तुष्ट रहता है और प्रेमकँवर का वियोग हर पल-क्षण उन पदचापों को सुनने के लिए आकुल-व्याकुल रहता है जो उसके पति की होती हैं। यह आत्मा तक को उद्वेलित करनेवाली प्रतीक्षा उसे कितना उद्विग्न करती होगी ? उसकी संतान-बेटे-बेटियाँ भी पितृ-प्रेम के अगाध भंडार में से अपनी वांछित वस्तु तो लेना चाहते होंगे पर वह उन्हें कहाँ कुछ दे पाता है ? वंचित हैं उसके वंशज, प्रेम, उपहार, मनुहार और अवदानों से। वह दायित्व निभाने की कठोर तपस्या उसे पारिवारिक सुखों से अलग-थलग कर गई है।

दुर्गादास ने आँखें मूँद लीं। कल्पना-लोक में उसके सम्मुख साटन के चमकदार घाघरा, चोली-कुर्ती और ओढ़ने में सजी प्रेमकँवर खड़ी थी।

''मुजरो करूँ ठाकुर सा।'' प्रेमकँवर ने कहा।

''पधारिए ठकुराणीजी।'' दुर्गादास ने मुसकान के साथ कहा, ''क्या करें, चाकरी के दायित्वों के कारण हम आपकी सुख-सुविधाओं का ध्यान नहीं रख पाते। कई बार अपने को आपका दोषी मानते हैं।''

प्रेमकँवर ने उसके हाथ पर अपना हाथ रखकर कहा, ''आप व्यर्थ ही आत्म-पीड़ा

में दग्ध होते रहते हैं। मैं आपको सच कहती हूँ कि मुझे आपसे किसी तरह कोई शिकायत नहीं है। आपकी स्वामिभक्ति और शौर्य के बारे में जब सुनती हूँ तो मेरा मस्तक गर्व से उठ जाता है।…ठाकुर सा ! स्त्री को तो हर समय कुछ न कुछ विसर्जन करना ही पड़ता है। उसका देना ही उसकी आत्म-संतुष्टि है। फिर ठाकुर सा, जो दुःख, विकलता और वियोग मैं झेल रही हूँ, उन्हें आप भी तो झेल रहे हैं ? आप जरा भी पछतावा न करें।''

''हाँ ठकुराणीजी, मातृभूमि की स्वाधीनता का यह संघर्ष है। यदि हमने युवराज को सिंहासन पर नहीं बिठाया तो मुगल-शासक मारवाड़ को अपने अधीन करके इसे सदा-सदा के लिए परतंत्र बना देंगे। जब जन्मभूमि पराधीन हो जाएगी तब उसके जाए-जन्मे कैसे स्वतंत्र रहेंगे। वास्तव में मेरी दृष्टि में यह स्वतंत्रता की लड़ाई है।''

''आप खुलेमन से यह लड़ाई लड़िए। हमारी आप कोई चिंता न करें।'' प्रेमकँवर ने विश्वासपूर्ण गंभीरता से कहा, ''मैं आपकी पत्नी भी हूँ और अपने टाबरों (बच्चों) की माँ भी। स्त्री माँ बनकर अपनी पूर्णता प्राप्त कर लेती है। मैं पूर्ण हूँ। मुझमें संतुष्टि की अखंड दीप-शिखा प्रज्वलित है।''

रात्रि पखेरू ने बोल कर उसे वस्तुस्थिति में ला दिया। आकाश-गंगा काफी ऊपर आ गई थी।

दुर्गादास भीतर आकर सोने की चेष्टा करने लगा।

कुछ महीनों के उपरांत कुछ मुगल-सैनिक युवराज की टोह लेने कालिन्द्री गाँव में आए। गाँववालों से काफी पूछताछ की पर उन्हें कोई सुराग नहीं मिला।

तब दुर्गादास आशंका से घिर गया। उसने आनंदकँवर के पास आकर अपनी आशंका व्यक्त की, ''यदि सैनिकों ने घर-घर की तलाशी ली और पंडितजी लालच में आ गए तो ?''

आनंदकँवर ने विश्वासपूर्वक कहा, ''पंडितजी किसी भी लोभ-लालच में नहीं आ सकते। ब्राह्मण तो थोड़े से ही संतुष्ट रहता है। वह पुष्करणा पंडित वेद और धर्म का ज्ञाता है। सत्य-असत्य, पाप-पुण्य, कृतज्ञ और कृतघ्नता के गुण-अवगुण और धार्मिक अर्थों को समझता है। हमारे पीढ़ी-दर-पीढ़ी का ब्राह्मण है। वह कदापि नमकहरामी नहीं कर सकता। पंडितजी उत्सर्ग होनेवाले ब्राह्मण हैं।''

उसी समय जयदेव पुष्करणा आ गया। व्यग्रता से बोला, ''मुगल सैनिक गाँव में आए हैं मगर आप दुर्गादासजी, तनिक भी चिंता न करें। मैं जब तक जीवित हूँ, कुँवर सा का कोई बालबाँका नहीं कर सकता। उसका एक रोम भी खंडित नहीं होने दूँगा।''

उसी समय मोहकमसिंह ने आकर बताया, ''सैनिक घर-घर तलाशी ले रहे हैं।

एक सैनिक अधिकारी का कहना है कि हमें दुर्गादास और युवराज की भयंकर रूप से तलाश है। जो उनका पता देगा उसे एक हज़ार अशर्फियाँ इनाम में दी जाएँगी।''

जयदेव ने उन्हें भरोसा दिलाया, ''मैं फिर कहता हूँ कि आप कोई चिंता न करें। मैं जा रहा हूँ।''

जयदेव पवन-वेग से अपने घर पहुँचा। उसने ब्राह्मणी को सारी स्थिति समझा कर कहा, ''यदि सैनिक हमारे घर आ जाएँ तो हमें कुँवर सा के साथ भोजन एक थाली में परोस देना।''

''पर आप ब्राह्मण होकर क्षत्री के साथ भोजन कैसे करेंगे ? यदि करेंगे तो न्यात-जात से बाहर हो जाएँगे ?''

''यदि मनुष्य अपने कर्तव्य और धर्म के लिए कुछ भी त्याग और कष्ट सहता है तो वह स्वर्ग का अधिकारी होता है जो व्यक्ति मनुष्यता की रक्षा नहीं करता, शरणागत के प्राण नहीं बचाता, वह अपनी न्यात-जात में रहकर भी उसमें नहीं रहने के समान होता है। वह मनुष्य होकर भी मनुष्य की श्रेणी में नहीं आता।''

तभी सैनिक आ गए।

''यह घर किसका है ?''

जयदेव ने यज्ञोपवीत पहन रखा था। ललाट पर त्रिपुंड बना रखा था। लंबी चोटी।

''मेरा है श्रीमान।''

''आप कौन हैं !''

''मैं पंडित जयदेव हूँ। आसपास के गाँवों का पंडित। जन्म से लेकर मरण तक के संस्कार मैं ही कराता हूँ। यजमानी मेरा पेशा है।''

''आपके घर में कितने बच्चे हैं ?''

''मेरे घर में दो बाल-गोपाल हैं। एक का नाम है बलराम और दूसरे का कृष्ण।''

''ये दोनों बेटे तुम्हारे हैं, क्या प्रमाण।'' हिंदू अधिकारी ने पूछा।

''प्रमाण आप ही ढूँढ़िए।''

''क्या आप उन दोनों बच्चों के साथ एक थाली में भोजन कर सकते हैं।''

''वाह भाई, वाह। अपने बच्चों के साथ कौन बाप भोजन नहीं कर सकता। ब्राह्मणी ! खाना परोस दे। भूख लगी है। आप श्रीमान मुझ गरीब की दाल-रोटी खाएँगे ?''

''नहीं।'' अधिकारी ने कहा।

थाली में खाना आ गया। तीनों ने साथ-साथ भोजन किया। हिंदू अधिकारी ने कहा, ''कोई ब्राह्मण अपने प्राण दे सकता है पर दूसरी जातिवालों के साथ भोजन नहीं कर सकता। चलो।''

सैनिकों के जाते ही ब्राह्मणी ने कहा, ''अब आप क्या करेंगे ? आपका धर्म

तो नष्ट हो गया।"

"देखो, पंडिताणी, वैसे भी आपात् काल में धर्म नाश नहीं होता। शास्त्रों ने कहा है, आपाद काले धर्मोनास्ति। फिर मैं गऊ मूत्र, गोबर, चीनी, दही और दूध मिश्रित कर पंचगव्य ले लूँगा।...आत्मा पवित्र हो जाएगी। शरीर गंगाजल डाले हुए जल से स्नान करने पर शुद्ध हो जाएगा। देवी ! हर धर्म शास्त्र में दोष और दोष से मुक्त होने का प्रावधान है। धर्म की मूल धारणाएँ तनिक भी कष्टप्रद नहीं हैं। वह प्राणी मात्र का कल्याण करती हैं।"

जब सैनिक चले गए तब वे लोग चिंतातुर हुए पंडित के घर पहुँचे। जाते ही वीर दुर्गादास ने कहा, "क्या हुआ पंडितजी ?"

पंडित ने सारी बातें बता करके कहा, "मैंने अपने जातीय गौरव की चिंता किए बिना अपने कर्तव्य और वचन का पालन किया। मैं अंतस्-बाहर, कहीं से भी भयभीत नहीं हूँ। जो कुछ भी त्रुटि-दोष हुआ है—उसका मंत्रों द्वारा परित्राण कर लूँगा।"

दुर्गादास ने भावविह्वल होकर पुरोहित का चरण-स्पर्श कर लिया। बोला, "एक बार एक राजपुरोहित ने मेवाड़ की एकता और भाई-भाई के बंधुत्व के लिए अपने वक्ष में कटार भोंक कर आत्माहुति दी थी। आज एक पुरोहित ने अपने धर्म की चिंता न करते हुए राठौड़-कुल सूर्य को डूबने से बचाया है। विप्रवर ! आपकी इस महती कृपा के लिए राठौड़ सदा कृतज्ञ रहेंगे। उनकी शौर्य गाथाओं के साथ-साथ आपके त्याग की गाथा भी सदा चिरस्मरणीय रहेगी।"

आनंदकँवर ने जयदेव की प्रशंसा करते हुए कहा, "मुझे इन पर पूरा भरोसा था।"

"अब हमें पूर्ण विश्वास हो गया कि आपकी संरक्षकता में कुँवर सा को कोई खतरा नहीं है। अब हमारा यहाँ ठहरना उचित नहीं है। मुगल-सेना की खोज अधिक हो गई है। हम लोग मेवाड़ की ओर जा रहे हैं। कुँवर सा का सारा दायित्व आप पर और उनकी माता आनंदकँवर जी पर है।"

जयदेव ने अटूट विश्वासपूर्वक कहा, "आप निश्चिंत रहिए। मैं अपने प्राण रहते कुंवर सा पर कोई आँच नहीं आने दूँगा। अपना सर्वस्व बलिदान करके मैं अपने धर्म-कर्तव्य का पालन करूँगा।"

कालिन्द्री से विदा लेने के समय दुर्गादास ने आनंदकँवर को प्रणाम करके कहा, "यह सुयोग है कि हमने आपके दर्शन कर लिए। हाँ, पंडितजी के समक्ष युवराज को कुँवर सा ही कहिएगा।"

मोहकमसिंह ने कहा, "अनेक सत्यों के बारे में व्यक्ति कुछ नहीं जान पाता। जैसे आपका हमारी राणी होने के सत्य को हमने संयोग से ही जाना है।"

आनंदकँवर ने कहा, "जब प्रभु इच्छा होती है तभी सुयोग मिलते हैं। यह मेरा सौभाग्य है कि मुझे इस आयु में पुत्र-प्रेम चंद दिनों तक तो मिलेगा ? मेरी ममता

तृप्त तो होगी ? कोई नहीं जानता कि कब और कैसे अनचीती-अनसोची घटनाएँ हो जाती हैं।...आप लोगों ने मेरा आतिथ्य स्वीकार किया, यह मेरे लिए बड़े भाग्य की बात है। आप लोगों के कारण इस हवेली में कुछ दिनों के लिए रौनक आ गई। उसका सूनापन मिट गया। ईश्वर आपको सफलता दे।"

वे लोग वहाँ से चल पड़े।

# तेरह

अरावली की सुरम्य और प्रशांत पर्वतमाला। कहीं-कहीं हरीतिमा के वस्त्र से अपनी शोभा बिखेरती और कहीं-कहीं वृक्षों को अपनी अंक में समाये हुए आकर्षण बिखेरती। कहीं-कहीं छोटे-बड़े प्राकृतिक सरोवरों की छटा से लुभाती।

उस पर्वतमाला की छप्पन पहाड़ियाँ। राणा राजसिंह ने दुर्गादास को वहीं रहने का परामर्श दिया। उन पहाड़ों के मध्य अत्यंत कष्टपूर्ण जीवनयापन कर रहा था दुर्गादास पर राणा राजसिंह उसे निरंतर सहाय्रता पहुँचा रहा था।

फिर उधर औरंगजेब निरंतर सोचता रहता था कि दुर्गादास ही इस झंझावात की पृष्ठभूमि में है। यदि वह उसके हाथ लग जाए तो जोधपुर राज्य सदा-सदा के लिए मुगल साम्राज्य में मिल जाए।

उसने एक बार फिर अपनी कूटनीति का पाँसा फेंका।

उसने राणा राजसिंह को फरमान भेजा जिसमें लिखा था कि आप हमें दुर्गादास को सौंप दें हम आपके हित में कुछ भी करने को तत्पर हैं।

पर राणा ने उस फरमान पर अपनी कोई प्रतिक्रिया व्यक्त नहीं की। ऐसा भाव बताया जैसे वह फरमान उन्हें मिला ही नहीं है। राणा की टालमटोल ने औरंगजेब को क्रोधित कर दिया।

उसने मेवाड़ पर आक्रमण करने की घोषणा कर दी।

जब यह समाचार दुर्गादास को मिला तो उसने राणा से छद्म भेंट की। उससे परामर्श किया कि वह उनके संग अपनी पूर्णशक्ति और शूरवीरों के साथ मुगल सेना से युद्ध करेगा।

राणा की स्वीकृति पाकर दुर्गादास ने नौशेर खाँ को गुप्त संदेश भिजवाया कि वह यत्र-तत्र असंगठित योद्धाओं को एकत्रित करके उसके पास भेजें।

वैसे नौशेर खाँ दिल्ली से मारवाड़ पहुँचने पर स्वामिभक्त और स्वाधीनता

अनुरक्त वीरों को निरंतर उकसा रहा था कि वे मुगल प्रशासन को स्थायी न बनने दें। जाति और धर्म से बड़ी और पूजनीय जन्मभूमि होती है। उसकी स्वाधीनता के लिए बलिदान दें।

जब नौशेर खाँ को दुर्गादास का संदेश मिला तो उसने भी मारवाड़ के योद्धाओं को एकत्रित करना शुरू कर दिया। उसने कहा, "औरंगजेब बादशाह की हिंस्र और क्षुद्र कूटनीति हमारे देश को खंडित करना चाहती है। ऐसी स्थिति में हम सबको एक होकर उसका सामना करना चाहिए।...चलिए, दुर्गादासजी के पास चलें।"

इधर दुर्गादास ने भी समस्त राठौड़ों और अन्य योद्धाओं को आमंत्रित किया। देखते-देखते अनेक योद्धा उसकी सेना में मिल गए।

दुर्गादास ने अपने विचार व्यक्त करते हुए विनम्र शब्दों में सबसे कहा, "जिस देश की शक्ति का विघटन हो जाता है, उसे हर कोई परास्त कर सकता है। उसे कभी भी शत्रु सुख-संतोष की साँस नहीं लेने देता। कहा है—'संघे शक्ति कलियुगेः।' इस कलिकाल में वास्तविक शक्ति संगठन में है। भाईचारे में है। आप योद्धाओं में कई मुसलमान योद्धा भी हैं। मैं आपको स्पष्ट रूप से बताना चाहता हूँ कि मेरी लड़ाई अपनी उस जन्मभूमि की स्वतंत्रता के लिए है जिसकी गोद में हम सबने जन्म लिया है। हर प्राणी की जन्मभूमि वही होती है, जहाँ उसने जन्म लिया है और हर धर्म भी यही कहता है कि अपनी मिट्टी से प्रेम करो। सब एक माँ के पुत्र हैं। हमें संगठित होकर अपनी आजादी की लड़ाई लड़नी चाहिए। मैं एक बात और कहना चाहूँगा कि औरंगजेब बादशाह की सेना विशाल है। असंख्य सैनिक हैं उसमें। विलायती तोपची भी हैं। ऐसी स्थिति में हमें सीधी लड़ाई यानी रणक्षेत्र में आमने-सामने नहीं लड़ना है। हमारा हित इसी में है कि हम पर्वतमालाओं के टेढ़े-मेढ़े गलियारों में छुप कर अचानक आक्रमण करें। शत्रु को सब तरह की हानि पहुँचाएँ।"

इस बैठक में दीर्घकालीन विचार-विमर्श हुआ उसके पश्चात् यही तय हुआ कि छुपकर ही लड़ाई लड़ी जाए।

यह गुरिल्ला युद्ध पद्धति कहलाती है।

इस पद्धति से दुर्गादास को काफी फायदा हुआ। जहाँ अवसर मिलता था, वहाँ वे हल्ला बोल देते थे। मुगल-सेना के हथियार और रसद लूटकर फिर पहाड़ियों में छुप जाते थे।

इधर मुगल विशाल वाहिनी ने उदयपुर पर आधिपत्य कर लिया। युद्ध नियमों को ताक पर रख कर मुगल सेना ने साधारण प्रजा को लूटा और कलात्मक भवनों को नुकसान पहुँचाया।

मेवाड़ में शाहजादा अकबर सैन्य-संचालन कर रहा था। लेकिन निरंतर मेवाड़-मारवाड़ की सेनाओं के अप्रत्याशित आक्रमणों से मुगल-सेना विचलित हो गई। उसमें विकलता उत्पन्न हो गई। वह घबरा गई।

औरंगजेब को अनवरत इन घटनाओं का समाचार पहुँच रहा था। अंत में उसने सैन्य संचालन अकबर से लेकर अपने पुत्र मुअज़्ज़म को सौंप दिया।

इस परिवर्तन का समाचार दुर्गादास को उसके गुप्तचर ने दिया।

दुर्गादास ने अपने साथियों से कहा, "मुअज़्ज़म आ रहा है तो आने दीजिए। वह कोई महाकाल तो नहीं है ? मृत्युंजय तो नहीं है ? वह भी एक योद्धा है जो अपने राज्य का विस्तार करना चाहता है और हम अपनी स्वाधीनता और धरती की रक्षा करना चाहते हैं। हमारे साथ नैतिक बल है। एक श्रेष्ठ उद्देश्य है और जिसके साथ नैतिक बल हो, उसका बल द्विगुणित होता है। हमने कितनी लड़ाइयाँ लड़ी हैं। यदि इतनी लड़ाइयाँ एक स्थान पर होतीं तो वहाँ रुधिर का दलदल हो जाता। एक सरोवर भर जाता। हमारे कितने योद्धाओं ने बलिदान दिया है ? क्यों दिया ? मैं बार-बार स्पष्ट करता आया हूँ कि अपनी और अपनी मातृभूमि की स्वाधीनता के लिए। जब स्वाधीनता का सूर्य कितनी ही घटाओं को विदीर्ण करके अपनी संपूर्ण ओजस्विता से चमकनेवाला है, तब हमें अपने समस्त पौरुष के साथ संग्राम करना चाहिए। जालोर के युद्ध में हमने अकबर के दाँत खट्टे किए थे। अब मुअज़्ज़म को धूल चटवा देंगे।

एक बात का अनुभव और हुआ है कि किसी भी घटना पर निर्णय लेने में अत्यंत धैर्य रखना चाहिए। वाचालता हानिप्रद होती है और हाँ, देशद्रोही को किसी भी कीमत पर जीवित नहीं रखना चाहिए। राजनीति की यह क्रूरता कई बार अत्यंत फलदायक होती है। मैंने आपको ये सारी बातें और आत्मस्वीकृतियाँ इसलिए बताई हैं कि हमें और उत्साह से शत्रु का दलन करना चाहिए।"

मारवाड़ की सेना में जोश भर गया।

दुर्गादास ने फिर कहा, "हमें अभी सीधा युद्ध नहीं लड़ना है। छुप-छुप कर अचानक आक्रमण करने हैं। इतिहास साक्षी है कि औरंगजेब जो ठान लेता है, उसे नीति-अनीति से पूर्ण करता है। वह अपनी सेना की टुकड़ियाँ निरंतर भेजता रहता है। राणा राजसिंहजी की रहस्यपूर्ण मृत्यु हो गई। जयसिंह मेवाड़ का राजा बन गया। वह भी मारवाड़ के राठौड़ों को निरंतर सहायता दे रहा है। इसके पीछे सबसे महत्त्वपूर्ण कारण है कि यदि राठौड़ वीरों की दीवार टूट गई तो बादशाह मेवाड़ की ओर बढ़कर उसे रौंदना शुरू कर देगा।" ऐसी स्थिति में दुर्गादास का सिसौदिया वीरों से लगातार संपर्क बना रहता था। इसी संपर्क के चलते हुए दुर्गादास ने शाहजादा मुअज़्ज़म को अपनी ओर मिलाने के लिए षड्यंत्र रचा।

"यदि मुअज़्ज़म अपनी ओर मिल जाए तो हम एक-तीर से दो निशाने लगा सकते हैं।" दुर्गादास ने गंभीर स्वर में कहा, "औरंगजेब की शक्ति के मध्य खाई और हमारी शक्ति में वृद्धि।"

चूंडावत सरदार ने उसकी बात का समर्थन किया; "दुर्गादासजी सही कह रहे हैं। फूट डालो और राज करो। यह बड़ी पुरानी पद्धति है।"

दुर्गादास ने सोच कर कहा, "फिर भी हमें शत्रु पर पूर्ण विश्वास नहीं करना चाहिए। जैसे सर्पयुक्त बिलवाले घर में कोई भी सुख और चैन की नींद नहीं सो सकता, उसी तरह शत्रु के अंतःस्थल में छुपी शठता के प्रति सचेत रहना चाहिए। यह निर्विवाद सत्य है कि शत्रु मित्र भी बन जाए तो भी उस पर पूर्ण विश्वास करके निश्चिंत नहीं होना चाहिए क्योंकि कई बार आस्तीन में भी साँप पलते हैं।"

केशरीसिंह चौहान ने कहा, "आप ठीक कह रहे हैं, और राजनीति में हर चाल उचित होती है। उस चाल में जय-पराजय का विशेष महत्त्व नहीं होता। जैसे बलवान शत्रु का पक्ष जैसे ही सबल हो, निर्बल को पीछे हट जाना चाहिए तथा अपने को सबल करके पुनः-पुनः आक्रमण करके विजय प्राप्त करनी चाहिए।"

"फिर मुअज़्ज़म से भेंट की जाए।" सोनिग सरदार नें कहा।

निश्चय हुआ कि देबारी के समीप उदयसागर पर डेरा डाले हुए मुअज़्ज़म से दुर्गादास, चूंडावत रत्नसिंह, सोनिग और केशरीसिंह चौहान भेंट करें। प्रतिनिधित्व दुर्गादास करेगा।

मुअज़्ज़म के पास संदेश भिजवाया गया।

उसने भी उत्सुकतावश स्वीकृति दे दी। उसने सोचा कि हमारा इतना बलवान शत्रु भेंट करना चाहता है तो अवश्य ही कोई खास बात होगी।

मुअज़्ज़म ने भी अपनी सुरक्षा के लिए अपने डेरे के चारों ओर सैनिक खड़े कर दिए।

जब दुर्गादास अपने साथियों के साथ वहाँ पहुँचे तो मुअज़्ज़म ने उनका हार्दिक स्वागत करते हुए कहा, "हमें आज बेइन्तहा खुशी है कि हम आजादी और अपने मालिक के हकों के लिए लड़नेवाले बहादुर दुर्गादासजी से मिल रहे हैं। एक ऐसे दुश्मन को इज्ज़त बख्श रहे हैं जिसकी हम इज्ज़त करते हैं।"

"यह आपकी कद्रदानी है।" दुर्गादास ने उसकी प्रशंसा करते हुए कहा, "आप भी तो बड़े ही जांबाज़ हैं।"

"तशरीफ रखिए।"

सबके बैठने के बाद मुअज़्ज़म ने पूछा, "कैसे आने की मेहरबानी की।"

"शाहजादा साहिब ! हम राठौड़ों ने तय किया है कि इस निरंतर लड़ाई से कैसे निज़ात पाएँ ?...वर्षों से सुनते आए हैं कि प्रेम और युद्ध में कुछ भी अनुचित नहीं होता। आपने तो अपने घर में इसकी सही-सच्ची तस्वीर देखी है। यह भी आपने महसूस किया होगा कि किस तरह कत्ल हुए हैं। केवल आपके घर में नहीं, हर उस घर में जहाँ तख्त और सिंहासन है। जहाँ ताकत की परीक्षा है। होड़ है तख्त पाने की। यह है भी सही कि जिसके पास ताकत है, वही बादशाह होना चाहिए।" पलभर रुक कर दुर्गादास ने फिर कहा, "ऐसी स्थिति में हम चाहते हैं कि आपके नेतृत्व यानी अगुआई में हम भी लड़ें। हमें अपने मारवाड़ की सुरक्षा, शांति और स्वाधीनता

चाहिए और इसके बदले में आप हिंदुस्थान के बादशाह बनिए।''

मुअज़्ज़म दुर्गादास की स्पष्टवादिता और सीधे प्रस्ताव से प्रभावित हुआ। उसने भौंहें टेढ़ी करके कहा, ''आपका मतलब है कि हम अपने वालिद के खिलाफ़ बग़ावत करें।''

''सियासत में इन बातों का कोई स्थान नहीं है। राजनीति का उद्देश्य है कि अपना वर्चस्व भू-मंडल पर स्थापित करो।...नाते-रिश्तों और ज़ज़्बातों के चक्कर में उलझनेवाले लोगों पर राजनीति दयालु या रहमदिल नहीं होती। इसका उद्दाहरण आपके अब्बाहुजूर हैं। हम अपना अधिकार चाहते हैं और इसके बदले में आपको बादशाह बनाना चाहते हैं।''

मुअज़्ज़म ने शंका प्रकट की, ''हम आप पर कैसे यकीन करें ?''

''क्षत्रियों का वचन पत्थर पर खुदी लकीर की तरह होता है। हम सब अपनी सबसे प्रिय वस्तु 'तलवार' पर हाथ रख कर वफ़ादारी की सौगंध खाएँगे। कोई क्षत्री सब कुछ कर सकता है पर शस्त्र की सौगंध खाकर विश्वासघात नहीं करता।''

''हमें सोचने का समय देंगे।''

''किसी बुजुर्ग ने कहा है—कल करे सो आज कर, आज करे सो अब, पल में प्रलय हो जाएगी, फिर करेगा कब ?...जो निर्णय लेना है, तुरंत लीजिए।''

उसी समय बाँदी ने आकर कहा, ''सरकार, आपको अम्मीजान याद फरमा रही हैं। कोई जरूरी काम है।''

मुअज़्ज़म की माँ नवाबज़ान मुअज़्ज़म की बड़ी बेसब्री से इंतज़ार कर रही थी।

मुअज़्ज़म ने झुककर कोर्निश की, ''अम्मीजान ! आपने कैसे तलब किया।''

''बेटे ! तुम यह मत समझना कि तुम्हारी अम्मी बेखबर है। उसे हर लमहे की खबर है। तुम दुश्मनों से मिलकर बगावत करने की सोच रहे हो, यह बिलकुल गलत है। तुम्हें अपने अब्बाहुजूर की ताकत का अंदाजा नहीं है। पहाड़ से टकराने वाली ताकत है उनके पास। ये राजपूत तुम्हें बरगला रहे हैं, ये सियासती शतरंज के माहिर खिलाड़ी सफ़ेद वज़ीर से सफ़ेद बादशाह को मात देना चाहते हैं। बादशाह की लाठी और बादशाह की भैंस। उन्हें खाली हाथ लौटा दो।''

मुअज़्ज़म को अपनी अम्मीजान के परामर्श में छुपी सच्चाई का अहसास हो गया। उसने दुर्गादास को स्पष्ट शब्दों में कहा कि उसे अपने अब्बाहुजूर के खिलाफ बग़ावत करना मंजूर नहीं है।

इससे दुर्गादास और उसके साथी योद्धा जरा भी हताश नहीं हुए।

वे राणा के पास गए।

राणा ने सब कुछ सुनकर कहा, ''राठौड़ योद्धाओ ! हमें इससे निराश नहीं होना चाहिए। हमारा अनवरत प्रयास रहना चाहिए कि हम मुगल सेना से लड़ते रहें और उसकी संगठित शक्ति के स्रोतों को सुखाते चलें। उनमें फूट डालकर उनकी

शक्ति को बाँटते रहें। उन्हें लूटते रहें। निर्बल करते रहें।''

दुर्गादास ने राणा को आश्वस्त किया कि वह अपने प्रयत्न जारी रखेगा।

दुर्गादास के शौर्य, युद्धनीति, दूरदर्शिता से शाहजादा अकबर अत्यंत ही प्रभावित हुआ। दुर्गादास से उसने मिलने की इच्छा प्रकट की।

तुरंत दुर्गादास ने उसे स्वीकार कर लिया। वह अकबर से तुरंत मिला। अकबर ने उसका हार्दिक स्वागत किया। हालाँकि कई सरदारों को आशंका थी कि कहीं अकबर दुर्गादास पर छल से आघात न कर दे। पर उससे भेंट के बाद दुर्गादास को प्रतीत हुआ कि अकबर बादशाह बनने के लिए बड़ा ही लालायित है।

संधि हो गई।

अकबर और दुर्गादास की सेनाएँ एक हो गईं। उसके पश्चात् दुर्गादास ने गंभीर स्वर में अकबर से कहा, ''आप यह भी जानना चाहेंगे कि इसमें हमारा क्या स्वार्थ है ? साहबे आलम ! हम आपको हिंदुस्थान का बादशाह बनाएँगे और आप मेवाड़ के परगने और जोधपुर राज्य लौटाएँगे ! आपको बता दूँ कि जो बादशाह अपनी विस्तारवादी नीति का परित्याग करके शांति स्थापित नहीं करता, जो अपने अधीन और स्वतंत्र राज्यों के साथ शांति वार्ता करके मैत्री भाव नहीं रखता, हिंसा का रास्ता छोड़कर प्रेम का रास्ता नहीं अपनाता, वह धीरे-धीरे अपने को कमजोर करता हुआ अपना ह्रास कराता रहता है।''

अकबर दुर्गादास की बात से आश्वस्त हो गया। उसे लगा कि वह अब जरूर बादशाह बनेगा।

संवत् 1737 माघ बदी अष्टमी को दोनों की सम्मिलित सेनाओं ने अजमेर पर आक्रमण किया। इसके पूर्व दुर्गादास ने सार्वजनिक रूप से अकबर को बादशाह घोषित कर दिया।

दुर्गादास प्रतिशोध की आग में दग्ध था। इस बार वह मुगल सेना के दाँत खट्टे करना चाहता था। उनकी कुल्हाड़ी उनके पाँवों पर मारना चाहता था।

पर यह निर्विवाद रूप से कहा जा सकता है कि औरंगजेब राजनीति का चालाक खिलाड़ी था। वह चारों ओर से अपनी विद्रोही सेना के सिपहसालारों को बड़े-बड़े प्रलोभन दे रहा था। उन्हें अपनी ओर मिलाने के लिए प्रयास कर रहा था।

एक सेनानायक शेख शहाबुद्दीन अकबर का साथ छोड़कर पीछे से भाग गया। दुर्गादास को इसकी कोई चिंता नहीं थी। वह अकबर के साथ तीव्रता से अजमेर की ओर अग्रसर हो रहा था।

रात्रि को डेरा डाला जाता था।

जहाँ भी विश्राम होता वहाँ दुर्गादास विश्राम करता हुआ सोचता रहता था—मेरा जीवन बड़ा ही विकट है। केवल अनवरत संघर्ष करते हुए जीना। मनुष्य के जीने का उद्देश्य केवल यही है कि वह जिसकी खाए बाजरी, उसकी भरे हाजिरी। इसके

अतिरिक्त कुछ भी सोचना-करना उसके लिए संभव नहीं ?...मैंने प्रतिज्ञा की थी कि अजीतसिंहजी को अधीश्वर बनाऊँगा। मुझे विश्वास है कि इस युद्ध के फतह के बाद वह अपना यह कौल पूरा कर लेगा। फिर मैं अपने ठिकाणे जाकर अपनी पत्नी और बाल-बच्चों के संग शांत जीवन गुजारूँगा। राज-कार्यों को किसी भी सूरत में स्वीकार नहीं करूँगा। वृद्ध होता जा रहा हूँ मैं।

वह उठकर शिविर से बाहर आया। कुछ दूरस्थ अकबर के शिविर में नृत्य-गीत के स्वर सुनाई पड़ रहे थे। दुर्गादास गंभीर हो गया। जहाँ एक-एक योद्धा समर की रणभेरियाँ सुन रहा है, वहाँ वह नृत्य-गान में मग्न है ? जहाँ योद्धा अपने घर-परिवार से दूर सिर-धड़ों के प्रांगण में तलवार चलाने की सोचता है, वहाँ अकबर जैसा सेनानायक सुरा की मादकता में लीन है ! यह तो सेना के सैनिकों का मनोबल गिराने की बात है।

दुर्गादास धीरे-धीरे अकबर के शिविर की ओर बढ़ा। मुख्यद्वार पर उसकी खास बाँदी 'नेकक़दम' खड़ी थी।

साजिंदों के संग बैठी सुरीली बाई गीत गा रही थी और नियाग बाई नृत्य कर रही थी। ख्वाजसदा (हरम के समाचारों को लिखनेवाला) एक कोने में बैठा-बैठा शराब पी रहा था। नियाग अत्यंत रूपवती और आकर्षक थी।

दुर्गादास ने सन्नाटों में सोए एक बार सैनिकों पर दृष्टिपात किया। फिर विपुल विलास के सागर में डूबे अकबर को देखा। उसका मन विचित्र-सी ग्लानि से भर आया। उसने सोचा कि ये कैसे लोग हैं जो मृत्यु की छत्रछाया में रहनेवालों के बीच ऐश करते हैं। ऐसे लोग कभी भी अपने मातहत लोगों का मनोबल शिखर तक ऊँचा नहीं कर सकते ? ऐसे लोग कभी भी सफलता के उच्च शिखर को नहीं छू सकते। ऐसे ऐय्याश पुरुषों का शीघ्र पतन अवश्यंभावी है। ऐसे लोग कभी भी आदर की दृष्टि प्राप्त नहीं कर सकते।

उसने नेकक़दम के साथ अपने आने की सूचना भिजवाई।

अकबर सुरा की मादकता में मदमस्त लड़खड़ाता हुआ शिविर के बाहर आया। काँपते स्वर में बोला, "क्या बात दुर्गादासजी, आप बाहर ही खड़े क्यों हो गए। आइए न भीतर। थोड़ी देर दिल बहला लीजिए।"

दुर्गादास ने कठोर स्वर में कहा, "जो मृत्यु के सायों में रहते हैं, उन्हें भोग-विलास कैसे रास आ सकता है ?...शाहजादे साहब ! सेना और सेनानायकों के लिए रात्रि-विश्राम इसलिए होता है कि वे सुबह होते ही दुगुने जोशखरोश से शत्रु पर आक्रमण करें। यदि वे मदिरा में बेहोश हो जाएँगे तो युद्ध कैसे करेंगे ?"

"दुर्गादासजी, आप हमारी तुलना आम सैनिकों से कैसे कर रहे हैं। हम ठहरे उनके मालिक। उन्हें तनखा देते हैं। उनकी जरूरतें पूरी करते हैं। उन्हें हमारे लिए कुर्बान होना ही पड़ेगा।"

''आप सैनिकों को बहुत गलत समझ रहे हैं। मृत्यु-वरण की नौकरी केवल पैसों के लिए नहीं होती। पैसों के साथ देशप्रेम और गौरव रक्षा का उद्देश्य भी होता है।''

''आप जरा भी फिक्र न करें। हम अपने सिपाहियों में सुबह होते ही जोश भर देंगे।'' अकबर ने कहा, ''आप अभी नाच-गाने का लुत्फ़ उठाइए न ?''

दुर्गादास ने लंबा साँस लेते हुए कहा, ''मेरा जमीर इसकी इजाज़त नहीं देता।''

भोग-विलास की सृष्टि अपने संग लेकर चलनेवाले अकबर ने अपने मन में पक्का भ्रम पाल लिया था कि वह बादशाह तो बनेगा ही। राठौड़ों की सेना अपराजित है। इसलिए वह बार-बार पड़ाव डाल रहा था। उसकी यह निश्चिंतता कई बार दुर्गादास के मन में संदेह के बीज बो देती थी। इसलिए पाँच दिनों का रास्ता पंद्रह दिनों में तय हुआ। इस बीच शेख शहाबुद्दीन के अलावा हमीद खाँ की सेनाएँ भी चुपके से अकबर का साथ छोड़कर बादशाह की सेना से जा मिलीं।

औरंगजेब की सेना का पड़ाव गाँव दोराई पर था। उसने अजमेर के चारों ओर अपने सैनिकों का जाल बिछा दिया था।

दुर्गादास बार-बार अकबर को आगाह करता कि ''आपकी फौज के लोग चुपके-चुपके बादशाह की सेना में जा रहे हैं। पहले शेख शहाबुद्दीन और अब हमीद खाँ भी चोर की तरह भाग गया है।''

अकबर ने लापरवाही से कहा, ''आप फिक्र न करें। हम यह जंग फतह करेंगे ही।''

दुर्गादास फिर चिंतित हो गया। उसने सोचा कि अकबर की इतनी लापरवाही किसी षड्यंत्र की द्योतक तो नहीं है। तत्क्षण दुर्गादास को समाचार मिला कि मुअज़्ज़म भी अपनी सेना को लेकर इधर आ रहा है। वह औरंगजेब की सेना से मिलनेवाला है।

दुर्गादास के साहस की लोह-चादर में छिद्र होने लगे। उसका धैर्य डगमगाने लगा।

उसने तुरंत सोनिग, रत्नसिंह, चूंडावत आदि सरदारों से सलाह-मशविरा किया। वास्तव में जिस मौज-मस्ती से अकबर अपनी दिनचर्या बिता रहा था, उसने समस्त सरदारों के बीच संशय पैदा कर दिया था।

उसी समय एक सामान्य सैनिक ने आकर कहा, ''मैं दुर्गादासजी से कुछ अरज करना चाहता हूँ। वह भी एकांत में।''

दुर्गादास उसे एकांत में ले गया। पूछा, ''क्या बात वीरवर ?''

उसने औरंगजेब लिखित खत देकर कहा, ''मैं यह अकबर के शिविर से लाया हूँ।''

दुर्गादास ने मशाल के प्रकाश में देखा। उसमें औरंगजेब ने लिखा था—मेरे जाने जिगर, तुमने राजपूतों को खूब धोखा दिया। हम उन पर दोनों ओर से हमला

करके उनको ऐसी करारी शिकस्त देंगे कि वे सालों तक फिर सिर ऊँचा नहीं कर सकेंगे। हाँ, तुम उन्हें हरावल में ही रखना ताकि उनका जल्दी सफाया हो सके—तुम्हारा अब्बाहुजूर।

दुर्गादास वह खत लेकर दूसरे सरदारों के समीप गया। उस खत को पढ़कर सभी उद्विग्न और अस्थिर मन हो गए। उन्होंने तुरंत निर्णय लिया कि हमें तुरंत ही अकबर का साथ छोड़ कर यहाँ से चल पड़ना चाहिए।

यहाँ दुर्गादास ने गंभीरता से सोचा-विचारा नहीं। कूटनीति से खत पर मीमांसा नहीं की। अकबर से इस पत्र पर गहन-विचार विमर्श नहीं किया। पत्र की वास्तविकता का भी पता नहीं लगाया। केवल सतही तौर पर पत्र पढ़कर निर्णय लेना दुर्गादास और अन्य सरदारों की बड़ी भूल थी। राजनीति के दाँवपेंचों में इतनी जल्दबाजी कभी भी श्रेयस्कर सिद्ध नहीं हुई। जो राजनेता परिस्थितियों का आकलन करके कदम नहीं उठाता, वह योग्यहीन होता है। यहाँ दुर्गादास प्यादी से मात खा गया।

राजपूत सेना ने अकबर का साथ छोड़ दिया। उसने मारवाड़ की ओर प्रस्थान कर दिया। अकबर निरुपाय हो गया। असहाय हो गया। उसके पास हज़ार पंद्रह सौ सैनिक बचे थे। तहव्वर खाँ भी अकबर से गद्दारी करके औरंगजेब की शरण में चला गया। औरंगजेब ने उस गद्दार और नमकहराम का सिर धड़ से अलग कर दिया। देशद्रोही और मित्रद्रोही को सदा यही सज़ा मिलनी चाहिए। यह नीति की उक्ति है।

ऐसी स्थिति में निरीह अकबर दीनहीन होकर राजपूतों की शरण में चला गया। उसने अपना दोष स्वीकार करते हुए कहा, "मेरी ऐय्याशी ने मेरे सपनों को चूर-चूर कर दिया। दुर्गादासजी ! आपका कहना ठीक था कि एक सेनानायक को कठोर नियमों का पालन करना चाहिए। बिना रास्ता तय किए मंजिल की ख्वाहिश करना भी बेवकूफी है। दुश्मन को शिकस्त दिए बिना उसे कमजोर समझना गलत है। आप मुझे माफ करें तथा मुझे पनाह दें। मैं एकदम बेसहारा हूँ।" वह सिर झुका कर खड़ा रहा।

राजपूतों को पता चल गया कि अकबर निर्दोष है। उन्होंने उसे पनाह दे दी।

औरंगजेब उनका पीछा करता रहा। शाहजादा मुअज़्ज़म की सेना को राजपूत सेना बार-बार आक्रमण करके हानि पहुँचा रही थी।

जालोर के युद्ध में तो जबरदस्त खूनखराबा हुआ। इस युद्ध से औरंगजेब ने बौखलाकर अपने कई सेनानायकों की जागीरें तक जब्त कर लीं। इस बीच औरंगजेब लगातार अजीतसिंह की खोज करता रहा। अजीतसिंह को जब जयदेव ब्राह्मण पुष्करणा के यहाँ खतरा होने लगा तो महान् योद्धा मुकुन्ददास और शिवसिंह उसे लेकर आबू की पहाड़ियों में चले गए और उनकी सुरक्षा करते रहे। दुर्गादास को युवराज के कुशल-मंगल के समाचार निरन्तर मिलते रहते थे। यहाँ तक नवकोटि मारवाड़ के सारे सरदारों में से एक भी नहीं जानता था कि युवराज कहाँ है ? सबके अलग-अलग

अनुमान थे। इससे उसकी सुरक्षा सुदृढ़ थी।

दुर्गादास जब कभी भी सोचता तो उसे लगता कि यह समय नरसंहार का समय है। इतनी लड़ाइयाँ हो रही हैं कि कहीं भी सुख-चैन और शांति नहीं। फिर राजपूत सेनाएँ मारवाड़ और राजपूताना में स्थायी कदम मुगल सेना को नहीं जमाने दे रही थी।···अपना बलिदान देकर राजपूती सेनाएँ अपने अस्तित्व की रक्षा कर रही हैं। दुर्गादास सोचता रहता था कि कितने नर-मेधों के पश्चात् हमारी स्वाधीनता मिलेगी और भविष्य में सुरक्षित होगी।

इस प्रकार लड़ते-लड़ते 1742 वाँ वर्ष भी बीत गया।

# चौदह

युवराज जीवित हैं या नहीं, यह प्रश्न तेजी से उभरने लगा। चारों ओर ये ही आवाजें आ रही थीं। मारवाड़ के सरदारों, उमरावों और आम जनता में इस संदेह का होना लाजिमी था। वर्ष व्यतीत हो गए पर युवराज की किसी ने झलक तक नहीं देखी। उसका अता-पता नहीं मिला।

मारवाड़ के प्रमुख सरदार कूंपावत, अदावत, जोधा, मेड़तिया, करमसोत, तेजसिंह आदि युवराज को देखने के लिए अधीर हो गए। उन्होंने मुकुन्ददास पर दबाव डालना शुरू किया कि वह युवराज को प्रकट करके लोगों की शंका का निवारण करें। यदि कहीं यह विश्वास बैठ गया कि युवराज जीवित नहीं है तो राजपूतों का साहस टूट जाएगा। उन दिनों हाडा राजा चांपावत प्रतिष्ठित सरदार सुजानसिंह की लड़की से ब्याह करने आया था। उसके साथ एक हजार सैनिक थे।

चूँकि सिर्फ मुकुन्ददास को ही युवराज का पता था अतः सारे सरदार उसे विवश करने लगे कि वे युवराज को प्रकट करें।

मुकुन्ददास बुद्धिमान और दूरदर्शी था। उसने सोचा कि यदि शंका सत्य में परिवर्तित हो जाए तो सरदारों और प्रजा का मनोबल ऊँचा होगा। उनमें प्रचंड उत्साह उत्पन्न होगा। उनका आत्मविश्वास दृढ़ होगा। जो स्थितियाँ अस्पष्ट हैं वे एकदम स्पष्ट हो जाएँगी।

जिस व्यवस्था में राजतंत्र के प्रति गहन आस्था होती है, समर्पित भाव होते हैं, उसमें राजा का प्रत्यक्ष दर्शन होना शक्तिदायक होने के साथ-साथ फलदायक भी होता है। मुकुन्ददास इस बात को स्वयं महसूस कर रहा था।···

अंत में उसने युवराज को सरदारों के समक्ष उपस्थित कर दिया। सरदार उसकी जय-जयकार करके प्रसन्नता में डूब गए। उदयसिंह, संग्रामसिंह, जगतसिंह, तेजसिंह, विजयपाल, रायसिंह, सामन्तसिंह, पुरोहित द्वारकादास और यति ज्ञान विजय तथा अन्य जैन श्रावक उपस्थित थे। उन सबने युवराज को स्वर्ण, हीरे-मोती और घोड़े भेंट किए। ये वे ही सरदार थे जिन्होंने युवराज की अनुपस्थिति में औरंगजेब से भयंकर युद्ध किए थे। अब उन्हें अपने स्वामी राजा समक्ष दिखाई दे रहे थे।

वे सारे सरदार युवराज अजीतसिंह को ठिकाणा 'आउवा' ले आए। वहाँ उसका पुनः भव्य स्वागत हुआ और भेंट स्वरूप फिर मूल्यवान उपहार भेंट दिए गए।

तत्पश्चात् सब सरदारों ने एकमत होकर उसका टीका कर दिया। राज्याभिषेक की रीत पूरी कर दी ! अजीतसिंह मारवाड़ा का महाराजा हो गया।

फिर उसने सारे ठिकाणों का दौरा किया। हर ठिकाणेदार ने उसे तन-मन-धन से सहायता देने का भरोसा दिया।

तब दुर्गादास अपने ठिकाणे भीमरलाई में था। आयु के साथ उसका मनोबल और उत्साह जरा भी नहीं घटा था पर उसे अपने व्यक्तिगत जीवन में बड़ा ही खालीपन महसूस हो रहा था। हालाँकि उसकी स्वामिभक्ति, वीरता, बुद्धिमत्ता की कई चारण-भाट कवि खूब प्रशंसा कर चुके थे। इनसे दुर्गादास को अपने कार्यों पर आत्म-तोष था। कुंभकर्ण-सांदू और तेजसिंह तो उसके अभिन्न मित्र हो गए थे। इन दोनों कवियों ने दुर्गादास के श्रेष्ठ कार्यों का उल्लेख निरंतर अपनी रचनाओं में किया। उसे महायोद्धा और मरु-केसरी कहा।

ये दुर्गादास के सन्निकट ही रहते थे। उन्होंने लिखा था कि जब सेना विजय की ओर अग्रसर होती थी तब दुर्गादास पीछे आ जाता था और पराजय के कगार पर होती तो वह हरावल में आकर शत्रु पर साक्षात् काल बनकर टूट पड़ता था।

दुर्गादास की बेटी का विवाह राणा अमरसिंह के पुत्र से हो गया। अपने पुत्र तेजकरण के बेटा भी हो गया। पोते का नाम अनोपसिंह था। पुत्र तेजकरण, मेहकरण, अभैकरण भी अत्यंत बलशाली थे। फिर भी दुर्गादास उन्हें जितना स्नेह देना चाहिए, उतना नहीं दे पाते थे। दायित्वों के बोझ और राठौड़ कुल की रक्षा एवं मर्यादा की सुरक्षा के लिए अपने जीवन का बहुमूल्य समय बलिदान कर दिया। अत्यंत गरिमा-गौरव मंडित हुआ वह, पर यह भी एक तरह की उपेक्षा ही थी—अपने परिवार के प्रति।

यह कुछ हद तक ठीक था कि उसके पिता आसकरण की उपेक्षा घृणास्पद स्थिति तक पहुँच चुकी थी पर उसका व्यवहार भी तो एक सीमा तक उपेक्षा ही था। कर्तव्य के प्रति समर्पण भाव।

और प्रेमकँवर जब कभी भी उसके सम्मुख बैठकर बतियाती तो वह उसकी आकृति को देखकर विचित्र व्यथा से भर आता था। श्वेत बाल, झुर्रियाँ युक्त मुख, देह से अलग आत्मा की बात करनेवाली, मधुरभाषिणी, प्रेममयी। वह कहती, "आप

व्यर्थ ही आत्मपीड़ा में दग्ध होते रहते हैं। मुझे अपने जीवन से पूर्ण संतोष है। आपके संग व्यतीत किया हुआ एक क्षण मेरे लिए एक युग के बराबर है। क्षत्राणी के जीवन की सार्थकता और सफलता इसी में निहित है कि उसका पति कितना बड़ा योद्धा और यशस्वी है। उसका लोगों में कितना सम्मान है ? उसकी पीठ पर कोई घाव का निशान तो नहीं है।''

''इस देश की नारी की यही तो महानता है कि वह अग्नि-शय्या पर सोकर भी सुमन-शय्या के सुख को प्रकट करती है। दीर्घकालीन वियोग के दुखों को मिलन के क्षणिक सुख में समाहित कर देती है। सब कुछ विसर्जन करने के उपरांत कहती है कि उसने किसी के लिए कुछ नहीं किया।'' दुर्गादास ने स्नेहसिक्त स्वर में कहा, ''लोग मुझे कितना ही यशस्वी और महान् कहें पर मेरी दृष्टि में आप मुझसे अधिक यशस्वी और महान् हैं। वह पत्नी ही इस पृथ्वी पर सबसे अधिक सराही गई है जिसने अपने पति को गृहस्थी की जिम्मेदारियों से मुक्त रखा। आप इसमें सर्वश्रेष्ठ रही हैं।''

उसने मुसकरा दिया। गहन अपनत्व से बोली, ''गृहस्वामी का सबसे बड़ा कर्तव्य है—गृहस्थी को संपूर्ण सुविधाओं से चलाने की व्यवस्था करे। इस दृष्टि से आप श्रेष्ठ हैं। मैंने और मेरे टाबरों (बच्चों) ने सदा दूध के कुल्ले किए हैं। वे मखमली सेजों पर पाँव पसार कर सोये हैं। पग-पग पर आपकी कृपा से चाकर खड़े हैं। मैं आपसे विनती करती हूँ कि आप भविष्य में ऐसा सोच कर चिंतित मत होइएगा।''

''ठकुराणीजी ! मैं फिर कहता हूँ कि आपकी महानता के समक्ष मैं क्षुद्र हूँ। आपकी सहिष्णुता भी प्रंशसनीय है।'' दुर्गादास के स्वर में गहरा अपनापन था।

उसी समय एक डावड़ी हीरकी ने आकर कहा, ''अन्नदाता ! कोई सरदार आपसे मिलने के लिए पधारे हैं।''

दुर्गादास खड़ा हो गया। अपनी मूँछों की मरोड़ को ठीक करते हुए बैठकखाने में आया।

सरदार चांपावत था। पंचरंगी पगड़ी, अचकन···चूड़ीदार पाजामा, कशीदकारी की जूतियाँ, कमरबंद के पट्टे में लटकती तलवार।

''जै माताजी की ठाकुर सा।''

''आइए चांपावतजी, विराजिए। कैसे पधारना हुआ। उसने अपने चाकर को पुकारा, ओ जीवला।''

जीवला उसका खास दरोगा था। उसने आकर सिर झुकाकर कहा, ''हुक्म सा।''

''अरे भई ! ठाकुर सा के लिए अमल-पानी का तो बंदोबस्त करो। आज यहीं पर ये थाल अरोगेंगे।''

''हुक्म सा।'' जीवला चला गया।

उसके जाते ही चांपावत ने कहा, ''मैं आपको कुछ विशेष बातें बताने आया हूँ।''

''फरमाइए।''

''आउवा ठिकाणे में समस्त सरदारों के दबाव पर मुकुन्ददासजी ने महाराजा को प्रकट कर दिया।''

''क्या ?'' अवाक् रह गया दुर्गादास।

''हाँ ठाकुर सा, उनका टीका भी कर दिया गया। उन्हें मारवाड़ के महाराजा घोषित कर दिया गया। सब लोगों में महाराजा को देखकर उत्साह भर आया। उन्हें बहुमूल्य उपहार भेंट किए गए।''

दुर्गादास उदास हो गया। उसकी अनुपस्थिति में इतना महान् काम हो गया। उसके महत्त्व को समझा ही नहीं गया। जिस व्यक्ति ने अपने जीवन के सर्वाधिक श्रेष्ण क्षण जिस युवराज पर समर्पित किए, जिस उद्देश्य की सम्पूर्ति के लिए वह जंगल-जंगल भटका, अनेक पापड़ बेले...कई रूप धारण किए, उस व्यक्ति की अनुपस्थिति किसी को अखरी तक नहीं। यह काम करने का अधिकार तो केवल उसे था।

''क्या सोचने लगे ?''

''सोच रहा हूँ ठाकुर सा।'' दुर्गादास ने बुझे स्वर में कहा, ''राजनीति के क्षेत्र में किसी के उपकारों को इस तरह भुला दिया जाता है, यह मैं आज समझा हूँ ?''

जीवला अमल-पानी एक तश्तरी में ले आया था। उसने दो गिलासें पानी की रख दीं। हाथों-हाथ वह हुक्का भी भर कर ले आया। हुक्का चाँदी का बना हुआ था।

अमल लेने के उपरांत चांपावत ने कहा, ''मुझे यह बात बहुत अखरी। मैंने मुकुन्ददासजी को कहना चाहा पर अन्य सरदार इतने उतावले और उत्तेजित थे कि मुझे यह अवसर ही नहीं मिला।''

दुर्गादास ने दीर्घ निःश्वास छोड़ते हुए कहा, ''मनुष्य कितना ही बुद्धिमान हो पर उसे क़िसी तरह का कोई भ्रम नहीं पालना चाहिए। विशेषतः राज्यसत्ता से जुड़े लोगों का भ्रम स्थायी नहीं होता। वह कब टूट जाएगा, इसका अनुमान लगाना कठिन है। मैं सच कहता हूँ कि मैं सोच भी नहीं सकता कि राज्याभिषेक, वह भी अजीतसिंह जी का, मुझे बिना पूछे हो जाएगा और मेरी अनुपस्थिति में हो जाएगा।''

''आप अन्यथा न लें तो एक बात अर्ज करूँ।''

''निःसंकोच कीजिए।''

''मुझे तो आपके सम्मान की चादर में यह छिद्र-सा लगा।''

''मैं आपकी बात से सहमत हूँ।''

चांपावत ने जैसे याद करके कहा, ''महाराजा सा आपसे मिलने के लिए यहाँ पधारेंगे।''

"शीघ्र ही।"

"वे आएँगे तो मेरे सिर-आँखों पर रहेंगे। यह उनका अनुग्रह और आदर होगा।"

चांपावत भोजन करके चला गया।

तीसरे दिन महाराज अजीतसिंह, सोनिग सरदार, मुकुन्ददास खींची व अन्य सरदारों सहित भीमरलाई पधारे। उसके साथ नौशेर खाँ भी था। दुर्गादास से मिले हुए उसे लंबा अर्सा हो गया था।

दुर्गादास ने अजीतसिंह को बहुमूल्य वस्तुएँ, मोहरें और कई घोड़े नज़र किए।

दुर्गादास ने विनीत स्वर में कहा, "आपको महाराजा घोषित किए जाने की हार्दिक बधाइयाँ।"

"ठाकुर सा ! आप हमारे सदैव जीवन रक्षक रहे हैं। आपकी छत्रछाया के तले हमारा लालन-पालन हुआ है। अभी तो हम नाम के महाराजा हैं। आप ही हमें जोधपुर के सिंहासन पर बिठाएँगे। आपके सहयोग और शक्ति के बिना यह उद्देश्य कभी भी पूरा नहीं होगा। हम किसी भी मूल्य पर अपनी स्वाधीनता प्राप्त नहीं कर पाएँगे।"

प्रशंसात्मक वाक्यों को सुनकर दुर्गादास विह्वल हो गया। आर्द्र स्वर में बोला, "महाराज ! दुर्गादास के रोम-रोम में आपकी भक्ति कूट-कूट कर भरी हुई है। आपको सिंहासनारूढ़ किए बिना यदि मैं जीवित नहीं रहा तो मेरी आत्मा को इहलोक-परलोक में कभी भी शांति नहीं मिलेगी। महाराज ! आप जोधपुर के स्वामी हैं। बादशाह ने उसे अपने अधीन कर लिया है पर यह भी सच है कि सूर्य को घटाएँ अधिक देर तक नहीं ढक सकतीं। मेरा विश्वास है कि हम शीघ्र ही स्वाधीन होंगे। हमारी स्वतंत्रता-अग्नि को कोई अधिक समय तक बुझाए नहीं रख सकता। स्वतंत्रता मनुष्य का जन्मसिद्ध अधिकार है। वस्तुतः महाराज, हम जब तक मनुष्य को निजी स्वतंत्रता नहीं देंगे तब तक धरती पर शांति नहीं होगी।"

"दुर्गादासजी ! आप ठीक कहते हैं। मैं भी मानता हूँ कि व्यक्ति की स्वतंत्रता ही समष्टि की स्वतंत्रता है।"

"पर ऐसा कब होगा ? कब हम आदमी को उसके अपने अधिकार देंगे ताकि वह अपनी इच्छा का जीवन जी सके। क्यों ये सब युद्ध हो रहे हैं ? क्यों हिंसा हो रही है, क्यों एक शक्तिशाली व्यक्ति अपने शस्त्र-बल से दूसरे को दास बना रहा है। सम्राट् का दास राजा, राजा का दास ठिकाणेदार, ठिकाणेदार का दास प्रजा। यह दास बनाने का सिलसिला मनुष्यता पर कलंक नहीं ? यह आधिपत्य जमाने की भावना कितनी भयंकर पीड़क है। दासता से मुक्ति ही मोक्ष है। मेरे मोक्ष का तात्पर्य मृत्यु के उपरांतवाले मोक्ष से नहीं है बल्कि मेरे मोक्ष का तात्पर्य मनुष्य के सुख, शांति, संतोष और स्वेच्छा से जीने से है। यह भी तो एक प्रकार का मोक्ष है।"

"ठाकुर सा ! मैं अभी गंभीर बातें अधिक नहीं समझता। मुझे थोड़ा-बहुत ही ज्ञान है। पर यह भी सच है कि इस समय तो आपकी अगुवाई की जरूरत है। आपके

नेतृत्व के बिना हमें मारवाड़ नहीं मिल सकता। आप हमारे सर्वोपरि योद्धा और रक्षक हैं मरु-केसरी हैं जिनकी दहाड़ से दिल्ली की हुकूमत थर्राती है।''

दुर्गादास ने महाराज को विश्वास दिलाया, ''आपके लिए मेरा सर्मस्व अर्पण है।''

सबने दुर्गादास की जयकार की।

## पंद्रह

महाराजा के प्रस्थान के पश्चात् दुर्गादास ने पराजित श्रांत-क्लांत और पथ-विमुख शाहजादा अकबर से भेंट करना तय किया।

वह मारवाड़ के किसी अज्ञात स्थान पर छुपकर रह रहा था। अज्ञातवास का जीवन जी रहा था।

दुर्गादास भीमरलाई छोड़ते ही अकबर के पास गया।

अकबर एकदम हताश हो गया था।

उसने व्यथित स्वर में दुर्गादास से कहा, ''ठाकुर सा ! उदास क्यों हैं ?''

सारी बात बताकर दुर्गादास ने कहा, ''इन समस्त सरदारों के व्यवहार-बर्ताव से मेरा मन बहुत खिन्न हुआ है। सोचा कि सबको और राजनीति को राम-राम कर दूँ पर स्वर्गीय महाराजा जसवंतसिंहजी को दिया हुआ वचन याद आ जाता है। यह उपेक्षा और अमहत्त्व का अपमान मेरे लिए कितना दुखदायी है ?''

''हुकूमत को पाने के लिए मेरे सारे नाते-रिश्ते खत्म हो गए हैं। बादशाह सलामत वैसे बुरे नहीं हैं पर हुकूमत के लिए वे कुछ भी कमीनगी कर सकते हैं। वे फकीरी का पाखंड करते हैं पर दिलोदिमाग शहंशाहों से कम नहीं है।'' अकबर ने एक पल रुककर फिर कहा, ''मैं अब उनसे कितनी बार माफी माँग लूँ ? खुदा की कसम खाकर भी कह दूँगा कि वह उनका वफ़ादार रहेगा पर वे दिल से न तो यकीन करेंगे और न मुझे माफ करेंगे।...वे तहव्वर खाँ की तरह मुझे भी मौत के घात उतार देंगे। इसलिए मेरी ख्वाहिश है कि मैं हिंदुस्तान को छोड़ कर कहीं दूर विदेश चला जाऊँ।''

''नहीं-नहीं शाहजादे साहब, इतने हताश मत होइए। मेरे जीते जी आपको कोई कष्ट नहीं होगा। मैं स्वयं यदि घी-चुपड़ी रोटी खाऊँगा तो आपको भी खिलाऊँगा और यदि रूखी रोटी खाऊँगा तो आपको भी खिलाऊँगा। अपने वतन को मत छोड़िए।

अपनी मिट्टी को हमेशा-हमेशा के लिए अलविदा मत कहिए। मेरा अनुभव है कि अपनी जन्मभूमि को छोड़कर जो भी कहीं और गया है, उसने वहाँ वैसी निःस्वार्थ आत्मीयता नहीं पाई है।''

अकबर ने दुर्गादास के बुढ़ाते हुए मुख की ओर देखकर बुझे स्वर में कहा, ''किसका दिल अपने मादरे वतन को अलविदा कहना चाहेगा मगर बेरहमी से फिजूल की मौत को पाना, कोई अक्लमंदी नहीं। मेरा अंजाम कितना भयानक होगा, यह सोचकर मेरी रूह तक काँप जाती है। मुझे जाने की इजाजत दीजिए इसी में मेरा भला है पर एक फिक्र है मुझे।''

''किस बात की ?''

''मेरे जाने जिगर बेटे-बेटी की। पता नहीं, ये मासूम बच्चे रास्ते की कठिनाइयों को सह पाएँगे या नहीं ? कुदरत हमें कौन से हालात में डाल दे ? मेरी आपसे दिली गुजारिश है कि आप मेहरबानी करके उन्हें अपनी देखरेख में रख लीजिए।''

''आप एक बार फैसला करने के पहले फिर से विचार कीजिए।''

''ठाकुर सा ! मेरी भलाई इसी फैसले में है। आप मेरे बेटे बुलंद और बेटी सफीयुतुन्निसा की अच्छी तरह परवरिश करेंगे। आज से आप इन दोनों के वालिदैन (माता-पिता) हैं।''

दुर्गादास ने पलभर के लिए नेत्र मूँद कर कहा, ''आप इन दोनों की कोई फिक्र न करें पर मैं फिर कहता हूँ कि यहाँ से पलायन मत कीजिए। अपना देश अपना ही होता है।''

''ठाकुर सा ! मैंने यह फैसला बहुत सोच कर किया है। बड़ी मजबूरी में किया है।''

''आप यकीन रखें कि आपके बच्चे आज से मेरे बच्चे हुए। उन्हें अपने सीने से लगा कर रखूँगा। उनके जमीर की रक्षा करूँगा। उन्हें योग्य बनाऊँगा।''

अकबर का गला अवरुद्ध हो गया। विगलित स्वर में बोला, ''आज मुझे मालूम हुआ कि धर्म या मज़हब से बड़ा इनसान है। यदि ऐसा नहीं होता तो मैं आपको अपनी औलाद नहीं सौंपता। यदि मज़हब बड़ा होता तो क्या बेटा बाप से और बाप बेटे से लड़ता। क्या खून के रिश्ते कच्चे धागे की तरह टूट जाते ? जिसे अपनी जान से पैदा किया उसे भूल जाते ? अब मैं अपने मादरे वतन हिंदोस्तां को छोड़कर जा रहा हूँ। क्यों, सिर्फ अपने अब्बाहुजूर की दहशत की वजह से। मैं मानता हूँ कि मैंने गद्दारी की, मैंने अपने फर्ज़ को नहीं समझा और मैं अपनी इस गलती की सज़ा को भी जानता हूँ। आप मेरे भेजने की तैयारियाँ कीजिए।''

''बहुत अच्छा।'' दुर्गादास चला गया।

अकबर एकदम उदास हो गया।

उसने अपनी बेग़म को बुलाकर कहा, ''बेग़म ! मैंने हिंदोस्तान को छोड़ने का

इरादा बनाया है।'' उसने सारी बात बता दी।

''नहीं मेरे सरताज़, यह कैसे मुमकिन है ? मैं अपने कलेजे के टुकड़ों को यूँ नहीं फेंक सकती। यह दुनिया बड़ी जालिम है। क्या मेरी आँखों के तारे बेसहारा और यतीमों की जिंदगी जिएँगे ?''

''बेग़म ! दुनिया बड़ी जालिम है पर ठाकुर दुर्गादासजी नहीं। वे ऐसे खुद्दार इंसान हैं जिन्होंने आज अजीतसिंहजी को महाराजा बना दिया। वे हमारे बच्चों को भी काबिल इंसान बनाएँगे और उनको अपना हक भी दिलाएँगे। हम जिस सफ़र पर जा रहे हैं, वह बहुत कठिन है। कदम-कदम पर मुश्किलातें हैं। कुछ भी बुरा अंजाम हो सकता है। रास्ते में हम भूख-प्यास से मर सकते हैं। किन्हीं लुटेरों के हाथों लुट सकते हैं। जंगलियों के हाथों मर भी सकते हैं। ऐसे हालात में इन बच्चों का दुर्गादास जी जैसे रहमदिल आदमी के पास रहना ही ठीक है।···

बच्चों को इस बात का जैसे ही पता चला वे चीख-चीख कर रोने लगे। बेटे ने रोदन भरे स्वर में कहा, ''नहीं अब्बाहुजूर···नहीं अम्मीहुजूर···हमें छोड़ कर मत जाइए। हम आपके बिना जिंदा नहीं रहेंगे। नहीं अम्मी···ऐसा मत करो।''

बेटी भी फूट-फूट कर रोने लगी, ''यह कैसा जुल्म है ? कैसी बेइंसाफी है। ···हम आपके साथ चलेंगे। अम्मीहुजूर, हम आपके बिना नहीं रहेंगे।''

बेग़म ने अपने आँसुओं को पोंछकर कहा, ''मेरे जिगर के टुकड़ो। कोई वालिदैन अपनी औलाद को अपनी आँखों से दूर करना नहीं चाहते पर जब हालात ही खिलाफ़ हो तो क्या करें ? वालिद की गलती की सज़ा तो औलाद को मिलती ही है। क्या तुम चाहते हो कि तुम्हारे सामने तुम्हारे अब्बाहुजूर दम तोड़ें। उनका सर कलम हो। बुलंद बेटे ! हमारी मजबूरी ऐसी है कि हमें दूर, बहुत दूर जाना ही होगा। दुर्गादास जी ! तुम दोनों की परवरिस शाही ठाट-बाट से करेंगे। वे बहुत नेक इंसान हैं।''

अकबर ने दोनों को अपने गले लगाते हुए कहा, ''और बेटा, यह मत समझना कि हम दुबारा मिलेंगे ही नहीं। यदि अल्लाताला ने चाहा तो हम फिर मिलेंगे। ऊपरवाला बड़ा रहमदिल और दरियादिल है। उसके यहाँ सबकी आरजुएँ पूरी होती हैं।''

''नहीं अब्बा, हमें अपने साथ ले चलो। अगर आप तकलीफ उठाएँगे तो हम भी तकलीफ उठा लेंगे।''

''अम्मी ! हमें अपने साथ ले चलो।''

और अकबर अपने दोनों बच्चों को दुर्गादास के पास रोता-बिलखता छोड़कर चल पड़ा। बच्चों का करुण-क्रंदन और उनके आर्त्तस्वर के रोदन ने दुर्गादास की आँखों से झर-झर अश्रु टपका दिए।

जो होना होता है, वह होता ही है।

अकबर अरब देशों की ओर चला गया। दुर्गादास ने उसे आवश्यक सामान

भेंट स्वरूप दिया। फिर उसने नौशेर खाँ को बुलाकर कहा, ''आज से आप इन दोनों बच्चों के संरक्षक हैं। इनकी शिक्षा-दीक्षा इस्लामी धर्म के अनुसार होनी चाहिए। इनकी परवरिश में कोई कमी नहीं आनी चाहिए। हाँ, इस बात पर ध्यान रखें कि मेरी आज्ञा के बिना ये बच्चे कहीं नहीं जाएँगे। यहाँ तक स्वयं महाराजा भी चाहें तो भी आप इनको उनके समक्ष उपस्थित नहीं करेंगे। खाँ साहब ! इन बच्चों को कुछ भी हो गया तो मुझ पर कलंक लग जाएगा और हिंदू-मुसलमान की मित्रता पर लोगों का भरोसा उठ जाएगा।''

''ठाकुर सा ! आप किसी बात की कोई फिक्र न करें। नौशेर खाँ आपका साथी है। कोई ऐसा काम नहीं करेगा, जो उसके असल मुसलमान होने पर शक पैदा करे। जो आदमी अपने फर्ज़ और मज़हब की खूबियों को पूरी तरह अमल में लाता है, वह असली मज़हबी होता है।''

''मुझे आप पर पूरा विश्वास है।'' दुर्गादास ने उन बच्चों को अपने गले से लगाकर कहा, ''प्यारे बच्चो ! तुम खुदा से प्रार्थना करो कि तुम्हारे माँ-बाप खुश रहें और तुम्हें वापस मिलें।''

दुर्गादास से चिपके हुए बच्चे बड़ी देर तक रोते रहे। वह उन्हें ढाढ़स बँधाता रहा।

# सोलह

दुर्गादास जन्मभूमि की स्वतंत्रता के लिए फिर से संग्राम करने लगा। उसने राजपूतों को एकत्रित किया। अभी भी जोधपुर पर मुगल बादशाह का फौजदार था। वह वहाँ की प्रजा का उत्पीड़न करता था। उसने कई तरह की चुंगियाँ लगा रखी थीं। उसके पास बड़ी सेना थी। दुर्गादास फिर भी अपने साथियों के साथ मुगल सेनाओं पर अवसर देख-देख कर आक्रमण करके रसद और हथियार लूट लेता था। उसके साथ कई राजपूत सरदार होते थे पर दुर्गादास बड़ा संगठन नहीं बना पाया। उसे स्थितियों को देख कर अनुभव हुआ कि रक्त-गौरव और धर्म-जाति का दंभ भरनेवाले ये क्षत्रिय निजी स्वार्थ व लाभ के लिए लकीर से हट जाते हैं।

हालाँकि जयपुर और मेवाड़ के अधीश्वर भी मुगलों से परेशान थे। यदि जरा भी राजपूताने के राजा-महाराजा दूरदर्शिता से काम लेते तो तीनों शक्तियाँ औरंगजेब

की विस्तारवादी नीति पर अकुंश लगा सकती थीं। पर ऐसा नहीं हुआ। हाँ दुर्गादास ने अपने प्रयासों से मुगल-शिविरों में त्राहि-त्राहि मचा दी। उसने एक बार फिर गाँव-गाँव आह्वान किया समस्त क्षत्रियों को कि संगठित हो जाइए।

दुर्गादास अत्यंत ही संवेदनशील व्यक्ति था। उसने कठोर आज्ञा अपने लड़ाकू साथियों को दे रखी थी कि वे किसी भी मुगल स्त्रियों व बच्चों को न सताएँ। उन पर कोई भी अत्याचार करेगा, उसे कठोर दंड दिया जाएगा।

उसे इस बीच यह भी समाचार मिला कि धार्मिक अंधता से ग्रस्त कई लोग अकबर के बेटे-बेटी को हानि पहुँचा सकते हैं इसलिए उसने उन्हें किसी अज्ञात गुह्य स्थान पर रख दिया। कभी-कभार वह उनसे मिल आता था। उनकी शिक्षा-दीक्षा के बारे में पूर्ण जानकारी लेता रहता था। उसने उन्हें इतना स्नेह व अपनत्व दिया कि वे अपने दुखों को भूल गए।

दुर्गादास को देखकर दोनों बालक प्रफुल्लित हो जाते थे। बाबा सा···बाबा सा की रट लगा देते थे। दुर्गादास भी ममता से भर आता था। उनके सिरों पर स्नेहभरा हाथ रख कर कहता, "कहो बच्चो, कोई कष्ट तो नहीं है। किसी तरह की कोई कमी तो नहीं है।"

बुलंद अख्तर कहता, "बाबा सा, कोई कमी नहीं है। चाचा नौशेर खाँ और उनकी बेग़म चाची हमें बहुत लाड-कोड और प्यार करती है।"

सफीयुतुन्निसा उसके गले में हाथ डाल कर कहती, "बाबा सा ! हम जान गए हैं कि आपने हमारे अब्बाहुजूर की बहुत मदद की थी।"

"बेटी ! जिस दिन मैं जरूरी समझूँगा, उस दिन मैं तुम दोनों को तुम्हारे दादा बादशाह सलामत के पास भेज दूँगा। तुम दोनों मेरे दोस्त अकबर की अमानत हो। जो आदमी अमानत में खयानत करता है, उसे ईश्वर कभी भी क्षमा नहीं करता। उसे सारे नरकों का दंड भोगना पड़ता है।"

"अजमेर से आई उस्तादिन बराबर पढ़ाने आती है ?"

"हाँ बाबा सा।"

"बस तुम दोनों की तालीम तुम्हारे धर्मानुसार हो जाए, यही मेरी इच्छा है।" दुर्गादास ने कहा, "पंडितजी भी आते होंगे।"

"हाँ, वे हमें संस्कृत की तालीम देते हैं। बाबा सा !" बुलंद अख्तर ने उत्साह से कहा, "हर भाषा बहुत ही अच्छी और मीठी होती है। हम एक साथ हिंदी, उर्दू, अरबी-फारसी और संस्कृत भाषाएँ सीख रहे हैं। ताज्जुब की बात यह है कि कई कहानियाँ हर भाषा में एक-सी मिलती हैं।"

"हाँ बेटे, आकाश, पृथ्वी, वायु, अग्नि और जल सब जगह एक से हैं। सारी पृथ्वी का सत्य-असत्य, दुःख-सुख, प्रेम-घृणा, हँसना-रोना, उपकार-स्वार्थ भी एक समान होते हैं। अनेक अनुभूतियों की प्रतिक्रियाएँ भी एक-सी होती हैं। यहाँ तक ऊपर से

अलग-अलग भले ही लगें पर भीतर से संस्कृतियाँ भी एक हैं। रीति-रिवाज और परंपराएँ भी एक-सी हैं।''

''बाबा सा ! आपकी बातों से लगता है कि आप फरिश्ता हैं।'' बुलन्द अख्तर ने कहा।

''नहीं बेटा, मैं तो साधारण मनुष्य हूँ।''

दुर्गादास प्रायः एकांत क्षणों में सोचा करता था कि वह कैसा मनुष्य है जो अपनी इच्छा के विरुद्ध जीता है। जो कुछ भी करता है अनिच्छा से करता है। वह यश के बोझ से दब रहा है। निजी गौरव रक्षार्थ परिणामतः उसे वही करना पड़ता है जिसे वह नहीं चाहता है। यह क्या उस जैसे त्रासद नायक के जीवन की विडंबना नहीं ? सच तो यह है कि जिसे लोग अनेक सम्मानों से लादते हैं, पूर्ण सुखी समझते हैं। वस्तुतः उसका जीवन त्रासदियों से भरा है। सारी आंतरिक चाहतों की प्रतिकूलताएँ उसके कंधों पर लाद दी गई हैं।···अनेक बार वह अपने को अपनी पत्नी का अपराधी समझता था। पर जैसे ही कर्तव्य का स्मरण होता, वैसे ही वह भूल जाता था—घर-परिवार को। फिर उसके कर्ण-कुहरों में ये ही शब्द गूँजते रहते थे—जन्मभूमि की मुक्ति, स्वाधीनता।

वह अपने समस्त वीरों तेजकरण, राजसिंह, मदनसिंह, मनरुपोत, मेड़तिया गोकुलदास, मुकुन्ददास, जोधा हरनाथसिंह, चांपावत, चांदावत आदि को कहता—''किसी भी तरह शत्रु को परास्त करके विजय प्राप्त करो।''

इसके साथ वह अनेक योद्धाओं को सिरोपाँव दे-देकर रिवाड़ी और रोहतक तक गुरिल्ला युद्ध करने लगा। वह मुगलों को किसी भी तरह हानि पहुँचाना चाहता था। उन्हें दुर्बल करना चाहता था।

वि. संवत् 1747 में बार-बार चोट खाकर हाकिम शफी खाँ ने बड़ी सेना तैयार की। दुर्गादास ने भी अपनी सारी शक्तियों को एकत्रित करके शफी खाँ को पराजय दी। वह भाग खड़ा हुआ। दुर्गादास ने शफी खाँ को कहलाया, ''हमें हमारा मारवाड़ वापस कर दो। महाराजा अजीतसिंह को राजा मान लो। हम शांति स्थापित करने में सहयोग करेंगे।''

वह भाग कर अजमेर की ओर भागा। जब वह अजमेर पहुँचा तब औरंगजेब का फरमान आया हुआ था। उसने उसे दुत्कारा और फटकारा। कहा—''तुम न तो दुर्गादास को पकड़ सके और न अजीतसिंह को। मुझे लग रहा है कि हमें तुम्हें इस ओहदे से हटाना पड़ेगा।''

शफी खाँ घबरा गया। जब आदमी की हर तरफ से पराजय होती है तब वह धर्म का रास्ता छोड़कर कपट का रास्ता अपना लेता है।

शफी खाँ ने अजीतसिंह के पास एक परवाना भेजा। उसमें निवेदन किया, ''हमारे पास आपको अपना राज्य सौंपने का बादशाह सलामत का हुक्मनामा आया

है। मेहरबानी करके आप अपना हुक्मनामा ले जाइए।''

कपट तो शब्दों में बोलता है।

महाराजा और दुर्गादास ने सारी स्थिति को भाँपा। सोच लिया कि इस बात में कम सच्चाई नज़र आती है।

बस फिर क्या था। सारे सरदारों व सेना को एकत्रित करके वे लोग अजमेर की ओर चले। उनके संग बीस हजार सैनिक थे।

बीच रास्ते में दुर्गादास को एक बात सूझी। वह महाराजा के शिविर में गया।

''महाराजा सा ! मुझे इस बात में छल की गंध आ रही है।''

''आपका संदेह ठीक है ठाकुर सा, इसलिए ही तो हम अपनी सारी सेना लेकर यहाँ आए हैं। अब हमें क्या करना चाहिए ? कहीं धोखे से हमें घेर लिया तो हमें बड़ी हानि उठानी पड़ेगी।''

दुर्गादास ने कुछ पल सोचा-विचारा। फिर कहा, ''हमें शूरवीर और मेधावी मुकुन्ददास को भेस बदल कर वहाँ भेजना चाहिए ताकि वे गुप्तचरी करके सही स्थिति को बताएँ।''

अजीतसिंह इस राय का महत्त्व समझते हुए कृतज्ञता भरे स्वर में बोला, ''मारवाड़ का राज्यवंश सब कुछ भुला सकता है पर आपको नहीं। आपके अहसानों को नहीं। आप मारवाड़ के मार्त्तण्ड हैं। मरु-केसरी हैं।''

''महाराज ! दो पीढ़ियों का नमक मेरी रगों में है। उस नमक का हक अदा करना भी आसान नहीं है।''

मुकुन्ददास मुगल सैनिक का भेस धर कर चला। उधर औरंगजेब का फिर फरमान आया, ''यदि तुमने दुर्गादास को पराजित कर दिया तो हम तुम्हें सब हुक्मरानों से ऊपर ओहदा देंगे।''

मुकुन्ददास ने खाँ के षड्यंत्र का भंडाफोड़ कर दिया। राजपूत सेना कई युद्ध-व्यूह रचाती हुई आगे बढ़ी। शफी खाँ को जब इस बात का पता चला तब वह घबरा गया। उसने युद्ध की घोषणा नहीं की। अंत में दुर्गादास और अजीतसिंह अपने चंद चुने हुए आत्मघाती योद्धाओं के साथ शफी खाँ से मिले।

दुर्गादास ने तेवर बदलते हुए तिक्त स्वर में कहा, ''लाइए, जहाँपनाह का हुक्मनामा। यदि बिना हिंसा, हत्याएँ और रक्तपात के हमें अपनी जन्मभूमि मिल जाए तो यह संधि इतिहास के स्वर्णाक्षरों में लिखी जाएगी। संसार में ऐसा उदाहरण कम मिलेगा।''

शफी खाँ बगलें झाँकने लगा। वह कपटी क्या उत्तर देता। उसका दाँव फिर बेकार चला गया।

महाराजा ने धमकी देते हुए कहा, ''हमारे सैनिकों ने ऐसी घेराबंदी कर ली है कि उन्हें हम जैसे ही इशारा करेंगे, वैसे ही आपके इस नगर और शिविरों को जलाकर

भस्म कर देंगे। आप क्या, आपका कोई अधिकारी व सैनिक अपने प्राण नहीं बचा पाएगा।''

परिणाम यह निकला कि शफी खाँ को उनको हर्जाने के रूप में बहुत सम्पत्ति और घोड़े देने पड़े।

सतत संघर्ष फिर शुरू।

दुर्गादास को आयु अब टोकने लगी लेकिन उसे तो अपने उद्देश्य को पूरा करना था। जन्मभूमि की स्वाधीनता को पूरा करना था।

# सत्रह

औरंगजेब की नींद हराम होने लगी क्योंकि पोते-पोती अब युवा हो गए थे और महाराजा अजीतसिंह भी। कहीं अनहोनी हो गई तो उसकी मान-मर्यादा और प्रतिष्ठा पर कलंक लग जाएगा। उसकी बादशाहत पर कीचड़ के ऐसे छींटे पड़ जाएँगे जो कभी नहीं मिटेंगे। जो उन्हें एक तरह से जीते जी मार देंगे।

उसने अपने खास दरबार में अपने विश्वासी हाकिमों को बुलाकर अपनी समस्या बताई। कहा, ''इस देश की एक कहावत है—राजा जोगी अग्न जल इनकी उल्टी रीत। यह कहावत हर मुल्क पर लागू होती है।...अब अजीतसिंह जवान हो गया है। मेरी पोती सफीयुतुन्निसा भी जवान हो गई है। पोता बुलंद अख़्तर भी। अब मुझे मेरी पोती किसी भी कीमत पर चाहिए। चाहे दुर्गादास उसकी कोई भी कीमत माँगे।''

''आप ठीक फरमा रहे हैं आलीजहाँ। जवान बेटी को तो निकाह करके घर से डोली में बिठाकर रुखसत कर देना चाहिए।'' एक हाकिम ने कहा।

''आप शफी खाँ को फरमान भेजिए कि वह राठौड़ दुर्गादास से कुछ न कुछ इस बारे में तय करें।'' दूसरे हाकिम ने कहा।

बादशाह ने कहा, ''शफी खाँ से दुर्गादास खफ़ा है।''

''मालूम है पर वे अपने किसी सरदार को तो भेज सकते हैं। हिंदू सरदार को।''

''हाँ, यह राय काबिले तारीफ है।''

तुरन्त ही एक फरमान लिखा गया।

शफी खाँ ने उसे अत्यंत गंभीरता से लिया। काफी सोच-विचार कर उसने नारायण दास कुलम्बी को इस महत्त्वपूर्ण कार्य के लिए नियुक्त किया।

वैसे दुर्गादास उस समय किसी निश्चित स्थान पर नहीं ठहरा हुआ था। उसे

कई जगह संदेश भेजे गए। नारायण दास ढूँढ़ते-ढूँढ़ते मारवाड़ की सीमा पर एक शिविर में पहुँचा।

दुर्गादास को हाथ जोड़कर जै माताजी की और कहा। शफी खाँ ने उसे जो कहा था, उसे विनम्र शब्दों में बयान किया, "दुर्गादासजी ! बादशाह सलामत किसी भी कीमत पर अपने पोते-पोती को चाहते हैं। उन्होंने यह भी कहलवाया है कि यदि वे राजी-खुशी से हमारी बात नहीं मानेंगे तो उसके गंभीर परिणाम होंगे।"

"देखिए नारायणजी, इन गीदड़ भभकियों में तो कुछ भी नहीं रखा है। समझौते भभकियों और धमकियों से नहीं होते, वे विवेक से होते हैं। वे एक-दूसरे की शर्तों पर होते हैं। समझे आप ?"

"मैं आपकी शर्त ही तो सुनना चाहता हूँ।"

दुर्गादास ने हुंकार भरकर कहा, "नारायणदासजी ! पहली बात तो यह है कि बादशाह के पोते-पोती बिलकुल सुरक्षित हैं। स्वस्थ हैं। वे शिक्षित भी हो गए हैं। उन्हें इस्लाम धर्म की शिक्षा और पाककुरान शरीफ को भी पढ़वा दिया है। उन्हें इस बात का भी ज्ञान करा दिया है कि धर्म की शिक्षा का मूलमंत्र है—सहिष्णुता। प्रत्येक धर्म के प्रति आदर करना। अब रही उनको सौंपने की बात ? आप बादशाह सलामत को हमारी तरफ से अर्ज़ करिएगा कि उन्हें उनके बदले हमें अपनी जन्मभूमि को सौंपना होगा। यदि वे ऐसा नहीं करेंगे तो उनके पोते-पोती मेरे पास सारी उम्र रहेंगे। वह सारी उम्र अपने बच्चों को देखने के लिए तरसते रहेंगे। उन्हें सदा इस बात का अफसोस रहेगा कि वे भाग्यहीन बच्चे अपने माँ-बाप, दादा-दादी और नाना-नानी को तरसते रहे।"

नारायणदास सहसा उदास हो गया।

दुर्गादास ने फिर कहा, "पर वे रहेंगे हमारे पास सगी संतान की तरह। उन्हें किसी तरह का कोई कष्ट नहीं होगा।"

"ठाकुर सा ! इस शर्त को आप निम्न स्तर की नहीं मानते ?" नारायणदास ने गंभीर होकर कहा, "यह घटिया स्तर नहीं लगता।"

दुर्गादास हँस पड़ा ! बोला, "पहली बात यह है कि इन बच्चों को उनके माँ-बाप मुझे सौंप कर गए हैं। वे माँ-बाप जिन्हें आपके बादशाह ने इस मुल्क को छोड़ने, ठोकरें खाने और दुःख उठाने के लिए विवश कर दिया था। यदि अकबर साहब उन पर विश्वास करता तो क्यों अपने जिगर के टुकड़ों को मुझे सौंप जाता। किसी अपने रिश्तेदार को नहीं सौंप जाता ?...जब आप और हम आत्मविश्लेषण करेंगे तो लगेगा कि सब अपनी-अपनी जगह अपराधी हैं। सच तो यह कि राज्य लिप्सा की अखूट प्यास मनुष्य को क्रूर और हिंसक बना देती है। जानते हैं आप, बेचारे अकबर को अपने पिता का कितना भयानक आतंक था कि यदि वह अपने अब्बाहुजूर की शरण में चला गया तो वे उसे जिंदा नहीं छोड़ेंगे। इसी भय से वह ईरान चला गया। न

जाने जीवित है या मर गया ?"

"मैं ठाकुर सा आपका संदेश बादशाह सलामत तक पहुँचा दूँगा।" नारायण दास कुलम्बी ने कहा, "प्रार्थना करूँगा कि आप दोनों की इच्छाएँ पूरी हों। समझौता हो।"

दुर्गादास ने नारायणदास को सम्मान से विदा किया। वह अपने शिविर में आकर सोचने लगा कि औरंगजेब का हर दाँव विफल हो रहा है। उसकी चतुराई पर धूल पड़ रही है। उसने यह चालाकी भी कर ली कि किसी बच्चे को जसवंतसिंह का बेटा घोषित कर दिया।

उसका नाम मुहम्मदी राज (मुहम्मदशाह) रख दिया। दुर्गादास ने इसका सदा खंडन किया। उसने यह भी प्रचारित कर दिया कि यह झूठ है। छल है। यदि थोड़ी देर के लिए यह मान लें तो यह कितना बड़ा अन्याय और कपट है कि उन्होंने हमारी समस्त मर्यादाओं और रक्त गौरव को दूषित किया है। जबकि हमने बादशाह के पोते-पोती को इस्लाम धर्म के अनुसार शिक्षा दी और पाला है। वस्तुतः बादशाह ने सदा छल व झूठ का सहारा लिया है। हमें सावधान रहना है।

दुर्गादास के दोनों पुत्र भी सैनिक हो गए थे। वे युद्ध विद्या में प्रवीण थे। मोर्चा बनाने में दक्ष थे। उन्होंने भी कई लड़ाइयों का नेतृत्व किया।

औरंगजेब ने बार-बार दुर्गादास को अपने पोते-पोती की वापसी के लिए अनुरोध, आग्रह और धमकियाँ दीं पर दुर्गादास एक ही बात पर अड़ा रहा– मारवाड़ दो और अपने पोते-पोती लो।

औरंगजेब ने एक बार फिर अपने शक्तिशाली सेनानायकों क़ासिम खाँ और लश्कर खाँ को राजपूत सेना को पराजित करने के लिए भेजा। इस बार महाराजा अजीतसिंह और दुर्गादास के पुत्र तेजकरण ने नेतृत्व किया। इस समर में मुगल सेना की शर्मनाक हार हुई।

जब औरंगजेब ने सुना तो वह आहत साँप की तरह फुत्कारकर बोला, "यह नामुमकिन है। इतनी बड़ी सेना को शिकस्त देना राजपूत सेना के लिए आसान नहीं।"

"हाँ गरीबपरवर, इस लड़ाई में दुर्गादास के बेटों ने ग़ज़ब की बहादुरी दिखाई। जैसा बाप वैसे बेटे।"

औरंगजेब ने लंबा साँस लेकर कहा, "लग रहा है कि उनके छुप-छुप कर लूट-खसोट करने के तरीके ने हमें काफी कमजोर किया है।"

"गुस्ताखी मुआफ हो आलीजहाँ, कुछ हमारे सेना के लोग राजपूत सेना से मिल गए हैं। हमारी सेनाओं में बिखराव सा लग रहा है। हमारे बहादुरों की दिली ताकत टूट रही है।" खोजे नजीर ने सिर झुकाकर कहा, "मैं बड़े मुँह छोटी बात कह

रहा हूँ कि जहाँ अधिक दाइयाँ होती हैं, वे 'जापा' बिगाड़ देती हैं। उसी तरह हमारी फौज़ में फौज़दार बहुत हो गए हैं इसलिए जो सही ढंग से अगुवाई और रहनुमाई होनी चाहिए, वह नहीं हो पा रही है। हकीकत में एक ऐसा फौज़दार होना चाहिए जो सबसे बड़ा हाकिम हो। उसका ही हुक्म सब पर चले।''

''नज़ीर ! तुम्हारी बात में वाकई काफी दम है।''

''एक बात और कहना चाहूँगा। शाहजादा अकबर जहाँ भी हैं, अपनी बदनसीबी की ठोकरें खा रहे होंगे। पर उनकी बेटी सफीयुतुन्निसा अल्लाह के रहमोकरम से जवान हो गई हैं। मैं दावे से तो नहीं कह सकता पर शफी खाँ साहब के दल के एक आदमी से पता चला है कि वे अच्छी तरह हैं। उनको इस्लामी तरीके से तालीम दी गई है। बुलन्दअख्तर साहब की भी 'सुन्नत' जैसी रस्म अदायगी दुर्गादास जी ने बड़े धूमधाम से की थी।...इन सबके बावजूद अब वे दोनों आपकी निगहबानी में रहने चाहिए। कहीं कुछ ऐसा-वैसा हो गया तो मुगलिया खानदान पर धब्बा लग जाएगा।''

''नज़ीर ! हमें मालूम नहीं था कि तुम इतने अक्लमंद हो ! हम अभी शुजाअत खाँ को लिखते हैं कि वह किसी भी कीमत पर हमें हमारी औलाद से मिला दे।''

शुजाअत खाँ ने अपने प्रयत्न जारी रखे।

## अठारह

जब अस्थिरता का वातावरण हो तो अकल्पनीय बातें अधिक होती हैं।

राणा जयसिंह और उनके पुत्र अमरसिंह के बीच मनमुटाव हो गया। दोनों एक-दूसरे का भयंकर विरोध करने पर उतारू हो गए। विकट परिस्थिति थी। राजपूतों की शक्ति में भयंकर विघटन आनेवाला था। सारे क्षत्रिय सत्ताधारी चिंतित हो गए। ऐसे संकटकाल में आपसी फूट विनाशकारी तो होती ही है।

सारे ठाकुर-उमराव सोचने लगे कि कैसे इस समस्या का हल हो। कौन इस समस्या को हल कर सकता है ? किसे यह काम सौंपें ?

सबकी दृष्टि निःस्वार्थ कर्तव्यपरायणता, असीम साहसी, कूटनीतिज्ञ, दूरदर्शी और मेधावी दुर्गादास की ओर गई। उसे समझौता कराने के लिए अनुरोध किया गया। हालाँकि वह ठिकाणेदार था पर किसी राजपुरुष से कम नहीं। उसकी प्रतिष्ठा और सम्मान बड़े-बड़े राजपुरुषों के समान था। ऊँचा था।

दुर्गादास ने यह दायित्व सँभाल लिया। वह जानता था कि इस देश के क्षत्रिय अनेक जातियों में बँटे हैं और वे अपना पृथक् वर्चस्व स्थापित करना चाहते हैं। यही कारण है कि उनकी शक्ति संगठित नहीं हो पाती।

कभी-कभी दुर्गादास इन बिंदुओं को लेकर काफी उद्विग्न हो उठता था। मन ही मन उन क्षत्रियों को दुत्कारता था। फटकारता था। डाँटता था। फिर सोचता था कि कब हममें स्वस्थ जातीय, धार्मिक और राष्ट्रीय गौरव आएगा।

वह अमरसिंह के पास गया। उसने अत्यंत ही धैर्य से उसे समझाया, ''कुँवर सा ! जब हमारी शक्तियाँ ऐसे ही छिन्न-भिन्न हैं, ऐसी स्थिति में आपका पितृ-द्रोह कितना घातक हो सकता है ?''

''वे मेरा तनिक भी सम्मान नहीं करते ?'' अमरसिंह ने राणा पर आरोप लगाया।

दुर्गादास विहँस पड़ा। बोला, ''पिता से पुत्र कभी भी सम्मान नहीं चाहता और पिता पुत्र को कभी सम्मान नहीं देता। उनके बीच में केवल देने-लेने की बात है, तो प्रेम, ममता, स्नेह, अपनत्व और लाड-कोड की। सुनिए कुँवर सा, पिता पुत्र को बचपन से लेकर यौवन तक दिशा-निर्देश देता है, यौवन में मैत्री-भाव से परामर्श करता है, अपने जीवन को सही ढंग से जीने में उसका सहयोग चाहता है और वृद्धावस्था में वह उसके सम्बल की अपेक्षा करता है।''

इतनी-सी बात से अमरसिंह का मुँह लटक गया। उसने दृष्टि झुकाए हुए कहा, ''वे मेरी प्रायः उपेक्षा ही करते रहते हैं। राज-काज में मेरे हस्तक्षेप को उचित नहीं समझते। मेरे निर्णय को वे महत्त्व नहीं देते ?''

दुर्गादास ने संयत स्वर में कहा, ''तारुण्य ईश्वर का वरदान होता है। उस काल में उसमें अत्यंत उत्साह और वेग भरा होता है। अनेक विचार तीव्रता से पैदा होते हैं। तुरंत निर्णय लेने की क्षमता होती है पर उनमें दूरदर्शिता नहीं होती। कुँवर सा ! परिपक्वता अनुभव और अध्ययन से ही आती है। कई स्थलों पर तो अनुभव ही अधिक महत्त्वपूर्ण होते हैं।...वे अनुभव मनुष्य को गुणवान बनाते हैं। आप अपने राणा-पिता के साथ रहकर गुणवान बनिए। उनके अपमान, तिरस्कार, उपेक्षा, घृणा, कटुवचन सबको सहकर पूर्ण क्षमताएँ प्राप्त कीजिए ताकि भविष्य में आप कहीं भी मात न खा सकें।''

''आपने मुझे कितने स्नेह से सब कुछ समझाया है।''

''समझाना तो प्रेमपूर्वक ही होता है, विशेषतः युवा को। युवा मन में सामान्यतया उग्रता होती है। उस उग्रता को तो विनम्रता से ही मारा जा सकता है। कुँवर सा ! कई व्यक्तियों का स्वभाव ही गुस्सीला और उग्र होता है तब दूसरे को संयम रखना चाहिए।''

''मैं शर्मिंदा हूँ ठाकुर सा।''

''योद्धा पिता-पुत्र की शक्ति एक-एक ग्यारह के बराबर होती है। मुझे अत्यंत

प्रसन्नता है कि आपने मेरी राय को माना।''

दुर्गादास ने राणा जयसिंह के पास जाकर उसको भी विनम्र निवेदन किया, ''राणा जी ! मनुष्य अपनी सद्बुद्धि से ही जीवन और जगत् को सुरम्य बना सकता है। वह सद्भाव और धैर्य से घर-परिवार को स्वर्ग बना सकता है।...राणाजी ! गृह-कलह विनाश के बीज बो देती है। अट्टालिका कितनी ही गगनचुम्बी हो पर जब उसकी नींव में कमजोरी आने लगती है तब वह अवश्य धराशायी हो जाती है। आपसे मेरी विनम्र अर्ज है कि आप संयम और धैर्य रखिए। पुत्र के साथ समवत व्यवहार रखिए। उसे नम्रता से समझाइए। सागर-मंथन के समय विवेक से काम न लेते तो देवता दैत्यों से मात भी तो खा सकते थे।'' पलभर रुक कर दुर्गादास ने फिर कहा, ''अमरसिंह जी को अपनी गलती का अहसास हो गया है। अब आपका दायित्व है कि उसे अपने पक्ष में रखें। उस पर भरोसा रखें। प्रेम करें।''

राणा ने कृतज्ञता ज्ञापन करते हुए कहा, ''हम आपके अत्यंत कृतज्ञ हैं। सिसोदिया-कुल आपके इस उपकार को सदा स्मरण रखेंगे।''

''राणाजी ! क्षत्रिय शक्ति बिखर गई है।...सच तो यह है कि इस देश की समस्त शक्तियाँ बिखर गई हैं। जाति, धर्म और प्रादेशिकता के अंधमोह ने हमें दुर्बल कर दिया है। चंद स्वार्थी विघटनकारी तत्त्व अपने वैयक्तिक लाभों के लिए भारतवर्ष का अहित कर रहे हैं। मैं तो चाहता हूँ कि हम सब संगठित होकर शत्रुओं का सामना करें।''

''यदि सबका अस्तित्व खतरे में पड़ेगा तो संगठित होना ही पड़ेगा।''

''मैं उस दिन की प्रतीक्षा करूँगा।''

दुर्गादास ने जै माताजी की कर दी।

## उन्नीस

अजीतसिंह पूर्ण युवा हो गया था। उसकी आकृति पर ताम्रवर्णी आभा दीप्त होने लगी थी। उसने राणा जयसिंह के भाई गजसिंह की पुत्री से विवाह किया। दुर्गादास चाह कर भी इस विवाह में उपस्थित नहीं हो सका। उसने महाराजा से क्षमा माँगते हुए अस्वस्थता का बहाना बनाया। अजीतसिंह के मन में दुर्गादास के संबंधों को लेकर जो तरेड़ पड़ी थी, वह बड़ी और चौड़ी होने लगी।

वस्तुतः शुजाअत खाँ ने बादशाह के दबाव पर इस बार अपने प्रतिनिधि ईसरदास

को दुर्गादास के पास भेजा। वह पाटण का नागर ब्राह्मण था और जोधपुर में अमीन के पद पर कार्य करता था। उसने अपनी मित्रता निरंतर राठौड़ों से बढ़ाई थी। वह अपनी ओर से प्रमुख राठौड़ सरदारों से अकबर के पुत्र-पुत्री को छुड़वाने का प्रयास करता रहा।

दुर्गादास ने नौशेर खाँ के अशक्त होते शरीर और बुढ़ापे का ध्यान रख कर अपने विश्वस्त आत्मीय पुष्करणा जोशी गिरधर को उन दोनों का संरक्षक बना दिया था। वे दोनों सुखी और संतुष्ट थे। वस्तुतः दुर्गादास के स्नेह सागर में वे इतने डूब चुके थे कि उसे छोड़ने की वे सोच भी नहीं सकते थे। गिरधर जोशी ने ही उन दोनों को समझाया कि उनके दादा हुजूर ने ही उनके पिता को यह देश छोड़ने के लिए विवश किया था।

बुलन्दअख़्तर को भी धार्मिक असहिष्णुता पसंद नहीं थी। उसने सारे धर्मों का अध्ययन किया था और वह सोचता रहता था कि सब धर्मों में मनुष्य मात्र की सेवा लिखी है। दूसरे की वस्तु को हड़पने को पाप कहा है। वह यह भी सोचता था कि धर्म की बात करनेवाले को नर-संहार करके दूसरे की भूमि को कब्जे में करना कहाँ तक उचित है ? कर्बला युद्ध, महाभारत और दूसरी लड़ाइयाँ लड़कर मनुष्य ने क्या पाया ? हिंसा से किए काम में कभी भी बेफिक्री नहीं आएगी ? हर घड़ी उसे आशंकाएँ सालती रहेंगी।

उसने दुर्गादास से कहा, "बाबा सा ! आपने अपने कार्यों से दूसरों का हित किया है। आप जितने बड़े शूरवीर हैं, उतने बड़े इंसान भी।"

"बेटा ! मुगलेआज़म शहंशाह अकबर ने जिस सौहार्द, उदारता और सहिष्णुता का उदाहरण हम सबके सम्मुख रखा था, उसे आपके दादाजी ने मिटा डाला। उनकी विस्तारवादी नीतियाँ एक दिन उनको ही हानि पहुँचाएँगी। आप जलते हुए अंगारों को ढँककर बुझा सकते हैं पर उन अंगारों को कोई भी सुलगा भी सकता है।" दुर्गादास ने आत्मीयता से पूछा, "बेटा ! क्या तुम अपने दादाजी के पास जाना चाहोगे ?"

"नहीं बाबा सा, मैं आपके साथ मैदाने जंग में लड़ूँगा। आपके नमक का कुछ तो हक अदा करूँ।"

"ऐसा नहीं होगा बेटा।"

"क्यों नहीं होगा ? आपने मुझे पाला-पोसा है। पढ़ाया-लिखाया है। ज़िंदगी जीने की सारी तालीमें दी हैं और मैं आपको कुछ भी न देकर चला जाऊँ।"

"देखो बेटे, मनुष्य लाख सुखों और वैभव में रहे, असीम प्रेम पाता रहे, पग-पग पर उसके हाजरिए खड़े रहें, यदि वह दूसरे के घर में है तो उसे अपने घर कभी न कभी जरूर जाना पड़ेगा। हर आदमी को अपने घर में जो सुकून मिलता है, वह कहीं भी नहीं मिलता।...घर तो मंदिर समान होता है।"

"बाबा सा ! आप सही कहते हैं।" सफीयुतुन्निसा ने दुर्गादास की बात का

समर्थन किया, ''चाहे अपना घर टूटा-फूटा हो, उसमें अजीब सा सुकून और सुख मिलता है। दादाहुजूर क्यों नहीं इनकी बात मान लेते ? क्या वे जमीन के एक टुकड़े को अपने जिगर के टुकड़ों से ज्यादा कीमती समझते हैं।''

दुर्गादास ने सदा अनुभव किया कि अकबर के बेटे-बेटी समस्त स्थितियों की सत्यता को समझते हैं। उनकी विवशता को जानते हैं।

जब ईसरदास ने निरंतर आग्रह-अनुरोध किया तो बुलंद अख़्तर ने कहा, ''मैं विवश हूँ ईसरदासजी, मैं अपने लिए कुछ नहीं चाहता। न जागीर और न मनसबदारी। मैं चाहता हूँ कि वे हमें अपनी जन्मभूमि लौटा दें अजीतसिह को उनके अधिकार दे दें और अपने बच्चों को ले लें। सफीयुतुन्निसा ने कितना ठीक कहा है—हमारे दादाहुजूर जमीन के एक टुकड़ों की अपने जिगर के टुकड़ों से ज्यादा कीमती समझते हैं ?...आदमी मौत के बाद जन्नत या जहन्नुम में जाता है। यदि उसे वह वहम हो कि खून की नदियाँ बहा कर और आदमखोर बनकर यदि वह अ़ल्लाताला और मज़हब की खिदमत कर रहा है तो वह गलती कर रहा है। इंसानियत की कब्र बनाकर कोई मज़हब और धर्म बड़ा नहीं हो सकता।'' उसने लंबा साँस लेकर फिर कहा, ''आप उन्हें समझाइए अमीनजी, हम यहाँ बड़ी हिफ़ाजत से हैं हमें कोई तकलीफ नहीं है।''

''भाईजान ठीक कहते हैं।''

ईसरदास ने उन्हें आश्वासन दिया कि वह निकट भविष्य में यह काम जल्दी से जल्दी करेगा।

अंतिम बार ईसरदास जो प्रस्ताव लाया, वह दुर्गादास के गले उतर गया।

ईसरदास ने कहा, ''आप सफीयुतुन्निसा क़ो दे दीजिए। बादशाह सलामत को उसकी बड़ी चिंता है। जवान बेटी सफेद चादर के समान होती है, सदैव दाग़ लगने की आशंका बनी रहती है।''

उसी समय चांपावत मोहनलाल ने आकर दुर्गादास को जै माताजी कहकर कहा, ''आपसे महाराजा सा मिलना चाहते हैं।''

''ईसरदास जी, मैं महाराजा सा से मिलकर आता हूँ।''

वह अजीतसिंह के पास गया। उसने सिर झुकाकर पूछा, ''आपने कैसे याद किया ?''

अजीतसिंह ने भौंहें चढ़ाकर तनिक कठोर स्वर में कहा, ''मैंने सुना है कि आप शाहजादी को बादशाह को सौंप रहे हैं।''

''जी अन्नदाता।''

''पर क्यों ?''

''क्योंकि वह उनकी अमानत है। उनकी वंशज हैं। उनकी पोती हैं।''

''आप उसे क्यों सौंपेंगे ? बादशाह ने हमारे पूज्य पिताजी के साथ कौन-सी ईमानदारी रखी थी कि आप उन्हें शाहजादी को सौंप रहे हैं। उसको सौंपने के पहले

क्या हमारे परामर्श की आवश्यकता नहीं समझी गई ? आखिर हम महाराजा हैं। राजनीति का कोई निर्णय लेने के पहले हमें पूछना अनिवार्य नहीं ? हम क्या इतने महत्त्वहीन हैं ?''

''मैं ऐसा नहीं समझता ? आपका महत्त्व हर काम में अधिक है। अनिवार्य है, पर जो काम हमारे निजी हैं, उनके बारे में हम अपना निजी निर्णय ही लेंगे। शाहजादा अकबर ने अपने दोनों बच्चे हमें सौंपे हैं। वे हमारी अमानत हैं। हम ही उनके बारे में निर्णय ले सकते हैं।'' दुर्गादास के नेत्रों में दर्प झलक उठा।

''ठाकुर सा ! आपको हम अपना काका सा मानते हैं। हम यह भी मानते हैं कि आपकी छत्रछाया में हम इतने बड़े हुए हैं पर अब हम अपना अलग अस्तित्व भी रखते हैं। इतना महत्त्वपूर्ण निर्णय जिससे राजनीति और मारवाड़ के हित में कई खेल खेले जा सकते हैं, उनमें हमारा परामर्श तक नहीं ?''

''हर खेल अपनी शक्ति और बुद्धि से खेला जाता है। दूसरों को मोहरा बनाकर आप कब तक मात देते रहेंगे ?…वह मात आपको भ्रम में भी डाल सकती है। …महाराजा सा ! मैंने आज तक शक्ति का खेल अपनी तलवारों से खेला है, अपनी बुद्धि से खेला है।…अब भी जो खेल खेल रहा हूँ, उसमें मेरा नहीं, आपका और संपूर्ण मारवाड़ का हित है।''

''पर हम… ।''

बीच में ही दुर्गादास बोला, ''आपको मुझ पर कोई संदेह है। अविश्वास है।''

महाराजा ने नकारात्मक सिर हिलाया।

''फिर आपको संशय कैसे हुआ ? आपकी आत्मा में अविश्वास के भावों का आविर्भाव क्यों हुआ ?''

अजीतसिंह बोला, ''हमें ऐसा कई बार लगता है कि आप हमारी उपेक्षा कर रहे हैं। आप हमें जानबूझकर कुछ निर्णयों में अलग रख रहे हैं।''

दुर्गादास ने विहँसकर कहा, ''यह आपकी भूल और नासमझी है। दुर्गादास के मन में ऐसे क्षुद्र विचार आ ही नहीं सकते। अरे ! आपके लिए अपने जीवन के स्वर्णकाल को जिसने न्यौछावर कर दिया, उसके बारे में आप ऐसा सोचते हैं ?'' दुर्गादास का हृदय क्रंदन कर उठा, ''मैंने अपने यौवन की समस्त कामनाओं को इसलिए ध्वस्त कर डाला क्योंकि मुझे आपके यौवन-कुसुमों को खिलाना था। अपनी मधुर अभिलाषाओं का आस्वाद मैं इसलिए नहीं ले पाया क्योंकि मैंने कभी भी सघन पेड़ की छाया में विश्राम न करके तलवारों की छाया में विश्राम किया। अपने दाम्पत्य जीवन के अमृतरस को अपनी जन्मभूमि की स्वाधीनता के लिए विषाक्त कर डाला। जिसने अपने पुत्रों को सीने से न लगा कर आपके जीवन को स्नेह-धारा से सींचा, उसे आप उपालंभ दे रहे हैं ?'' उसने गरज कर फिर कहा, ''आप कान खोल कर सुन लीजिए, मैं आज कुछ भी कर रहा हूँ, वह भी आपके और अपनी जन्मभूमि की

मुक्ति के लिए।''

महाराजा अपराध बोध से नतमस्तक हो गया।

दुर्गादास वापस आकर आसन पर बैठ गया। दरोगे से पानी माँगा। एक गिलास पानी पीकर उसने अपने को सामान्य किया। मुख पर हथेलियाँ कई बार फेरकर कहा, ''हम पुनः अपने बिंदु पर आएँ।

ईसरदास ने खँखारकर कहा, ''दुर्गादासजी ! बेटी तो रावण के घर में भी नहीं खटाई। उसे भी उसके विवाह की चिंता हुई।...फिर बादशाह सलामत कैसे चैन से बैठ सकते हैं ? मैं चाहता हूँ कि आप एक बार जहाँपनाह से भेंट कीजिए। वे आपकी बात समझेंगे और आप उनकी।...आप उनकी पोती को उन्हें सौंप दीजिए।''

दुर्गादास ने ईसरदास की आँखों में आँखें गाड़कर कहा, ''वे जोधपुर हमें क्यों नहीं सौंपते ?''

''आप जैसा बुद्धिमान और धैर्यवान एक बार बादशाह सलामत से प्रत्यक्ष बातचीत तो करे ? मैं समझता हूँ कि इससे समस्या के समाधान हेतु बातचीत का सिलसिला शुरू हो जाएगा।''

दुर्गादास ने काफी सोच-विचार के बाद ईसरदास की बात मान ली।

उसने सफीयुतुन्निसा को ईसरदास को सौंपते हुए कहा, ''हमारी यह धरोहर हम आपको सौंप रहे हैं। इसकी सुरक्षा का दायित्व आपका है। यदि इसका बाल भी बाँका हुआ, रोम भी खंडित हुआ तो हम आपको क्षमा नहीं करेंगे।''

सफीयुतुन्निसा ने भर्राये गले से कहा, ''बाबा सा ! आपके बिना मुझे सूना-सूना और खाली-खाली लगेगा।''

''बेटी ! सोचता हूँ कि तुम्हारे सुपुर्द करने मात्र से ही कुछ अच्छा हो जाए। कोई शांति और स्वतंत्रता का उपाय मिल जाए। तुमने हमारे आँगनों का आनंद लिया है और अब राजघरानों के संगमरमरी आँगनों का भी आनंद लो।''

''बाबा सा ! आपने मुझे निःस्वार्थ भाव से बेहताशा प्रेम किया है, वहाँ दादाहुजूर ने स्वार्थवश भी प्रेम नहीं किया तो मेरे आँसू सैलाब बनकर मुझे दुखों में डुबो देंगे।''

''नहीं बेटी ! उन्हें अवश्य ही अपने बेटे अकबर का दुःख सालता होगा। इसमें कोई संदेह नहीं है कि जिस चीज को मनुष्य खो देता है, उसके प्रति उसका मोह बढ़ जाता है।''

सफीयुतुन्निसा विदा होने लगी। उसने दुर्गादास के चरण-स्पर्श करके कहा, ''बाबा सा ! अलविदा। यदि खुदा ने चाहा तो मैं आपसे बार-बार मिलना चाहूँगी। आपने मुझे सगे पिता का प्रेम दिया है। यदि मैं आपकी ममता को तोलूँ तो वह सबसे भारी पड़ेगी। विदा...बाबा सा...अलविदा...खुदाहाफ़िज़... ।''

वह दुर्गादास से लिपटकर फूट-फूट कर रो पड़ी। दुर्गादास के नेत्रों से अश्रु टपक पड़े। वह सफीयुतुन्निसा के सिर पर हाथ फेरता रहा पर उसका गला इतना

अवरुद्ध हो गया था कि उससे एक शब्द भी नहीं बोला गया।

औरंगजेब अपनी पोती को अपने सीने से लगा कर रो पड़ा। सफीयुतुन्निसा की आँखें भर गईं।

"कैसी हो नूरेचश्म।"

"दादा सा।"

"यह 'सा' क्या है बेटी ?"

"दादा सा ! जोधपुर में हर बड़े आदमी के पीछे साहब की जगह 'सा' लगाते हैं।"

"अच्छा।"

"हाँ दादा सा, मैं बिलकुल अच्छी हूँ। दुर्गादास बाबा सा ने हमें अपनी औलाद की तरह पाला है। हमें कई भाषाओं का इल्म दिया है।...इस्लाम की सही तालीम दी है।"

"सुभान अल्ला।"

"दादा सा ! बाबा सा ने हमें इतना प्यार दिया है, इतना प्यार दिया है कि हम बयान नहीं कर सकते। अपनी बेटी से भी अधिक हमारा ख्याल रखा है। बाबा सा ने।"

"हम तो बहुत ही फिक्रमंद थे। हर लमहा सोचते थे कि कुछ ऐसा न हो जाए कि हम सर उठा कर जी भी न सकें।"

"आप फ़ख्र से सर उठाकर शान से चल सकते हैं। आपकी बेटी पाक़ीजा है। आपकी बेटी ऊँची तालीमयाफ़्ता है।...दादा सा ! आप मुझे एक बात का जवाब देंगे।"

"बोलो।"

"आप दुर्गादास बाबा सा से सुलह-समझौता क्यों नहीं कर लेते ? आप ज़मीन के एक टुकड़े के लिए अपने ज़िगर के टुकड़ों को नेस्तनाबूद कर लेंगे ? दादाहुजूर सोचिए।"

"हम दुर्गादास जैसे जांबाज़ को इज्जत बख्शेंगे ! मनसब देंगे। तुम जाकर आराम करो।"

सफीयुतुन्निसा चली गई। चंद बांदियाँ उसके संग थीं।

औरंगजेब ने ईसरदास को बुलाकर क़हा, "हम दुर्गादास से मुलाकात करके मनसब देना चाहते हैं। उनसे बातचीत शुरू करके एक ऐसा हल ढूँढ़ना चाहते हैं जो किसी की शान के खिलाफ न हो। हम अपने जानेजिगर बुलंद अख़्तर को भी अपने पास बुलाना चाहते हैं।"

"मैं आपकी दोनों ख्वाहिशें पूरी करने की भरसक कोशिशें करूँगा।"

"हम आपको यकीन देते हैं कि हम उस बहादुर और वफादार इंसान की शान में कोई गुस्ताखी नहीं करेंगे।"

"अब मैं रुखसत चाहता हूँ।"

"खुदा हाफिज़।"

ईसरदास ने मन ही मन दृढ़ निश्चय कर लिया था कि वह किसी भी कीमत में एक बार दुर्गादासजी की भेंट बादशाह सलामत से कराएगा। उसने दुर्गादास को बादशाह औरंगजेब की आंतरिक इच्छा और शुद्ध नीयत के बारे में आश्वस्त किया।

दुर्गादास ने बुझे स्वर में कहा, "जब तक हम अपनी मातृभूमि की स्वाधीनता प्राप्त नहीं कर लेंगे तब तक हमारे आज तक के किए हुए प्रयास निरर्थक हो जाएँगे। उस मुक्ति के बिना मेरे सारे सम्मान अर्थहीन हैं।...वे मुझे बड़ा मनसब देंगे। क्या मिलेगा मुझे ? केवल शानोशौकत ही। पराधीन का समस्त मान-सम्मान, पद-प्रतिष्ठा और गरिमा कुछ भी महत्त्व नहीं रखती।"

"मैं समझता हूँ कि आप यदि जहाँपनाह से प्रत्यक्ष बात करें तो कोई मध्यस्थ मार्ग मिल जाएगा।" ईसरदास ने अपने शब्दों पर जोर देकर कहा, "आप बुलंद अख़्तर को उन्हें सुपुर्द कर दीजिए।"

"यह संभव नहीं। पहले महाराजा को जोधपुर का राज्य सिंहासन दीजिए। फिर कोई और बात कीजिए।"

ईसरदास ने कहा, "आप मेरी बात के मर्म को समझिए। इस तरह की अस्पष्ट स्थितियाँ, अकड़, अड़ियल रवैये राजनीति में सार्थक सिद्ध नहीं हो सकते। आज के वातावरण में आप जोधपुर को या तो लड़ कर पा सकते हैं या कोई समझौता करके। आप काफी वृद्ध होते जा रहे हैं। आयु का प्रभाव आपकी आकृति पर स्पष्ट दिखाई पड़ने लगा है। ऐसी स्थिति में समझौता ही एकमात्र मार्ग हो सकता है।"

"मैं आपके तमाम बिंदुओं पर विचार करूँगा।"

ईसरदास ने चलते-चलते कहा, "मैं चाहता हूँ कि संघर्ष कम हो। जै माता जी की।"

ईसरदास चला गया।

वह अकेला रह गया अपने निवास स्थान के कक्ष में। घोर एकांत। शून्यता। दुर्बल होता उत्साह। बुझी-बुझी-सी जिज्ञासाएँ। सचमुच वृद्ध हो गया था वह रणबाँकुरा राठौड़। मरु-केसरी दुर्गादास।

वह जाजम पर पसर गया। गाव-तकिये पर कोहनी को टेढ़ा करके हथेली पर मुँह टिकाकर बैठ गया।

भोजन के लिए बुलावा आया तो उसने मना कर दिया—"अभी भूख नहीं है।"

डावड़ी दीवट पर दीया जलाकर रख गई। अंधियारी रात्रि। शून्यता तिमिरावरण ओढ़कर और सघन हो गई। नभमंडल में तारे अपनी पूरी आभा से चमक रहे थे।

दुर्गादास सोच में डूब गया। गत बार जब वह अपने ठिकाणे गया था तब उसकी पत्नी प्रेमकँवर जो अनुपम रूपवती थी, वृद्ध हो गई थी। कुछ दाँत गिर गए

थे। झुर्रियाँ भी गहरी हो गई थीं। शेष पाँचों इंद्रियाँ सही काम कर रही थीं।

रात्रि वेला में जब वह उसके पास गया तो वह काँच घर में रखे दीए की लौ को अपलक निहार रही थी। उसकी पदचाप सुनकर उसने दरवाजे की ओर देखा। अत्यंत बिनीत स्वर में कहा, "मुजरो करूँ आपने घणै मान सूँ।"

दुर्गादास लंबा साँस लेकर उसके सन्निकट बैठ गया। पूछा, "कैसी हैं आप ?"

"एकदम ठीक हूँ।"

दुर्गादास ने उलाहना भरे स्वर में कहा, "आपने आज तक यह नहीं कहा कि मैं ठीक नहीं हूँ। आपने वर्षों से मेरे इस प्रश्न का यही उत्तर दिया है।"

वह मुसकराकर बोली, "आपकी सहधर्मिणी बनने के बाद मुझे कभी कोई कष्ट नहीं हुआ।...आपने कुशल गृहस्वामी का दायित्व निभाया और मैंने गृहिणी का। फिर असंतोष कैसा ?"

अत्यंत पछतावे से दुर्गादास ने कहा, "मुझे कई बार लगता है ठकुराणीजी कि आपके यौवनकाल के सौंदर्य को मैंने कभी भी दृष्टि भर कर नहीं देखा। मुझे आश्चर्य होता है कि कैसे समय बीत गया ? शीघ्रता से।"

"ठाकुर सा ! कोई चीज कालातीत है ? सब परिवर्तनशील है। जो आज हम हैं, वे कल नहीं रहेंगे। परिवर्तन की यह प्रक्रिया निरंतर है। यह शरीर क्षीण होता जाता है और अंततः जहाँ से इसकी सृष्टि हुई है, उस सृष्टि में विलीन हो जाता है।"

"आप ठीक फरमा रही हैं। इस पंचतत्त्वों की काया को अंततः पंचतत्त्वों में ही विलीन होना है। यह सत्य शाश्वत है।" दुर्गादास ने गंभीर होकर कहा, "वस्तुतः हमने जो आधारभूत सच हैं, उनसे जीवन को पृथक् कर दिया है। हमने अपने जीवन के लोक-व्यवहारों और नियमों को स्वार्थपूर्ति के साधन बना लिए हैं। हम सत्य और धर्म की बातें अवश्य करते हैं पर वे भी सतही और स्वार्थों से लिप्त हैं। मेरा इन सबसे गहन रिश्ता है। अपनी सुविधाओं की सम्पूर्ति के लिए हममें अपार परिग्रह की भावना जन्मी है, वही तो असंतोष का कारण है। कई संतों ने अपरिग्रह के मंत्र को इसीलिए गुंजित किया था कि कोई भी आवश्यकता से अधिक संपत्ति का कभी भी संचयन न करे। पर ये सारे आदर्शमय शब्द केवल शब्द रह गए हैं। अपरिग्रह, संयम, त्याग, बंधुत्व, ममत्व, घर, परिवार, संबंध ये शब्दों का सार्थ अपनी वास्तविकता को खोकर चल रहा है और अपनी धूल चारों ओर बिखेर रहा है।...हम जीवन के उस सत्य को पूर्णतया भुला बैठे हैं कि यह नाशवान है।"

प्रेमकँवर उसके दाएँ पाँव को दबाते हुए बोली, "आपको बता दूँ कि यह जिजीविषा है न, यह सर्वशक्तिमान है। इसने ही सब शब्दों के अर्थ बदले हैं, उनके प्रयोग बदले हैं। मनुष्य अत्यंत ही निपुण है। कुशाग्र बुद्धिवाला है। उसने हर स्वार्थपूर्ति के लिए नए नियम बना लिए हैं।..."

"आप ठीक कहती हैं। लेकिन वह कितनी ही पूर्णता और संपन्नता प्राप्त कर

ले, उसमें फिर भी अपूर्णता रहती है। विपन्नता रहती है। यह उसकी अपूर्णता और विपन्नता उसकी अपनी प्रकृति की है जिसका निदान इस व्यवस्था में नहीं है।''

डावड़ी कसूम्बो ले आई थी।

प्रेमकँवर ने कहा, ''आप थके हुए हैं। इसे लेकर सो जाइए। सांसारिकता विषम इंद्रजाल है।...और मैंने सुना है कि आपने शाहजादा अकबर की बेटी को शाहंशाह को सुपुर्द कर दिया है।''

''हाँ ठकुराणीजी, जिसकी अमानत थी, उसे तो नहीं सौंप पाया पर उसके कुटुम्ब के स्वामी को सौंप दी। हाँ, इससे महाराज सा अवश्य नाराज हो गए।''

''क्यों ?'' उसने चौंककर पूछा।

''हैं तो वे अभी जीवन के हर विषय में अपरिपक्व पर 'महाराजा' का पद उनमें दर्प भर रहा है। मुझे इसकी चिंता नहीं। मैं तो उन्हें एक बार मारवाड़ के राज्य सिंहासन पर आसीन करा दूँगा तो मेरा कर्तव्य पूरा हो जाएगा। मेरे जीवन का यही महान् उद्देश्य है।''

''आप ठीक कहते हैं। पद का अपना पृथक् दर्प होता है। राजसत्ता, संपत्ति, वैभव ये मनुष्य को सुपथ पर नहीं चलने देते ?''

''आप ठीक कहती हैं।'' दुर्गादास ने जरा सोच कर कहा, ''आपके पिताजी वृद्ध हो चले हैं पर अब उनकी सबसे छोटी बेटी रावकँवरी कुँवारी है। सुंदर, सुशील और सीधी-सादी है। मैं चाहता हूँ कि उनका विवाह महाराजा अजीतसिंहजी से हो जाए। हमारे बीच एक रिश्ता और कायम हो जाएगा।''

''इसे वे स्वीकार कर लेंगे।''

''कर क्यों नहीं लेंगे। चौहानों ने उनके लिए बहुत त्याग किया है।''

''अच्छा ही होगा यह।''

दुर्गादास ने नेत्र मूँदकर कहा, ''ठकुराणीजी ! मेरे विचार से राजा-महाराजा और ठाकुरों में बहु-विवाह प्रथा समाप्त हो जानी चाहिए। अब देखिए आपके पिताजी के इस बुढ़ापे में भी एक बेटी कुँवारी।''

''बहु-विवाह प्रथा के साथ-साथ हम लोगों को लड़की के महत्त्व को भी समझना चाहिए। बेटी को बोझ, कलंक और आपदा नहीं समझनी चाहिए। उसे हमें प्रतिष्ठा देनी चाहिए।...मैंने सुना है कि हमारी कई क्षत्रिय-जातियों में बेटी के जन्मते ही उसको मार डालते हैं। इस घिनौनी व कलंकपूर्ण प्रथा को तो बंद कर देना चाहिए। यह तो मनुष्यता पर कलंक है।''

''समग्र क्षत्रिय जाति को अपने परिवेश व प्रथाओं का पुनरावलोकन और आत्मविश्लेषण करना चाहिए। उन्हें अपने छोटे-छोटे स्वार्थ, लालच और अभिमान को त्याग कर संगठित होना चाहिए। मैं इस बात से अत्यंत दुखी हूँ कि हम देशवासी संगठित नहीं हैं इसलिए बाहरी शक्तियों का हम सफलतापूर्वक सामना नहीं कर सकते।

जितने धर्म, जातियाँ, संप्रदाय और पंथ बनेंगे, देश उतना ही कमजोर होगा। ये एक दिन जहरीले साँप बनकर फुत्कारेंगे। डस लेंगे देश की एकता को। खंडित करने का प्रयास करेंगे भारतवर्ष को।''

विचारों में लीन दुर्गादास को चींटी ने जोर से काटा। अतीत भंग हो गया। चींटी को उतारकर फेंका। सोने की चेष्टा की। धीरे-धीरे नींद ने उसे अपनी सुखदायक अंक में ले लिया।

## बीस

दुर्गादास आयु की मार से टूटने लगे। दाढ़ी में भी कुछ बाल श्वेत आने लगे। महाराजा का इधर-उधर भटकना अब उसे अच्छा नहीं लग रहा था। वह सोचता था कि भागते-भागते आदमी एक दिन जरूर थक जाएगा। वह अपनी शक्ति को खोता जाएगा। यदि किसी भी मनुष्य का कोई स्थायी ठिकाना नहीं बनता है तो उसका कोई अस्तित्व व पहचान भी नहीं बनती है।

महाराजा की पहचान और उनके स्थायी ठिकाने के लिए उन्हें जोधपुर का राज्य मिलना ही चाहिए।

लंबे सोच-विचार के बाद उसने फिर ईसरदास अमीन को बुलाया।

''कैसे याद फरमाया ठाकुर सा।'' ईसरदास ने हाथ जोड़कर कहा।

''ईसरदासजी ! आपकी बातों पर सोचा, समझा और चिंतन किया। हम बादशाह सलामत की मनसब स्वीकार करते हैं। अभी फिलहाल महाराजा अजीतसिंह जी को जालोर, सांचोर और सियाणा की जागीरें दे दी जाएँ।''

ईसरदास ने उसकी प्रशंसा करते हुए कहा, ''आपने सचमुच अपनी मातृभूमि और महाराजा के हित की बात की है।''

''पर औरंगजेब जैसे कुटिल, स्वार्थी और विस्तारवादी प्रवृत्ति के व्यक्ति पर पूर्ण भरोसा कैसे किया जाए ? हमारी सुरक्षा की जिम्मेदारी कौन लेगा।''

''आपके पास तब तक राजकुमार बुलंद अख़्तर रहेगा जब तक आपको बादशाह सलामत पर भरोसा न हो जाए। वैसे किसी तरह की धोखाधड़ी की संभावना नहीं है।''

''हम समझते हैं पर तनिक भी छल-कपट और बेईमानी हमारे जीवनपर्यन्त के विश्वास पर प्रश्नचिह्न लगा सकती है। क्षत्रियों और महाराजा सा को हमारी सच्चाई पर संदेह हो जाएगा। लोग हमारी स्वामिभक्ति पर कीचड़ उछालेंगे। हमारे जीवनभर

की लड़ाइयों पर धूल पड़ जाएगी। लगेगा कि हमने जीवन में जो कुछ भी अर्जित किया, उसे खो दिया।''

ईसरदास ने अटूट विश्वास के साथ कहा, ''कैसा भी निकृष्ट और कुटिल आदमी हो, वह एक न एक दिन अपनी असलियत पहचानता है, अपने उस स्वरूप को देखता है, जो उसका श्रेष्ठ रूप होता है।''

''आपका कहना उचित है। आप भेंट की व्यवस्था कीजिए।''

ईसरदास ने बताया, ''जहाँपनाह ने आपको इस्लामपुरी के खेमे में आमंत्रित किया है। आप बुलंद अख़्तर को लेकर मेरे साथ चलिए।''

इस्लामपुरी शिविर दक्षिण में भीमा नदी के तट पर स्थित था। दुर्गादास के वहाँ पहुँचने के समाचारों ने चारों ओर हलचल मचा दी। मुगल-सेना और परिवारों में दुर्गादास को देखने की उत्सुकता जाग गई। यह सर्व प्रचारित हो गया था कि दुर्गादास ने शाहजादा अकबर के बेटे-बेटी को अपनी संतान की तरह पाला है। यह वह यशस्वी योद्धा है जिसने अपनी स्वामिभक्ति की एक मिसाल कायम की है।

जब दुर्गादास रथ पर बुलन्द अख़्तर के साथ वहाँ पहुँचा तो उसे देखने के लिए लोगों की भीड़ लग गई।

शाही खेमे के द्वार पर कड़ा पहरा था।

दुर्गादास को पहरेदार ने तलवार लेकर जाने के लिए रोका।

उसे अपमान का अनुभव हुआ। उसने पूछा, ''ऐसा क्यों ? हम तो उनके आमंत्रित अतिथि हैं।''

''यह तो जहाँपनाह का हुक्म है।''

दुर्गादास ने तलवार सौंपते हुए मन ही मन कहा—जिसने कभी खुद अपने और अपने परिवारवालों पर कभी विश्वास नहीं किया, वह कैसे दूसरों पर विश्वास करेगा।

दुर्गादास शिविर के भीतर गया। झुककर आदाब किया।

औरंगजेब ने बड़ी आत्मीयता से कहा, ''आदाब दुर्गादास राठौड़, आपको आदाब।...तशरीफ रखिए।''

औरंगजेब ने एक सिंहासननुमा कुर्सी की ओर संकेत किया।

दुर्गादास उस पर बैठ गया।

''हमें आपका बेसब्री से इंतज़ार था। हम जितने बेताब अपने पोते अख़्तर को देखने के लिए थे, उतने ही आपको। आज हमारी ख्वाहिश पूरी हुई। हमारी आँखों का नूर अख़्तर कहाँ है ?''

''ईसरदासजी उसे लेकर आ रहे हैं।''

''हम आपके अहसानमंद हैं। आपने हमारे बेटे की औलाद को अपनी औलाद की तरह पाला। उन्हें सही तालीम दी।''

''जहाँपनाह ! हममें यदि सहिष्णुता नहीं है, सहने की ताकत नहीं है तब हम

कुछ भी वैसा नहीं कर सकते जिससे हमारा नाम स्वर्णाक्षरों में लिखा जाए।''

उसी समय ईसरदास उसके पोते बुलंद अख़्तर को लेकर आ गया।

पल भर के लिए औरंगजेब सकते में आ गया। देखता रहा अनिमेष अपने वंशज को। उसका हृदय स्नेह सागर से तिरोहित हो गया।

बुलंद अख़्तर ने कोर्निश की।

औरंगजेब ने अपने सिंहासन से उतरकर अख़्तर को गले से लगा लिया, ''मेरे बच्चे···मेरे जानेजिगर···हमारा दिल तुम्हारे लिए तड़प रहा था। हमारी आँखें तुम्हारे दीदार के लिए तरस गईं।''

और इतिहास के उस निर्मम, क्रूर और आततायी औरंगजेब की आँखों से आँसू टपक पड़े।

वह सामान्य इंसान बन गया जो रोता है, हँसता है, नाराज होता है, खुश होता है।

''हमारा आज वह ग़म बहुत कम हो गया जिस दिन सियासती रंजिश की वजह से हमने अपने बेटे को खोया था। आज अख़्तर को देखकर हमें ऐसा लगा कि हमने वापस अपने बेटे को पा लिया है।''

बुलंद अख़्तर की आँखें भर आई थीं। उसने भरे गले से कहा, ''दादाहुजूर, हमारा सारा वजूद अपने बाबा सा की वजह से है। सच, दादाहुजूर, इन्होंने हमें सगे बच्चों की तरह पाला है।''

''तुम ठीक कहते हो बेटे, इन महलों में तो बांदियाँ और धाएँ बच्चों की परवरिश करती हैं। जवानी तक तो बेटा बाप की मुहब्बत को तरसता है।'' बादशाह दुर्गादास की ओर घूमकर बोला, ''हम आपके तहेदिल से शुक्रगुजार हैं। आपने हमारे दोनों बच्चों के साथ जो सलूक किया, वह काबिले तारीफ है।···सच दुर्गादासजी, आपको देखने की हमारी बड़ी तमन्ना थी। आज वह पूरी हुई। हम आपको तीन हजारी मनसब देते हैं।''

उसी समय शाही-परंपरा के अनुसार वीरवर दुर्गादास को रत्नजड़ित एक कटार, एक स्वर्ण पदक, एक मुक्ता माला और एक लाख रुपए नकद प्रदान किए गए।

दुर्गादास ने उन्हें स्वीकार लिया।

दुर्गादास दोनों बच्चों से बिछड़कर उदास और खिन्न मन लौटने लगा कि बुलंद अख़्तर ने उसके चरण-स्पर्श किए। दुर्गादास ने उसे अपने सीने से लगा लिया। भर आया वह अंतस् से।

ईसरदास ने जागीरें भी दिला दीं।

दुर्गादास ने आकर सारी स्थितियाँ महाराजा को बताईं। महाराजा प्रसन्न नहीं हुआ। उसने दुर्गादास को कहा, ''अब हम अपनी लड़ाई खुद लड़ते रहेंगे। आप वृद्ध हो गए हैं। मैं भी चाहता हूँ कि आप अब थोड़ा विश्राम करें।''

एक बीका सरदार ने अजीतसिंह की बात का समर्थन किया, ''हाँ ठाकुर सा,

आप काफी वृद्ध हो गए हैं।...

दुर्गादास ने अजीतसिंह के चारों ओर देखा। जो सरदार और उमराव उसे घेरे हुए थे, वे योद्धा कम और चापलूस अधिक थे।

दुर्गादास ने महाराजा को कोई उत्तर नहीं दिया। वह लौट आया।

## इक्कीस

रात्रि हो चुकी थी। निरभ्र गगन मंडल में हेमप्रभ रजनीश उदित हो गया था। आकाश-गंगा में चंद्र-तरणी सा मंथर-मंथर प्रवाहित हो रहा था। सरोवर में सद्यः विकसित कुमुदनियों का सौरभ लेकर पवन का शीतल-सुवासित झोंका थम-थम कर आ रहा था। अल्पक्षण व्यतीत होने के उपरांत प्रतीची प्रांगण से मेघ खंड तैरते हुए आकाश-गंगा की ओर त्वरा से आए। चन्द्रमा पर से निकलते हुए मेघ खंड उन वीचियों की भाँति लग रहे थे जो अपनी उत्ताल तरंगों से तरणियों को अपने में समावृत्त कर लेते हैं।

दुर्गादास अनिमेष दृष्टि से निरंतर प्रकृति की इस अनुपम शोभा-श्री का अवलोकन कर रहा था।

'रसोड़ा' उठ गया था। सबने भोजन कर लिया था, ऐसा रसोड़े की शांति से लग रहा था।

पाटण के अणहिलवाड़ा में वह सेनापति नियुक्त हुआ था। उसके साथ उसका सारा परिवार था। सारे पुत्र तेजकरण, मेहकरण, अभैकरण और पोता अनोपसिंह भी।

पोता युवा हो गया था। सुगठित बदन, बड़े-बड़े नेत्र और मजबूत कद-काठी।

तेजकरण ने दुर्गादास का ध्यान भंग करते हुए कहा, ''आपके साथ महाराजा ने अच्छा व्यवहार नहीं किया। कितने कृतघ्न हो गए हैं आज के लोग।''

''बेटा ! चढ़ते सूर्य को सभी नमस्कार करते हैं, डूबते को नहीं। मेरे जीवन का सूर्य तो अब तेजहीन हो रहा है। जब मनुष्य की इंद्रियाँ अशक्त होने लगती हैं तब उसे जान लेना चाहिए कि उसकी अनंत महायात्रा का समय करीब आ रहा है।''

अनोपसिंह उसके पाँव दबाता हुआ बोला, ''नहीं दादो सा ! ऐसी दुखी करने की बात मत कीजिए।''

''दुखी करने की बात ? बेटा अनोप, जिसके समक्ष तीन-तीन पीढ़ियाँ हों, उसे मृत्यु का भय तो लगेगा ही।'' उसने अनोप के सिर पर हाथ रखकर अपनत्व से कहा,

"मैं तो सब ओर से महासुखी प्राणी हूँ।"

अभैकरण ने गंभीर होकर पूछा, "आपको जहाँपनाह ने इतनी दूर क्यों भेज दिया ? मुझे तो यह देश निकाला सा लगता है।"

अपनी श्वेत दाढ़ी को खुजाते हुए कहा, "बेटा ! समझदार और दूरदर्शी आदमी कभी भी सिंहों को अपने आसपास नहीं रखता।"

"हाँ बाप जी, आप ठीक कहते हैं।"

दुर्गादास ने थोड़ा और खुलासा किया, "इससे बादशाह आलमगीर को सबसे बड़ा लाभ यह हुआ कि हम मारवाड़ से कोसों दूर हो गए। बेटा ! हम विश्वासपूर्वक आज भी कह सकते हैं कि हम अब भी राजपूतों को एकत्रित कर सकते हैं।...पर जब महाराजा ही हमें वृद्ध और दुर्बल समझने लगे, उनकी दृष्टि में पहले जैसा आव-आदर नहीं रहा तो क्यों भुंरूट के काँटे की तरह चिपके रहें हम ?"

"महाराजा का बर्ताव तो बहुत ही क्षुद्र लगा।"

"बेटा ! जब कोई राजा चापलूसों से घिर जाता है तो उसका पतन अवश्यम्भावी होता है। जब उसमें लोक-व्यवहार की कमी आ जाती है तो उससे लोग रुष्ट रहने लगते हैं। जब वह आठों पहरों भोग-विलास में लिप्त हो जाता है तो उसके शौर्य का क्षरण होने लगता है। जब वह और उसके पदाधिकारी प्रजा की सुख-सुविधाओं का ध्यान न रखकर उसका शोषण और दोहन करते हैं तो विद्रोह की चिंगारियाँ भड़कने लगती हैं। कोई राजा प्रजा के विद्रोह और शत्रु के विरोध को एक साथ नहीं सह सकता तब उसका पराभव निश्चित है।"

"आपकी आलमगीर बहुत इज्जत करते हैं।"

दुर्गादास हँस पड़ा। बोला, "आज वह हमारी इज्जत करता है तो कल हमें बेइज्जत भी कर सकता है। हर सत्ता अधीश्वर राजनीति की शतरंज का माहिर खिलाड़ी होता है। अवसर के अनुसार वह पैंतरा बदलता रहता है। वह बहुरुपिया होता है जो हर पल रूप बदलता रहता है। अपनी बुद्धि-कौशल से अपने सपने को पूरा करता है।"

अभैकरण ने पूछा, "बापजी ! शुजाअत खाँ की मृत्यु के पश्चात् मुहम्मद आजमशाह की जो नियुक्ति हुई है, क्या वह कोई आमूल परिवर्तन लाएगी ?

कुछ क्षण मौन रहकर दुर्गादास ने गंभीर स्वर में कहा, "वह तेज मिजाजवाला घमंडी व्यक्ति हैं। वह विशेष परिवर्तन नहीं ला सकता। घमंडी व्यक्ति अपने उग्र स्वभाव से शत्रु ही उत्पन्न करता है। फिर भी हमें सजग रहना चाहिए। स्वयं की रक्षा सतर्कता से ही रखी जा सकती है।"

रात्रि काफी हो गई थी। दुर्गादास को भी नींद आने लगी। उसने सबको सोने की आज्ञा दी।

थोड़ी देर में उसकी पत्नी प्रेमकँवर आई।...रुई से श्वेत बाल, मुँह में कोई दाँत

नहीं। किंचित् दिखाई भी कम पड़ने लगा था।

उसने आकर दुर्गादास के चरण-स्पर्श करके कहा, ''ठाकुर सा ! यहाँ मुझे जिस अपूर्व आनंद का अनुभव हुआ, वह है परिवार के साथ शांति से बैठना। अपनी बींनणियों को जब-जब देखती हूँ तो ईश्वर से प्रार्थना करती हूँ कि वह इस धरती पर से लड़ाइयाँ और बैर-भाव मिटा दे ताकि माँ अपने बेटे, पत्नी अपने पति, भाई अपनी बहन के साथ तो रहें। क्यों शक्तिशाली व्यक्ति चाहता है कि उसका संपूर्ण पृथ्वी पर अधिकार हो ?''

दुर्गादास ने उसके झुर्रियोंदार चेहरे को देखकर और अपनी दाढ़ी पर हाथ फेरकर कहा, ''पुरुष में एकाधिकार की भावना आदिम-काल से है। यह एकाधिकार की भावना अलग-अलग रूपों में प्रकट होती है।'' उसने प्रेमकँवर के सन्निकट आ कर कहा, ''ठकुराणीजी ! आपकी गंभीर और भारी-भरकम बातों के पीछे छुपी आपकी आत्म-वेदना से हम परिचित हैं। हमने आपको शूरवीर पुत्रों की माँ बनने की प्रतिष्ठा तो दी, पर आपके जीवन के मनोरम और मधुरिम पलों को हमने पति के रूप में कभी भी महत्त्व नहीं दिया।''

प्रेमकँवर उसके हाथ पर अपना हाथ रखकर बोली, ''आप बार-बार यह बात कहकर मुझे पीड़ा क्यों देते हैं ? ठाकुर सा ! मुझ जैसी भाग्यशालिनी स्त्री यत्र-तत्र कहाँ है ? यशस्वी पति, शूरवीर पुत्र, आज्ञाकारिणी बींनणियाँ, जीने की सारी सुख-सुविधाएँ। मैं तो आपके यश-गीतों को सुनकर धन्य-धन्य हो जाती हूँ। प्रभु से प्रार्थना करती हूँ कि हर जन्म में मुझे आप ही पति के रूप में मिलें।''

दुर्गादास ने जरा हलकेपन से कहा, ''अरे···अरे, ठकुराणीजी, यह वरदान की जगह अभिशाप क्यों माँग रही हो ?''

''अभिशाप नहीं, वरदान है। ठाकुर सा ! न मनुष्य सब कुछ पाता है और न वह सब कुछ खोता है। अपूर्णता ही जीवन का सत्य है। उस सत्य से जीवन आनंददायक बनता है।''

''सच ठकुराणीजी, जीवन का अनुभव भी मनुष्य को गुणवान बनाता है।'' दुर्गादास ने स्नेहिल स्वर में कहा, ''पता नहीं क्यों, मनुष्य का मन उस स्थिति की कामना क्यों करता है जिसे वह किसी भी मूल्य पर प्राप्त नहीं कर सकता। मैं कई बार यौवन को याद करता हूँ। सोचता हूँ कि वह हमें अब भी मिल सकता है ? यह सर्वथा मूढ़तापूर्ण चाहना है। माँग है। फिर भी आदमी ऐसा क्यों सोचता है। उसकी ऐषणाएँ क्यों नहीं मरतीं ?''

''तृष्णाएँ कभी तृप्त नहीं होतीं। मनुष्य के मन को भटकाती रहती हैं। कदाचित् ये जीने के बहाने हों।''

''संभव है।''

हवा का तेज झोंका आया। ठंडेपन का स्पर्श दुर्गादास को अच्छा लगा।

नींद आँखों में घुलने लगी थी।

प्रेमकँवर ने उसके पाँव को दबाते हुए कहा, "आप इस बात को भूल जाइए कि मैं दुखी हूँ। मैं अपने जीवन से पूर्ण संतुष्ट हूँ। हाँ, कभी-कभी लगता है कि हम यहाँ सुख और शांति से रह रहे हैं। कहीं महाराजा सा की नादानियों से संघर्ष की ज्योति मंद न पड़ जाए। वे अपने उद्देश्य को भूल न जाएँ।"

"यदि आप चाहें तो हम वापस मारवाड़ चलें।...हालाँकि अब हमारा पहले जैसा सम्मान नहीं होगा।"

"इसलिए ही तो मैं भी चुप हूँ।" उसने उसके चरणों में अपना सिर रख कर कहा, "मेरी तो बस अब यही इच्छा है कि आपके चरणों में ही मेरे प्राण निकलें। मैं सुहाग की चूनरी ओढ़कर आपसे चिर विदा लूँ।"

दुर्गादास ने भर्राए स्वर में कहा, "ठकुराणीजी, आप हमें इस वृद्धावस्था में छोड़ कर जाएँगी। आप तो इस बात को अच्छी तरह जानती हैं न मरे बुड्ढे की नार, न मरे टाबर री माँ...।"

"पर उस पत्नी से कौन भाग्यशाली होगी जो अपने पति के कंधों पर अंतिम यात्रा पर जाती है। जो हाथों में मेहंदी रचाए हुए, अपने भरेपूरे परिवार को राजी-खुशी छोड़कर संसार से प्रस्थान कर जाती है।" प्रेमकँवर इतना कहकर दुर्गादास के चरणों के पास सिर रखकर सो गई।

दुर्गादास को भी सोचते-सोचते नींद आ गई।

प्रभात-सूर्य के उगने के साथ-साथ दुर्गादास अर्चन-वंदन करके मंदिर से निकला।

सूर्यदेवता क्षितिज को झटका देकर जरा ऊपर की ओर आए।

दुर्गादास ने सूर्य को अर्घ्य देते हुए कहा—समस्त लोकों को अपने प्रकाश से उद्भासित करनेवाले हे आदित्य हम सबके जीवन को भी प्रकाशमान करना।...तेरी रश्मियों के स्पर्श से प्राणी मात्र को जीवन मिलता है। धरा के बीज अंकुरित होते हैं। हे आदित्य ! उस तरह सबके जीवन में सुख-शांति और संतुष्टि को अंकुरित करना।

पूजा के बाद दुर्गादास वस्त्र बदल रहा था। उसके बेटे मेहकरण ने ड्योढ़ी पर देखा कि एक मुगल सिपाही आया है। उसने उसे आने का कारण पूछा। इस बीच दुर्गादास ने वस्त्र बदल लिए थे।

मेहकरण ने आकर कहा, "ठाकुर सा ! शाहजादा मुहम्मद आजमशाह का हरकारा उनका एक 'निशान' लेकर आया है।"

"उसे अतिथि-गृह में बिठाओ। पावणे को किसी तरह का कष्ट नहीं होना चाहिए। निशान को यहीं ले आओ।"

"जो हुक्म।" मेहकरण चला गया।

निशान ! शाहजादे ने एक लिखित संदेश भेजा था। उसमें दुर्गादास से अनुरोध किया गया था कि किसी अत्यंत आवश्यक एवं गोपनीय कार्य के कारण आप तुरंत अहमदाबाद में उपस्थित हों।

दुर्गादास ने उस निशान को गौर से देखा और सोचा। उपस्थिति के अतिरिक्त कोई महत्त्वपूर्ण शब्द उस निशान में नहीं था। केवल उपस्थिति कोई महत्त्वपूर्ण कारण नहीं हो सकती। कारण के साथ ही उपस्थिति का महत्त्व होता है। अवश्य ही कुछ दाल में काला है। कोई प्रपंच का जाल भी हो सकता है।

वह अपने बैठकखाने में आया। अपने मातहत सरदारों–राठौड़ रघुनाथ, भाटी दुर्जनसिंह, राठौड़ मोहकमसिंह, पुत्र तेजकरण, मेहकरण, अभैकरण और पौत्र अनोपसिंह को बुलाया। उनके साथ मंत्रणा का दौर शुरू हुआ। गंभीर विचार-विमर्श हुआ। वाद-विवाद हुआ। अंत में निर्णय लिया गया कि हम सर्वप्रथम अपना एक गुप्तचर वहाँ भेजें। वह वहाँ की वास्तविक स्थिति का पता लगा कर लाए। उसके प्रस्थान करने के कुछ देर बाद हम भी प्रस्थान कर देंगे। गुप्तचर रास्ते के बीच सही जानकारी दे देगा।

पत्रवाहक को वापस खिला-पिलाकर और कुछ बख्शीस देकर भेज दिया गया।

दुर्गादास ने काफी अंतराल के पश्चात् अहमदाबाद की ओर प्रस्थान किया।

साबरमती नदी के किनारे 'करीज' नामक स्थान पर उसने अपना डेरा डाला।

उस दिन एकादशी थी।

राठौड़ दुर्गादास इस वृद्धावस्था में आकर उपवास करता था। काफी देर तक पाठ-पूजा करता था। कथा सुनता था। इसमें वह किसी भी कीमत पर व्यवधान पसंद नहीं करता था। शाहजादे मुहम्मद का बुलावा बार-बार आ रहा था पर उसने साफ-साफ कह दिया था कि वह अभी धार्मिक-क्रिया में व्यस्त है। बीच में आना उसके लिए संभव नहीं।

अंत में उसने गुस्से से दूत से कहा, "क्यों आप परेशान हो रहे हैं ? आप शाहजादे साहब से कह दीजिएगा कि पाठ-पूजा के समाप्त होते ही वे उपस्थित हो जाएँगे। बार-बार हमारे धर्म-कार्य में बाधा न डालें।"

वस्तुतः दुर्गादास अपनी धार्मिक क्रिया को इसलिए लंबा कर रहा था कि उसका गुप्तचर आ जाए।

तुरंत अभैकरण ने आकर कहा, "हमारा आदमी आ गया है।"

गुप्तचर मुगल सैनिक के भेस में था।

दुर्गादास ने पूछा, "क्या समाचार लाए भाई ?"

"अन्नदाता ! बड़ा ही खतरनाक समाचार है। वहाँ सिपहसालार सफदर खाँ ने आपकी हत्या करने का षड्यंत्र रचा है। उसके साथ कई वीर भी हैं। मुझे यह भी पता चला है कि यह आदेश स्वयं बादशाह ने दिया है। उनका मानना है कि जब

तक दुर्गादास जीवित है तब तक मारवाड़ पर उनका स्थायी आधिपत्य नहीं हो सकता।"

दुर्गादास ने घृणा से कहा, "ऐसी बादशाहत पर थू है। ऐसे आदमी पर धिक्कार है जो किसी भी सूरत में अपने वचनों का पालन नहीं करता। वह आदमी आदमी के रूप में एक कलंक है। मुझे तो लगने लगा है कि उसे किसी से भी प्रेम नहीं है। प्रेम है तो स्वयं से, अपनी विस्तारवादी नीतियों से, छल-प्रपंच करने से। इतना घटिया आदमी मिलना दुष्कर है।...खैर, सफदरखाँ और मुहम्मद आज़मशाह की आँखें हमारी प्रतीक्षा करते-करते पथरा जाएँगी। वापस प्रस्थान किया जाए इसी समय।"

प्रस्थान की तैयारियाँ होने लगीं।

उधर शाहजादा और सफदर खाँ दुर्गादास के आगमन को लेकर उद्विग्न और वाचाल हो रहे थे। बार-बार एक-दूसरे को पूछ रहे थे—दुर्गादास क्यों नहीं आया ? क्या कारण हो सकता है ? हमने इस काम को अंजाम दे दिया तो हमारी हर मुराद पूरी हो जाएगी।...तुरंत पता लगाया जाए कि वह क्यों नहीं आया।

एक सिपाही ने घोड़े से उतरते हुए कहा, "जान की अमानत चाहता हूँ—दुर्गादास जी वापस चले गए हैं।"

"क्या बकते हो ?" सफदर खाँ चीखा।

"कसूर माफ हो, मैं सच कह रहा हूँ। वहाँ तो तंबुओं के उखाड़े जाने के निशान बाकी हैं।"

शाहजादा चिल्लाया, "सफदर खाँ उसका पीछा करो। अफजल खाँ तुम भी जाओ। उसे किसी भी सूरत में मौत के घाट उतार दिया जाए।"

मुगल सेना तुरंत रवाना हुई। वह द्रुतगति से उसका पीछा कर रही थी।

आकाश धूल के बादलों से भर गया। घोड़ों की हिनहिनाहट व टापों से शून्यता भंग हो रही थी। कभी-कभी अल्लाहो अकबर का नाद सुनाई पड़ जाता था।

दुर्गादास और मुगल सेना के बीच फासला काफी कम रह गया था। यह संभावना बन गई थी कि यह फासला समाप्त हो सकता है।

ऐसी स्थिति में दुर्गादास का पोता अनोपसिंह अपने दादा के सन्निकट आकर बोला, "दादो सा ! आप आज्ञा दें तो मैं मुगल सेना को रोकूँ।"

दुर्गादास ने आश्चर्य से अनोप को देखकर कहा, "तुम ?"

"हाँ मैं।"

"बेटे ! अभी तुम बहुत छोटे हो ?...इतना बड़ा दायित्व तुम्हारे कंधों पर नहीं डाला जा सकता।"

"दादो सा ! मेरी दादी सा बताती है कि अर्जुन के बेटे अभिमन्यु ने ऐसा व्यूह रचा कि कौरवों के बड़े-बड़े योद्धा दाँतों में उँगली दबाकर रह गए। उसी आयु का मैं भी हूँ।...उसने तो अधूरी शिक्षा ली थी पर मैंने तो युद्ध की पूरी शिक्षा ली है। मैं व्यूह में घुसना और निकलना भी जानता हूँ।"

"तुम कितने ही बड़े योद्धा हो पर मेरा मन नहीं मानता कि तुम्हें मोर्चे पर भेजूँ। अभी तुमने जीवन के सुखों-दुखों का अनुभव ही नहीं किया है। यौवन की दहलीज पर पहला पाँव रखा है।...नहीं, अनोप नहीं।"

"आप जैसे शूरवीर और आत्मविश्वासी में संदेह क्यों पैदा हो गया ? मैं हर खतरे से लड़ सकता हूँ।"

तेजकरण और अन्य पुत्र भी आ गए।...दादा-पोते के मध्य क्या संवाद चल रहे हैं, उन्हें जानकर तेजकरण ने कहा, "ठाकुर सा ! आप साँप की भाँति साँप के बच्चे को भी उतना ही जहरीला जानिए। क्षत्रिय-पुत्र युद्ध के लिए यौवन के आते ही योग्य हो जाता है।"

अभैकरण ने उसकी बात का विरोध करते हुए कहा, "यह सही है पर, हमारे होते हुए यह इतनी बड़ी जिम्मेदारी क्यों लेगा ?"

मेहकरण ने कहा, "अभी तो इसके तीन-तीन काका जीवित हैं।"

अनोप ने सिर झुकाकर कहा, "आप सब मेरे पूजनीय हैं। आपकी आज्ञा का पालन करना मेरा धर्म है पर आप नाराज न हों तो मैं एक नम्र निवेदन करूँ ?"

"करो।" दुर्गादास ने कहा।

"दादो सा ! आपने भी इस उम्र में राईके को मौत के घाट उतार दिया था और आप महाराजा जसवंतसिंहजी के कृपापात्र हो गए थे। क्या मुझे ऐसा अवसर नहीं मिलेगा जिसमें मैं अपनी क्षमता का प्रदर्शन कर सकूँ।"

तेजकरण ने कहा, "ठाकुर सा ! अनोप को अवसर दे दिया जाए।"

हरनाथ राठौड़ ने उसकी बात का समर्थन किया। बस, फिर क्या था।

दुर्गादास अपनी विश्वासी सेना के साथ आगे चल पड़ा।

अनोप ने अपनी सेना से मोर्चाबंदी कर ली। मुगलसेना के सफदर खाँ बाबी व अन्य सरदार अपने षड्यंत्र की विफलता से क्रोधित आ धमके। काफी बड़ी सेना थी उनके साथ। पर दुर्गादास के वीरों ने पूरी शक्ति और रण-कौशल से मुगल सेना को रोका और उस पर टूट पड़े।

कहावत है कि लकड़ी के दो भी बुरे होते हैं और मुगल सेना तो राजपूत सेना से चौगुनी थी।...भयंकर लड़ाई शुरू हो गई। मनुष्य गाजर-मूली की तरह कटने लगा। अत्यंत वीभत्स दृश्य था।

राजपूत मुगल सेना के सामने मजबूत दीवार बन गए। यौवन के उपवन का नया-नया विकसित कुसुम अनोप की वीरता देखते बनती थी। उसका खड्ग बिजली की भाँति लपलपा रहा था। वह यमदूत की भाँति शत्रु पर काल बन कर टूट पड़ा था। उसका रक्त रंजित खड्ग और उसका प्रहार करने का तरीका अद्‌भुत था।

उधर दुर्गादास के वे तीनों बेटे भी मुगल सेना को छिन्न-भिन्न करने के लिए भरपूर प्रयास कर रहे थे। इतना घातक आक्रमण था कि एक बार मुगलों के पाँव

उखड़ने लगे।

तभी सफदर खाँ की नज़र उस रणबाँकुरे अनोप पर पड़ी। उसने देखा कि वह युवक उसकी सेना पर कहर ढा रहा है। अत्यंत प्रखर प्रहारक और दुस्साहसी लग रहा है।

उसने तुरंत अपने चुने हुए साथियों के साथ उसका घेराव करने का निश्चय किया। उसने उन्हें संकेत दिया। वे सब उस पर भूखे बाज की तरह टूट पड़े।

वास्तव में वही स्थिति उत्पन्न हो गयी जो महाभारत में अभिमन्यु के साथ हुई थी। घिर गया शत्रुओं से अनोप। जरा भी नहीं घबराया वह। अपने खड्ग के वार और ढाल से अपना बचाव करता हुआ वह शत्रु दलन करने लगा। अपने दादा दुर्गादास की तरह उसमें अदम्य साहस और अपूर्व शौर्य था।…पर वह चक्रव्यूह का भेदन नहीं कर पाया।…अंत में घायल होकर गिर गया।

रणक्षेत्र में कौन मरा और कौन घायल हुआ इसकी कौन चिंता करे ? धारणा के अनुसार जो मर गया, वह मोक्ष प्राप्त कर गया। मुसलमान जंग में मर कर जन्नत जाता है, ऐसी उनकी भी धारणा है। विचित्र हिंसक भावनाएँ होती हैं समस्त वीरों में।

अभैकरण ने बदले की कार्रवाही के रूप में सफदर-खाँ के बेटे मुहम्मद अशरफ पर धावा बोल दिया। उसने भी डट कर सामना किया। जवान था और उसे भी काफी हौसला था। पर अभैकरण ने उसे भी आहत कर दिया।

सफदर खाँ ने अपने बेटे को आहत होते हुए देख लिया। तुरंत ही वह उस ओर लपका।

पुत्र प्रेम में पागल सा होकर उसने उसे उठाया। अनेक घाव लगे थे अशरफ को।

अवसर पाकर अभैकरण, मेहकरण और दुर्जनसिंह भाटी ने आहत अनोप को भी उठा लिया।

पलक झपकते वे तीनों अनोप को सुरक्षित स्थान पर ले आए।

अनोप रक्तरंजित था। उसने अस्फुट स्वर में माँगा, "पानी…पा…नी।"

तुरंत उसे पानी पिलाया गया।

अनोप ने धीरे-धीरे अपनी आँखें खोलीं। स्वजनों को अपने सन्निकट पाकर अपने रक्त सने होठों पर मुसकराहट लाकर बोला, "काका…सा।"

"बोल बेटे…।"

"हम हारे तो नहीं।"

"नहीं बेटा, अभी तो लड़ाई जारी है।"

"दादो सा तो काफी दूर निकल गए होंगे ?"

"हाँ बेटा।"

उसी समय उसने हिचकियाँ लीं। सहसा अनोप को खून की उल्टी हुई। उसकी आकृति वीभत्स हो गई।

अभैकरण काँप उठा। मेहकरण का कलेजा यह सोच कर मुँह को आ गया कि अनोप अंतिम साँसें गिनने लगा है।

दुर्जनसिंह ने कहा, "हमें इसे यहाँ से ले जाकर उपचार करना चाहिए।"

बुझता हुआ दीया एक बार भभकता है। तेज होता है। कदाचित् अनोप का अंतिम समय आ गया था। उसने अपनी आँखें खोलीं। बोला, "काका···सा···राम ···राम···दादी सा और दादो सा को मेरा प्रणाम···कहना··· ।···पिता जी को··· ।"

अभैकरण तड़प उठा। मेहकरण की आत्मा रोदन कर उठी। दुर्जनसिंह यौवन-वसंत के फूल को मुरझाते देख कर रो उठा।

"मेरे राजा बेटे···घबराओ नहीं··· ।"

उसकी गर्दन लटक गई।

स्वजन की मृत्यु पीड़ादायक होती है। चाहे वह किसी भी धर्म-जाति का क्यों न हो ? सफदर खाँ का बेटा भी अंतिम साँसें ले रहा था। उसके दिल पर तलवार का गहरा घाव था। दाएँ हाथ की उँगलियाँ कट गई थीं।

सफदर खाँ का कलेजा अपने बेटे को भयंकर रूप से तड़पते हुए देखकर काँप रहा था।

उससे बोला नहीं जा रहा था।

सफदर खाँ ने भरे गले से कहा, "बोल जाने जिगर, बोल।"

"अब्बाहुजूर···बड़ी तकलीफ हो रही है।···घुट रही हैं मेरी साँसें। मैं बहादुरी से लड़ा हूँ। आपको कोई शर्मिंदगी तो नहीं।"

"नहीं मेरे जाने जिगर। अरे कोई हकीम को लाओ।"

"न अब्बाहुजूर···या खुदा।"

सफ़दर खाँ ने खुदा को याद करते हुए कहा—ला इलत लिल्लिल्लाह, मोहम्मद उर्रसूलिल्लाह···वह पवित्र कलमा वह बार-बार पढ़ता गया। देखते-देखते एक बेटा और मर गया। वह भी बाप के सामने। सफदर खाँ जड़ हो गया।

चाहे उन युवा लाड़लों को स्वर्ग मिला या नहीं पर हज़ारों सपनों के साथ वे दोनों राज्य-लिप्सा की ऊर्ध्वमुखी लपटों में जल गए।

सफदर खाँ के आँसुओं और अभैकरण के आँसुओं का स्वाद एक ही था। उनके नेत्रों में विपुल विषाद की दहक वैसी ही थी। मृत्यु का संताप एक सा ही होता है—पृथ्वी के समस्त जाति-धर्म के लोगों को।

आवाज़ आई— अल्ला हो अकबर।

पुकार आई—हर-हर महादेव···

क्यों इन्हें पुकारा जाता है ? क्यों इनके नामों के नारों से नर-हत्याएँ की जाती

हैं ? न कभी महादेव लड़ा है और न कभी अल्लाह।

इनके नाम लेकर क्यों खून-खराबा किया जा रहा है।

फिर युद्ध शुरू।

दिन रक्त-स्नान करके क्षितिज को पृथ्वी की कथा-व्यथा सुनाकर आहत सा अस्त हो गया। साँझ शोकार्त करती हुई मृत्यु अंक में सुषुप्त योद्धाओं को सहलाती हुई रात्रि में विलीन हो गई।

रात्रि की शून्यता वीरों की कराहों व क्रंदनों से भंग हो रही थी।

## बाईस

दुर्गादास पवन-वेग की गति से उसी रात्रि पाटण पहुँच गया। उसने शीघ्र ही अपनी संपत्ति को ऊँटों, रथों, घोड़ों पर लादा और वहाँ से प्रस्थान कर दिया। कौन मरा और कौन जीवित है, उसकी उसे खबर नहीं।

वह अपने लश्कर के साथ 'सिवाणा' ठिकाणे की ओर चला गया। परिवार 'सिवाणा' में रुक गया। वह स्वयं 'थराद' गाँव की ओर चला गया।

थराद में उसे मालूम हुआ कि उसका पौत्र अनोप शहीद हो गया है। उसके लिए यह महाघात था। वह अपना सिर पकड़कर बैठ गया। नेत्रों से अश्रुओं की अविरल धारा बह उठी। काफी देर रोने के पश्चात् उसने डावड़ी को पुकारकर पानी पिया। उससे कहा, "आज हम भोजन नहीं करेंगे।"

डावड़ी चली गई।

दुर्गादास व्यथा से विगलित होता गया। पौत्र युद्ध भूमि में शौर्य दिखाता हुआ स्वर्गवासी हो गया। प्रथम पौत्र। ज्येष्ठ पौत्र। न वह मृत्युकाल के समय उसके पास रहा और न जब वह आहत हुआ तो उसे अपनत्व के दो शब्द बोल पाया। दाह-संस्कार के समय भी वह उसके पास नहीं रहा। कितना भाग्यहीन है यह दादा दुर्गादास। कितने चावों और लाडकोडों से पाला होगा उसे उसकी माँ ने ? क्या वह माँ यह प्रश्न नहीं करेगी कि उसने अपने पुत्र को मातृत्व के अमृत सिंचन से इसलिए पाला था कि आप उसे असमय ही युद्ध की भेंट चढ़ा दें। उस माँ का हृदय हाहाकार मचा देगा।...हे भगवान ! तुमने उस माँ के साथ न्याय नहीं किया ? जब उसकी दादी को उसकी मृत्यु का पता चलेगा तब उसके हृदयविदारक रोने को कोई सह नहीं पाएगा। हे प्रभु ! कैसा दुःख दे दिया तुमने ?

उसी समय रथ आकर रुका।

डावड़ी ने भाग कर बताया, "अन्नदाता ! माँ सा पधारी हैं।"

"क्या ?" एक ठंडी झुरझुरी छूट गई उसमें।

"हे भगवान, क्या उन्हें मालूम हो गया कि अनोप का देहांत हो गया है।"

उसका कलेजा बैठ गया।

प्रेमकँवर में न जाने कहाँ से ऐसी शक्ति आ गई थी कि वह तीव्रता से दुर्गादास के पास आई। उसका चरण-स्पर्श करके विषाक्त स्वर में बोली, "आपने मुझे क्यों नहीं बताया कि मेरा लाडला पोता अनोप आपकी आन-बान-शान पर न्यौछावर हो गया है।"

"ठकुराणीजी ! भगवान की सौगंध खाकर कहता हूँ कि मुझे भी यह दुखद समाचार यहाँ आने पर मिला है।"

वह फफककर रो पड़ी। रोते-रोते बोली, "आप क्षत्राणियों को स्त्रियाँ नहीं समझते। आप समझते हैं कि ये पत्थरों की मूर्तियाँ हैं जिन पर जन्म-मृत्यु का कोई असर ही नहीं होता। जिनकी आँखों में न आँसू हैं और न हृदय में ममता। आप लोगों ने हमारी गरिमा गौरव की गाथाएँ चारणों और कवियों से ऐसी बढ़ा-चढ़ा कर लिखवा दी हैं कि हम मातृत्वहीन, प्रेमहीन और भावनाहीन बन गई हैं।...मेरा लाड कुँवर अनोप हजारों इच्छाएँ लिये असमय ही सदा-सदा के लिए चला गया।..." वह आर्त्तस्वर में अपना सिर पकड़कर फिर बोली, "उसने जन्म लेकर क्या देखा ? कौन कहेगा अब मुझे दादी सा...कौन मेरे पाँवों को दबाएगा, अरे ! उसकी माँ को देखो। ...पल भर के लिए भी दृष्टि उस पर नहीं टिकती। उसका दुःख और आँसू नहीं देखे जाते ?"

प्रेमकँवर ने दुर्गादास के कंधों को पकड़कर कहा, "यदि मैं यह कहूँ कि आपने उसे बलिवेदी पर चढ़ाया है तो मैं झूठ नहीं कहूँगी। कितना प्यारा बच्चा था। उसके अंग-अंग से रूप छलकता था। उसकी हर बात में आदर होता था। अपनों के प्रति निष्ठा और विश्वास होता था।...उसकी माँ ने आजतक उसे अपने प्राणों से भी अधिक प्यार दिया। यदि उसने आपसे और मुझसे माँगा कि मेरे पुत्र को वापस दो तो... मरणासन्न हो गई है अनोप की माँ। मेरे तेजकरण की बींनणी। कैसे वह भरोसा करे कि उसका हँसता-खेलता पुत्र कुछ ही समय में सदा-सदा के लिए समाप्त हो गया।"

दुर्गादास की आँखें बरस रही थीं।

जब प्रेमकँवर के हृदय का आक्रोश-आवेश और अवसाद का तूफान प्रबल वेग से निकल गया तो दुर्गादास ने उसे ढाढ़स बँधाते हुए अवरुद्ध कंठ स्वर में कहा, "ठकुराणीजी ! जो भाग्य में लिखा था, वह तो हो गया।...आप कितना ही दुःख करें, हम आपके पोते को वापस नहीं ला सकते। मृत्यु एक ऐसा पड़ाव है जहाँ से किसी की वापसी नहीं।...पर आपके पौत्र ने एक श्रेष्ठ और गर्व करनेवाली मृत्यु का वरण

किया है। उसकी माँ एक क्षत्राणी··· ।''

वह चीख पड़ी, ''क्षत्राणी-क्षत्राणी-क्षत्राणी··· । आपने और आपके अधिकांश दास चारणों ने क्षत्राणी को गौरवमयी गाथाओं से मंडित करके उसे नारी-प्रकृति से अलग असामान्य बना डाला। वह भी माँ, बहन, बेटी है। न जाने इस जन्म में वह कितने विश्लेषणों को लादे फिरती हैं।'' उसने सिर को हिलाते हुए फिर कहा, ''ठाकुर सा ! अनोप की माँ तीन दिनों से अर्धविक्षिप्त सी पड़ी है। अन्न-जल ग्रहण नहीं कर रही है। कैसे उसे धैर्य दूँ ? कैसे उसे समझाऊँ कि तुम्हें अपने पुत्र की मृत्यु पर गर्व करना चाहिए कि उसने वीर की तरह अपने प्राण त्यागे हैं। उसकी मृत्यु जन्मों के बंधनों से मुक्ति है।''

दुर्गादास ने संयत स्वर में कहा, ''बींनणी धैर्य देने का कर्तव्य अब आप निभाइए। वह तो अनंत यात्रा पर चला गया।'' उसने अपनी डावड़ी 'सुखली' को पुकारा, ''सुखली ! माँ जी को रावले में ले जा। जाइए, ठकुराणीजी, होनी को कोई नहीं मिटा सकता। क्या करें हम ? जब हम सभी के जीवन का एकमात्र उद्देश्य ही यह रह गया है कि युद्धक्षेत्र में लड़ते-लड़ते मर जाओ या शत्रु को मार डालो। पधारिए, थोड़ा आप विश्राम कर लीजिए। होनी को सब कुछ मान कर मन को समझाइए।''

प्रेमकँवर अश्रु पोंछती हुई चली गई।

दुर्गादास को अप्रत्याशित लगा—पोते की मृत्यु से ठकुराणीजी टूट गई है। एकदम अशक्त और रुग्ण-सी लगने लगी है। लग रहा है कि अब ये अधिक जीवित नहीं रहेगी।

वह इस आशंका से घिर गया।

उसी समय कवि जीवणदास कल्ला आ गया। यह विद्वान् ब्राह्मण था। डिंगल और संस्कृत का विशेषज्ञ था। जब दुर्गादास अपने स्वामी महाराजा जसवंतसिंह के साथ जमरुद में था तब कल्ला महाराजा को श्रीमद् भागवत पुराण सुनाया करता था। उसने श्रीमद् भागवत गीता का राजस्थानी भाषा में अनुवाद भी किया था। पुष्करणा ब्राह्मण था। उसने भी दुर्गादास की प्रशंसा में डिंगल-गीत लिखे थे।

दुर्गादास ने स्वयं उठकर उसका स्वागत किया। आदर भाव से कहा, ''पधारिए, कविवर पधारिए।···आज क्या रास्ता भूल गए कि हमारी याद आ गई।''

जीवणदास कल्ला ने मुसकराकर कहा, ''इस गाँव से गुजर रहा था कि पता चला कि आप यहाँ विराजे हुए हैं। वर्षों की स्मृतियाँ एक साथ जाग गईं। दर्शन करने चला आया।''

''धन्य भाग्य हैं मेरे कि आपके चरण मेरे घर पर पड़े।'' भीतर आकर उसने जीवणदास को बिठाया।

''कैसे हैं आप ? स्वस्थ तो हैं।''

फीकी हँसी के साथ कल्ला बोला, ''यूँ तो ठीक हूँ पर ठाकुर सा, आयु किसी

पर भी दया नहीं करती। बुढ़ापा आ गया है। अब तो उस घर के बुलावे की प्रतीक्षा है।"

"ऐसा मत सोचिए। आप तो रचनाकार हैं। विद्वान् हैं। आप मृत्यु की प्रतीक्षा क्यों कर रहे हैं ? रचना करते रहिए। मृत्यु को आपकी जरूरत पड़ेगी तो वह ले जाएगी।" दुर्गादास ने मन की पीड़ा को छुपाकर पूछा, "भोजन तो करेंगे ?"

"नहीं, भोजन करके ही निकला हूँ।"

सुखली को बुलाकर दुर्गादास ने कहा, "सुखली ! एक मेथी का लड्डू लाकर पंडितजी को खिला दे। इस अवस्था में 'मेथी' काफी लाभदायक रहती है।"

सुखली चली गई।

फिर महाराजा और अजीतसिंह के बीच जो मनमुटाव के बीज पड़ गए थे, उन पर चर्चा करते हुए कल्ला कविराज ने कहा, "महाराजा सा ! अभी तक नादान हैं। उनके किसी भी निर्णय, कथन और विचार को अधिक महत्त्व नहीं देना चाहिए। आपको उनकी किसी भी अपमान और अवमानना को प्रतिष्ठा का प्रश्न नहीं बनाना चाहिए। ...ठाकुर सा ! आप सदा कहते थे कि व्यक्ति से देश बड़ा होता है।"

"यह सच है पर कविराज कल्लाजी, व्यक्ति होता तो व्यक्ति ही है। उसमें हर व्यवहार को अनुभूत करके उसकी श्रेष्ठ-अश्रेष्ठ प्रतिक्रियाएँ होना भी स्वाभाविक है। आप नहीं जानते कि महाराजा सा चापलूसों से घिर कर कृतघ्न होते जा रहे हैं।" दुर्गादास के चेहरे का बुढ़ापा आंतरिक पीड़ा से गहरा हो गया।

कविराज ने कहा, "एक कहानी है। एक नदी में साधू नहा रहा था। तभी एक बिच्छू उसे दिखाई दिया। साधू ने सोचा कि बिच्छू पानी में मर जाएगा इसलिए उसने बिच्छू को पकड़कर बाहर निकालना चाहा। बिच्छू ने डंक मारा। साधू ने उसे छोड़ दिया। फिर पकड़ लिया। बिच्छू ने फिर डंक मारा...यह सिलसिला चला। एक स्नानार्थी ने पूछा—महाराज यह बिच्छू आपको डंक मार रहा है फिर आप इसे क्यों निकाल रहे हैं। साधू ने विहँसकर कहा—डंक मारना बिच्छू का स्वभाव है और बचाना साधू का।...ठाकुर सा ! आप संत हैं। महान् हैं। आप अपना स्वभाव क्यों छोड़ रहे हैं।"

दुर्गादास को कविराज कल्लाजी की बात समझ में आ गई।

कविराज कल्ला ने अपनी ओजस्वी वाणी में कहा, "हे माँ वसुन्धरा के सपूत, आप ही शौर्य के शेषनाग हैं जिस पर संपूर्ण मर्यादा और सत्यता की धरा टिकी हुई है। यदि आप अपने विवेक और कर्तव्य के प्रति उदासीन हो जाएँगे तो निद्रा में सुषुप्त देशवासियों को कौन जगाएगा। कौन शत्रु का विनाश करेगा। हे पृथ्वी पुत्रों में श्रेष्ठ ...जागो और देश को जगाओ।...जागरण और स्वाधीनता का मंत्र फूँको।...पराधीनता न अपनी अच्छी है और न पराये की। जागो...हे वीर प्रवर...जागो।"

दुर्गादास के रोम-रोम में कविराज की वाणी से जोश भर आया। ये दोहे क्या

थे, जागृति के गीत थे। उसकी आत्मा चिन्मय हो गई। उसने अपने गले का हार कल्ला कविराज को देते हुए कहा, "आप जैसे ही देशभक्त और सच्चे कवि ही भटके हुए लोगों का सही मार्ग दर्शन कर सकते हैं। आप ने मुझे मेरे कर्तव्य का स्मरण करा दिया। मैं आपका आभारी हूँ। देश में आप जैसे कवियों का गौरव भी अमर रहेगा।"

"मेरा सृजन सफल रहा। आपको अपनी आत्मा की पुकार सुनाई दे गई, मैं धन्य हुआ।"

"कविराज ! आपको अब एक काम करना है। मेरी एक चिट्ठी महाराजा तक पहुँचानी है।"

"जो हुक्म।"

उसी समय दुर्गादास ने एक पत्र लिखा—स्वस्ति सिरी गाँव बराद सुभ सुथाने सेवक दुर्गादास राठौड़ जोग महाराज सिरी अजीतसिंहजी सजी लिखावतु कि बादसाह री नीयत चोखी कोनी, इण आस्तै आप हुसियार रैवोला। म्हैं आपसूं वेगोईज मिलणवालो हूँ।

पत्र कविराज कल्ला को देकर उसे विदा किया।

प्रेमकँवर को जब इस बात का पता चला तो वह दुर्गादास के पास आकर बोली, "ठाकुर सा ! मैंने सुना है कि आप फिर राजनीतिक चक्रव्यूह में उलझना चाहते हैं। फिर युद्ध के क्षेत्रों में जाना चाहते हैं।"

"हाँ ठकुराणीजी, यहाँ सुख-शांति से बैठकर मुझे लगा कि मैं कुछ अनुचित कर रहा हूँ। अपने स्वर्गीय स्वामी महाराजा को दिए वचनों का उल्लंघन कर रहा हूँ। मुझे ऐसा लगने लगा कि मैं अपने प्रति विश्वासघात कर रहा हूँ। मैं अपनी योग्यता, क्षमता और बुद्धि को अकर्मण्य कर रहा हूँ। बुद्धिमान लोग कहते हैं कि जो चलता है, वही पाता है। जो बैठ जाता है, वह खोता है। कर्महीन मनुष्य किसकी प्रतीक्षा करता है, केवल मृत्यु की।"

"शेष रह भी क्या गया है ?" ठकुराणी ने कहा, "आपने महाराजा सा को अपने जितना नजदीक लाना चाहा, वे उतने ही दूर होते गए। आपने अपनी साली का ब्याह भी उनसे कराया कि संबंध प्रगाढ़ होंगे पर ऐसा कुछ भी नहीं हुआ।"

"ठकुराणीजी !" दुर्गादास ने दोनों हथेलियों को गौर से देखकर कहा, "जो लिखा है, वह तो होगा ही। मैंने सोच लिया है कि राजनीति में कुछ भी कर लेना चाहिए। बादशाह आलमगीर महाराजा के कच्चेपन का लाभ उठा कर उनका बड़ा अनिष्ट भी तो कर सकता है। आप सोच लीजिए, यह हमारे जीवन की नियति है।"

"ठीक है। भगवान आपको सफलता दें।...आपके यश में वृद्धि करें। लेकिन मेरी एक प्रार्थना है कि जब मेरे प्राणपखेरू इस शरीर में से उड़ जाएँ तो आप मेरी लाश को चूनरी अवश्य ओढ़ा दीजिएगा। अपनी उपस्थिति में मेरा दाह-संस्कार

करवाइएगा। यह मेरी अंतिम इच्छा है।''

दुर्गादास ने आर्द्र-दृष्टि से देख कर कहा, ''ठकुराणीजी ! ऐसी बातें आप क्यों कर रही हैं ?''

''मैं ठीक कह रही हूँ ठाकुर सा, अब मैं बेसी दिन नहीं जीऊँगी। अनोप की मृत्यु ने मुझे दुखों से घेर लिया है। आंतरिक रूप से मर-सी गई हूँ। उसकी मृत्यु की दंश-पीड़ा ने मुझे आप सबसे क्या, मुझे अपने आप से बेखबर कर दिया है। जीवन भर मैं एक लुभावने संतोष में जीती रही थी, अब वह संतोष भी समाप्त हो गया है।''

''ठकुराणीजी ! ऐसी दशा में भाग्य को ही सर्वोपरि मान कर संतोष धारण करना चाहिए। सोच लीजिए, अनोप और हमारा संग इतने ही दिनों का था।''

प्रेमकँवर फूट-फूट कर रो पड़ी, ''मन ऐसे नहीं समझता ठाकुर सा। उसको याद करके मेरा कलेजा फट जाता है।'' और प्रेमकँवर अपने अश्रु पोंछती हुई चली गई।

दुर्गादास भी रो पड़ा।

## तेईस

दुर्गादास ने एक निर्जन एकांत-स्थल पर महाराजा से भेंट करने के लिए उन्हें न्योता भिजवाया।

शत्रुओं की शक्ति की समीक्षा करके कि अभी भी उसकी शक्ति राजपूत सेना की शक्ति से अधिक है और अपना अस्थिर अनिश्चित जीवन की त्रासदियों को समझकर महाराजा ने दुर्गादास से भेंट करना तय किया और वह स्वयं उससे भेंट करने आया।

''काका सा को पगे लागणा।''

''जुग-जुग जिओ, पुत्र।''

''क्या हुक्म है !''

''महाराजा सा ! औरगंजेब अपनी बीमारी के कारण अपने साम्राज्य और हाकिमों को अपने अधीन अच्छी तरह से नहीं कर पा रहा है। ऐसी स्थिति में हमें वापस तेज हमले कर देने चाहिए। किसी ईंट में तरेड़ हो तो वह एक झटके में टूट जाती है।''

"आप ठीक फरमा रहे हैं काका सा।"

बस एक बार दुर्गादास और अजीतसिंह दोनों ने मिलकर मुगल सेना पर छुप-छुप कर हमले फिर शुरू कर दिए। इस पद्धति से कोई विशेष लाभ नहीं मिला।

बीच-बीच में महाराजा इस अस्थिर जीवन से कई बार उकता चुका था। परास्त हो गया था।

वह दुर्गादास को बिना पूछे ही बादशाह से संधि करने की बातें करने लगा। इसका सुराग दुर्गादास को लग गया। वह जलभुन उठा।

उसने अजीतसिंह को बुलाकर कठोर स्वर में कहा, "ऐसे अकर्मण्य, कर्तव्यहीन और जुझारूहीन राजा कभी भी अपनी स्वाधीनता को सुरक्षित नहीं रख सकते। वे कभी भी अपनी गौरव-गरिमा से नहीं जी सकते।"

महाराजा अजीतसिंह ने कठोर स्वर में उत्तर दिया "ठाकुर सा ! किसी भी व्यक्ति को अपने-आपको कभी भी सबसे अधिक बुद्धिमान नहीं समझना चाहिए। हम अपनी योग्यता को समझते हैं। हमने आपको पहले ही कहा था कि अब आप कहीं शांति से विश्राम कीजिए। कहावत है—साठी बुध नाठी। साठ वर्ष का जो व्यक्ति हो जाता है, वह फिर बालक हो जाता है। आप ही मेरे पास चलकर आए थे। हमने सदा की भाँति आपकी राय मानी। इसका मतलब यह नहीं है कि हम स्वतंत्र रूप से अपनी इच्छा से काम करें ही नहीं। हम कोई अपने हित में निर्णय करें ही नहीं।"

दुर्गादास को महसूस हुआ कि महाराज वाक्य नहीं बोल रहे हैं बल्कि उस पर कोड़े बरसा रहे हैं।

एक बार दुर्गादास फिर निराशा के गर्त्त में डूब गया। चुपचाप अज्ञात स्थल पर चला गया।

उसके औदार्य का सदा लोगों ने अनुचित लाभ उठाया था। कभी-कभी उसे स्वयं को लगता था कि कहीं-न-कहीं उसमें कमी है जिसके कारण वह गलत फैसले कर लेता है।

उसी समय जबरदस्त खाँ की लाहोर से बदली हो गई और वह जोधपुर का हाकिम नियुक्त हो गया। वह नीति-निपुण और रणवीर था। दूरदर्शी भी था। उसको महाराजा और दुर्गादास के बीच अनबन के समाचार मिल गए थे। उसने सोचा कि यदि दुर्गादासजी को यहाँ से तुरंत दूर भेज दिया जाए तो महाराजा की शक्ति आधी हो जाएगी। उसने यह भी विश्लेषण किया कि दुर्गादास के संपूर्ण जीवन और स्वभाव से यह लगता है कि वे महाराजा से कितने ही नाराज हों पर जैसे महाराजा क्षमा माँगेंगे वैसे ही वे उनके साथ हो जाएँगे। ऐसी स्थिति में उन्हें अपनी ओर मिला लेना चाहिए।

उसने दुर्गादास को तुरंत बुलाया। कहा, "हमने आपकी वीरता की कई कहानियाँ सुनी हैं। हमने यह भी सुना है कि महाराजा ने आपके अहसानों को भूल

कर आपका अपमान किया है पर मैं आपकी अभी भी बहुत इज्जत करता हूँ। मैं चाहता हूँ कि आप हमारे जहाँपनाह से माफी माँग कर दोस्ती कर लें।''

वस्तुतः दुर्गादास के सम्मान की रक्षा करते हुए जबरदस्त खाँ ने परोक्ष रूप से कोई सम्मानजनक रास्ता निकाल कर दुर्गादास द्वारा जहाँपनाह से क्षमा मँगवा ली।

दुर्गादास महाराजा से चिढ़ा हुआ था। वह उसकी अभद्रता से अवश था। उसने जबरदस्त खाँ को संधि-पत्र लिख दिया जिसमें अपने किए पर पछतावा भी प्रकट कर दिया।

दुर्गादास वृद्धावस्था के कारण थक तो गया ही था। वही हाल बादशाह का था। उसकी शक्ति भी क्षीण होती जा रही थी। उसने दुर्गादास को क्षमा कर दिया। उसकी नियुक्ति गुजरात में कर दी।

पुनः शांत जीवन।

पर इस बार उसकी पत्नी उसके साथ नहीं आई। उसने स्पष्ट शब्दों में कह दिया था, ''अब वह बेसी दिन नहीं जीएगी और वह जोधाणे की धरती के अलावा कहीं मरना नहीं चाहती। इसलिए वह यहीं रहेगी।''

अत्यंत शांत और मंथर गति से चलनेवाला जीवन। पर दुर्गादास को आत्मतुष्टि कहाँ ? आत्म-संतोष कहाँ ? महाराजा की चिंता। मातृभूमि की स्वाधीनता की चिंता। मुक्ति की अनिवार और दुर्दाम लालसा उसके अंतस् को अहर्निश बींध रही थी। वह सोचता था कि उसके मरु-प्रदेश का कण-कण स्वतंत्र हो। वह अपनी तीक्ष्ण धारवाली असि को लिये हुए अब भी अनवरत मुक्ति-संग्राम करे। और लड़ते-लड़ते मर जाए। ओह वह पराधीन हो गया। जो स्वयं पराधीन है, वह क्या अपने देश को स्वाधीन कराएगा। यह सोचकर उसका मन उद्भ्रांत हो जाता था।

कोई संतोष नहीं। चिरंतन वैचारिक संघर्ष ! विश्राम-विराम से उसका मन उचाट होने लगा।

उसे नींद कहाँ। जरा-अवस्था। अंतर्द्वंद्व।

एकांतिक क्षणों में गवाक्ष में खड़ा होकर वह प्रकृति के सुरम्य स्थलों को निहारता रहता था।

काल की गति शाश्वत है।

दुर्गादास वार्ताकक्ष में बैठा हुआ अपने संगी-सरदारों को व्यथित स्वर में कह रहा था, ''मैं यहाँ नहीं रह सकता सरदारो। यहाँ का सुख-समृद्धि-वैभव से लिप्त एक-एक क्षण मुझे काँटे की तरह चुभता रहता है। सब कुछ होते हुए भी मुझे लगता है कि मैं एक याचक हूँ। नहीं जानता कि मन की किस दुर्बलता से मैंने यह पराधीनता स्वीकार कर ली ?''

''ठाकुर सा !'' जसनाथ चौहान ने कहा, ''इसमें आपका कोई दोष नहीं है। प्रत्येक प्राणी में सहने की एक शक्ति-सीमा होती है। यदि उस सीमा को कोई लाँघता

है तो वह क्रोधवश या फिर विवशतावश अपने प्रतिकूल कदम भी उठा लेता है। आपने जिस निष्ठा से राजकीय सेवाएँ की हैं, उस हिसाब से आपको कहाँ मान मिला है ? मैं समझता हूँ कि आपने जो कुछ किया एक व्यक्ति के हिसाब से ठीक ही किया है।"

गजसिंह चौहान ने कहा, "आप तो यदि पूरी निष्ठा से दिल्लीपति के आगे समर्पित हो जाते तो आप क्या से क्या हो जाते ?"

दुर्गादास ने आह छोड़कर कहा, "मुझे इस बात से बड़ा दुःख हो रहा है कि जो मेरे संगी सरदार मेरी सलाह पर चल रहे थे, अब वे महाराजा के चापलूस बन कर उन्हें पथभ्रष्ट कर रहे हैं।"

"मनुष्य ठोकर खाकर ही जागता है।" सरजू जोधा ने कहा।

उसी समय घुड़सवार के घोड़े की टापों की आवाज सुनाई पड़ी।

"देखिए, कौन आ रहा है ?" दुर्गादास ने पूछा। पहरेदार भाग कर तोरण-द्वार की ओर गया।

सरकारी घुड़सवार था।

उसने उतरकर दुर्गादास से भेंट करनी चाही।

तुरंत उसे उसके समक्ष प्रस्तुत किया गया। सवार ने सिर झुकाकर कहा, "ठाकुर सा ! एक अत्यंत ही बुरा समाचार है।"

"क्या ?"

"बादशाह सलामत औरंगजेब का इंतकाल हो गया।"

उसने आश्चर्य से तपाक कहा, "क्या बकते हो ?"

"सच कह रहा हूँ।"

दुर्गादास ने चंद क्षण ईश्वर से मृत बादशाह के लिए प्रार्थना की या उसका आभार माना कि उसके कट्टर शत्रु का देहांत हो गया, यह कोई नहीं जान सका। फिर उसने सिपाही को जाने का संकेत किया। अपने साथियों पर दृष्टिपात करते हुए उसने कहा, "एक कट्टरपंथी, विस्तारवादी, अविश्वासी, हिंस्र, वचन का कच्चा आदमी मर गया। वह न तो कभी स्वयं सुख-शांति से जिया और न उसने दूसरों को जीने दिया। अपने चारों ओर अस्थिरता का वातावरण छोड़कर वह अनंत यात्रा पर चला गया।"

इसके पश्चात् दुर्गादास ने अपने साथियों से मंत्रणा करके कहा, "इस अवसर पर हमें राजपूतों को संगठित करके जोधपुर पर कब्ज़ा कर लेना चाहिए।"

चौहान सरदार ने कहा, "पहले हमें सारी स्थिति का अवलोकन करके समीक्षा करनी चाहिए। इस बात का भी पता लगाना चाहिए कि हमारी कौन-सी मदद से हमारा उद्देश्य पूरा होगा।"

"आप ठीक कह रहे हैं।"

एक विश्वसनीय संदेशवाहक के साथ दुर्गादास ने अपने समस्त अपमान, अवहेलनाएँ और उपेक्षाओं को भुला कर महाराजा को संदेश भिजवा दिया।

सहायता करने की स्वीकृति आ गई।

दुर्गादास ने शीघ्र प्रस्थान किया।

किले का हाकिम जाफ़रबेग था तब। जब उसको बादशाह की मौत का समाचार मिला तो उसका मनोबल टूट गया। कुछ उसके सैनिक छिन्न-भिन्न हो गए। जब उसे यह पता चला कि महाराजा अजीतसिंह और दुर्गादास की सेनाएँ किले पर तुरंत आक्रमण करने आ रही हैं तो उसका शेष साहस भी टूट गया। उसने ऊँटों पर अपना माल-असबाब लादा और वह शीघ्रता से भाग गया। उसकी दो बेग़में रह गई थीं जिन्हें महाराजा ने उसके पास भेजने की व्यवस्था कर दी।

देखते-देखते जोधपुर किले पर वर्षों के पश्चात् राठौड़ी-ध्वज फहराया।

दुर्गादास ने इस महान् विजय पर्व पर खुशियाँ मनाईं, मिठाइयाँ बाँटीं, पुरस्कार वितरित किए। दुर्गादास जब जोधपुर पहुँचा, इसके पूर्व महाराजा अजीतसिंह ने किले पर कब्ज़ा कर लिया था। यह शुभ समाचार उसे जोधपुर प्रवेश पर मिला था।

दुर्गादास की खुशी अपरंपार थी।

जितना हर्षोल्लास महाराजा को अपना खोया राज्य प्राप्त करने में हुआ, उससे भी अधिक दुर्गादास को। जिस स्वाधीनता हेतु उसने अपना जीवन-होम दिया था वह आज उसके सामने थी।

दुर्गादास के जोधपुर प्रवेश पर भव्य स्वागत हुआ। लोगों ने उस स्वतंत्रता संग्राम के अथक लड़ाकू सिपाही और मरु-केसरी की जय-जयकार की। उसने देश और अपने स्वामी के लिए जितने बलिदान दिए थे, उन्हें स्मरण करके नत मस्तक हो गई सारी प्रजा।

उसके सम्मानानार्थ भांडेलाव तालाब के सन्निकट तंबू तन गए। वंदनवारों और झंडियों से सारा पथ सज्जित किया गया।

राठौड़ दुर्गादास वहीं पर ठहरा। उसके साथ उसका परिवार भी उपस्थित था। प्रेमकँवर भी। वह अत्यंत ही अशक्त और रुग्ण हो गई थी।

जब समस्त लोग आनंद में आकंठ डूबे थे तब प्रेमकँवर की आँखों से अश्रु टपक रहे थे।

"क्या बात है माँ सा।" तेजकरण ने पूछा।

"बेटा ! मुझे मेरे लाडले अनोप की इस अवसर पर याद आ गई है। कितनी कच्ची उम्र थी उसकी। प्यारा-प्यारा सा···सुंदर···शूरवीर···। आज वह यह दिन देखता तो कितना गर्व करता। फूला नहीं समाता।"

तेजकरण ने माँ को ढाढ़स बँधाया, "इस पृथ्वी पर जो जितनी उम्र लेकर आता है, उससे अधिक वह एक क्षण भी नहीं जी सकता। मृत्यु के आगे सब हार जाते

हैं। माँ सा ! अब आप उसे याद करके उसकी आत्मा को क्यों कष्ट पहुँचा रही हैं।''

प्रेमकँवर ने अपने आँसू पोंछ लिए।

दुर्गादास को प्रतीक्षा थी कि स्वयं महाराजा उसे लेने आएँगे। उसको आव-आदर के साथ किले में ले जाएँगे।

हालाँकि उसने ऐसा कोई भी भाव आकृति पर नहीं आने दिया कि महाराज उसे लेने नहीं आए तो ? पर उसके भीतर यह आशंका शूल की भाँति चुभ रही थी।

चापलूसों और जी-हुजूरियों से घिरे महाराजा ने उसके इस मान को नहीं रखा तो वह जीते जी मर जाएगा। उसके धोले (सफेद) बालों में धूल पड़ जाएगी।

तभी इस द्वंद्व से उबार दिया—इस समाचार ने कि स्वयं महाराज दुर्गादासजी को लेने आ रहे हैं। दुर्गादास के चेहरे पर एक गर्वीली दीप्ति चमकी।

हाथी पर स्वर्ण हौदे पर महाराज विराजमान था। प्रजा अपने राजा की जय-जयकार कर रही थी। पुष्प बरसा रही थी। महाराजा के पीछे घुड़सवार, पैदल सेना, रथ, पालकियाँ थीं। आगे राजकीय पोशाक में ठिकाणेदार थे। सबसे आगे दमामी नगाड़ा बजा रहा था।

जब महाराजा तालाब के पास पहुँचा तब स्वयं दुर्गादास उसके स्वागत के लिए आगे आया।

हाथी के हौदे से उतरने पर प्रजा ने जय-जयकार की। दुर्गादास ने सिर झुका कर महाराजा का हार्दिक अभिवादन किया। मोहरों की नज़र भेंट की। कहा, ''आज मेरा स्वप्न पूर्ण हुआ। आज मेरा संघर्ष सफल हुआ। अब मुझे मृत्यु का भी भय नहीं है। जब जीवन की समस्त इच्छाओं की पूर्ति हो जाती है तब जीवन-यात्रा समाप्ति की ओर बढ़ने लगती है।''

''आपका यह आशीर्वाद और संघर्ष का ही फल है कि मैं आज सिंहासन पर आसीन हुआ हूँ। आपके पुण्य-प्रताप से यह मुकुट मेरे माथे पर है काका सा।''

दुर्गादास को अच्छी तरह मालूम है कि जब महाराजा निश्छल भाव से उसे कुछ कहते हैं तो वे उसे काका सा कहते हैं और जब उनके बीच दूरियाँ जन्मती हैं, तो वह उसे ठाकुर सा कहते हैं।

दुर्गादास इस सम्मान से सिर से पाँव तक तृप्त था। आत्मा की गहराइयों तक संतुष्ट था।

दुर्गादास का जीवन स्थिर हो गया। उसकी राज-काज में राय ली जाती थी। हर निर्णय में उसके विचारों को महत्त्व दिया जाता था।

# चौबीस

समय बीतता जा रहा था। दुर्गादास का मन गहन अवसाद से एक बार फिर भर आया। उसे मालूम हुआ कि अजीतसिंहजी धार्मिक सहिष्णुता का परित्याग करके कट्टरता की ओर अग्रसर हो रहे हैं तो उसकी चिंता बढ़ गई।

उसने फौरन महाराजा से भेंट की।

महाराजा के कानों में भी भनक पड़ गई थी कि दुर्गादासजी किसलिए आ रहे हैं।

जब दुर्गादास और महाराजा आमने-सामने बैठ गए तो अजीतसिंह ने कहा, ''कैसे पधारना हुआ ठाकुर सा ? आप मुझे संदेशा भिजवा देते तो मैं स्वयं हाजिर हो जाता।''

''ऐसा सम्मान आपने मुझे सदा दिया है। आपका हर सम्मान मेरी प्रतिष्ठा में वृद्धि करता है। मुगल प्रशासन की दी हुई पदवी 'राव' मैं कभी नहीं लगाता हूँ।''

''क्या हुक्म है ?'' महाराजा ने पूछा।

''देखो बेटा।'' दुर्गादास सहसा एकदम बुजुर्ग बन गया। उसका रक्षक। उसका पालनहार। बोला, ''अपने इन हाथों से तुम्हें बड़ा किया है। तुमने जीवन संघर्ष का अनुभव किया है। श्रेष्ठ अनुभवों को आत्मसात किया है। मैं तुम्हें बेटे, इतना ही कहने आया हूँ कि धार्मिक कट्टरता कभी फलदायक नहीं होती। वह राजा और रंक दोनों की व्यवस्थाओं को अस्थिर, संकटाग्रस्त और घृणामयी बना देती है। बादशाह आलमगीर इसका ताज़ा उदाहरण है। अतीत भी साक्षी है कि जिनमें धार्मिक सहिष्णुता नहीं रही, वे मनुष्य और मनुष्य में मैत्रीभाव पैदा नहीं कर सके।''

अजीतसिंह ने तनिक कंधों को उचकाकर कहा, ''मुझमें धार्मिक कट्टरता नहीं है, मुझमें है--प्रतिशोध की भावना।''

''प्रतिशोध की सार्थकता समय संदर्भ में परिभाषित करनी चाहिए। उस भेड़िए की तरह कतई नहीं जिसने भेड़ से कहा कि तुमने नहीं तो तेरे बाप ने मुझे गाली दी थी।···बेटा ! श्रेष्ठ राजा को कभी पथ-प्रदर्शक और कभी संत भी बनना पड़ता है। वह युग-पुरुष श्रीकृष्ण की भाँति शांति और सत्य के लिए महाभारत तो करा सकता है पर कंस की तरह उत्पात नहीं मचाता। मेरी तुमसे विनती है कि इन व्यर्थ के कार्यों में अपनी शक्ति का दुरुपयोग न करके अपने देश की शक्ति को सुदृढ़ बनाओ, उसकी कृषि का विकास करो, हिंदू हो चाहे मुसलमान सब पर समदृष्टि रखो। बस, यही मेरा कहना है।''

परंतु अजीतसिंह ने किसी की भी नहीं सुनी। यहाँ तक नए बादशाह के राज्याभिषेक पर वह उपस्थित नहीं हुआ। नया बादशाह शाहआलम बहादुरशाह क्रोधित

हो गया।

उसने अपनी सेना को तुरंत जोधपुर की ओर प्रस्थान करा दिया। जोधपुर पहुँचने के पूर्व वह आमेर के अनधिकृत राजा विजयसिंह से मिला। वहाँ से उसने अपने दो शाहजादों के साथ जोधपुर पर चढ़ाई कर दी।

उस विशाल वाहिनी के समक्ष महाराजा अजीतसिंह पुनः परास्त हो गया।

उसकी कट्टरता और अदूरदर्शिता ने एक बार जोधपुर को फिर पराधीन बना दिया। दुर्गादास यह भी जानता था कि अब शाहआलम किसी को भी चैन से नहीं बैठने देगा। वह मारवाड़ की शक्ति का विघटन करने के लिए सरदारों को या तो अपनी ओर प्रलोभन देकर मिलाएगा या उनको मिटा देगा।

इसलिए वह तुरंत राजा जयसिंह से मिला। उसकी सहायता से वह वीर, त्यागी और जुझारू व्यक्ति अपने तमाम अपमानों दुरावों को भूल कर एक बार फिर युद्धरत हो गया।

उसी समय बादशाह के वजीर मुनइम खाँ ने बादशाह और अजीतसिंह के बीच सुलहनामा कराने की चेष्टा की पर कोई सुफल नहीं निकला।

दुर्गादास, अजीतसिंह और राजा जयसिंह ने राजपूतों को संगठित करने के प्रयास प्रारंभ कर दिए। सर्वप्रथम वे देवलिया पहुँचे। रावत प्रतापसिंह ने उनका भव्य सम्मान किया। वहीं से सर्वत्र समाचार भिजवा दिए गए कि यदि मुगल बादशाह ने जोधपुर पर स्थायी आधिपत्य कर लिया तो फिर मेवाड़, आमेर तथा अन्य बड़े ठिकाणों व रजवाड़ों को खतरा उत्पन्न हो जाएगा।

महाराणा अमरसिंह स्वयं उदयसागर की पाल पर उनसे मिलने के लिए आया। वहाँ इन दोनों योद्धाओं के आतिथ्य का सुप्रबंध किया गया।

मनुष्य अत्यंत ही दुर्बल, ईर्ष्यालु और उतावला होता है। कई बार वह अपनी इन प्रवृत्तियों के कारण भयानक गलतियाँ कर जाता है।

राणा अमरसिंह वीर दुर्गादास, जयसिंह और अजीतसिंह से भेंट करने के लिए उतावला था। वह उनको लेने के लिए गाडवां गाँव तक गया। सर्वप्रथम वह वीर दुर्गादास के गले मिला। भावाभिभूत होकर उसने कहा, "मुझे आज गर्व है कि आप जैसा यशस्वी पुरुष हमारी भूमि पर आया है। हमारा मेवाड़ आपका आत्मिक आदर करता है।"

यह बात अपमान का शूल बनकर अजीतसिंह को चुभ गई। महाराजा के होते हुए उसके सरदार का पहले स्वागत सर्वथा अनुचित है पर वह स्थिति को देखकर चुप रहा। वह अत्यंत ही नाजुक क्षण था कि निमिष भर के लिए अजीतसिंह दुर्गादास के उपकारों को विस्मृत कर गया। उसने बार-बार सोचा कि इन्हें हमारे समकक्ष सम्मान नहीं देना चाहिए।

परिस्थितिवश वह अपनी आंतरिक ईर्ष्या को प्रकट नहीं कर पाया।

क्रमशः राणा ने अजीतसिंह और जयसिंह को भी गले लगाकर सम्मान दिया।

सबको राजमहल के अतिथि-गृहों में ठहराया गया। महाराजा अजीतसिंह को कृष्ण-विलास और जयसिंह को ऋतु-विलास में।

सिंदूरी साँझ शृंग-श्रेणियों पर नवविवाहित कुलवधू की भाँति शनैः-शनैः धरा पर अवतरित हो रही थी। झीलों के शांत जल पर सिंदूरी साँझ के प्रतिबिंब झिलमिला रहे थे। शीतल मंद समीर गढ़-कंगूरों, गवाक्षों और झरोखों को स्पर्श करता हुआ आ-जा रहा था।

दुर्गादास प्रकृति के इस अनुपम दृश्य को देखकर भाव-विभोर हो रहा था। वह प्रकृति के मनमोहक परिवर्तित स्वरूपों को अपलक निहार रहा था। उसी समय एक चाकर ने आकर कहा, "बड़ो हुक्म, राणाजी आपको याद कर रहे हैं।"

दुर्गादास राणा के निजी कक्ष में गया। राणा ने उसे ससम्मान बिठाते हुए कहा, "दुर्गादासजी सबसे पहले हम आपका आभार मानेंगे क्योंकि आपने दो बार मेवाड़ को गृह-कलह की विनाशकारी स्थिति से बचाया है। आपने सदा निःस्वार्थ भाव से कार्य किया है। आप वास्तव में महायोद्धा और मरु-केसरी हैं।"

दुर्गादास ने कहा, "आपकी प्रशंसा के शब्दों के लिए मैं आभारी हूँ। राणा जी ! मैं नहीं चाहता कि हम बिखरें। अब भी मेरी एक ही अभिलाषा है कि समस्त हिंदू-शक्ति संगठित हो और हमारा साम्राज्य स्थापित हो। परस्पर लहूलुहान होना और करना न्यायसंगत नहीं। सदा अन्य गतिविधियों को त्याग कर केवल युद्धरत रहना तो इस पृथ्वी को कुरूप करना है। मनुष्य की महाशक्ति का क्षरण करना है। राणाजी ! मैंने अनेक युद्ध लड़े हैं। व्यक्तिगत स्तर पर मैंने कितना नर-संहार किया है, इस पर सोचता हूँ तो मन अथाह वेदना से भर आता है। शांति से अपने वीरत्व के बारे में विचारता हूँ तो लगता है कि मैंने क्या, जितने वीरों ने रणक्षेत्र में शत्रुओं को मारा है, वे किसी माँ, बहन, पत्नी, भाई, बाप के प्रति अन्याय नहीं। क्षणभर के लिए मुझे वे हत्याएँ सी लगती हैं।...राणाजी ! हम सबके मध्य ऐसी संधि होनी चाहिए जिससे युद्ध न हो, मनुष्य मनुष्य को न मारे।"

राणा ने मुसकराकर कहा, "ऐसा होना न आज संभव है और न भविष्य में होगा। हर शक्तिवान अपना प्रभुत्व और वर्चस्व कभी नहीं छोड़ेगा। यह सनातन नियम भी है कि सबल दुर्बल का शोषण करेगा। उसे डराएगा और धमकियाँ देगा।"

दुर्गादास ने गवाक्ष की ओर दृष्टि करके कहा, "और हम सब शत्रु को सदा के लिए दुर्बल और अस्तित्वहीन करने हेतु क्रूर नियमों का पालन करते रहेंगे। क्षमा और दया हम भारतीयों के स्वभाव में है। यदि यह नहीं होती तो बाहरी शक्तियाँ देश में प्रवेश ही नहीं करतीं।" दुर्गादास ने दीर्घ साँस लेकर पुनः कहा, "आप सही कहते हैं। आज भी हमारे अपने लोग क्या करते हैं ? लालचों में आकर शत्रुओं के साथ मिल जाते हैं, सैन्य-बल की गुप्त बातें बता देते हैं, रहस्य प्रकट कर देते हैं,

शत्रुओं की गुप्तचरी करते हैं। क्या हैं ये सब ? अपने देश, स्वामी और अपने आप के प्रति विश्वासघात नहीं ? गद्दारी नहीं। जब तक देशवासी इन्हें नहीं छोड़ेंगे तब तक देश सुरक्षित नहीं रह पाएगा ? देशद्रोही को तो क्षमा करना ही नहीं चाहिए।''

लंबी वार्ता उनके मध्य हुई। अजीतसिंह को यह बात भी कौंचने लगी कि राणाजी उससे नहीं, दुर्गादास से इतना लंबा सलाह-मशविरा क्यों कर रहे हैं ? उसे लगा कि वह दिन प्रतिदिन दुर्गादासजी के समक्षक अकिंचन होता जा रहा है। यदि वे इसी तरह महत्त्व पाते रहे तो एक दिन उसकी स्थिति सागर में बूँद-पड़ने जैसी हो जाएगी।

रात्रि विश्राम के पश्चात् दूसरी सुबह उसे गजसिंह की हवेली ले जाया गया।

नाहरों के दरीखाने में दरबार हुआ था। तीनों महाराजाओं की एक सी 'गादियाँ' लगाई गईं। इस दरबार में दुर्गादास और मुकुन्ददास विशेष रूप से आमंत्रित थे। राजपूत सैन्य संगठन को लेकर अनेक महत्त्वपूर्ण बातें हुईं। कैसे संगठित होकर शत्रु का सामना किया जाए, इस पर भी सूक्ष्म विचार-विमर्श हुआ।

रात को एक 'गोठ' का आयोजन था। शानदार गोठ का पर राणा के काका बहादुरसिंह के अप्रत्याशित निधन के कारण उस आयोजन को स्थगित करना पड़ा।

वहीं पर शाहजादा कुईजुद्दीन जहादारशाह का 'निशान' आया। उसमें उसने लिखा था कि यदि वे सब बादशाह को माफीनामे की अर्जियाँ दे दें तो वह राजा जयसिंह, अजीतसिंह और दुर्गादास को माफी दिलाकर उनकी जागीरें वापस करवा देगा।

सबने परामर्श करके यही तय किया कि अर्जियाँ भेज दी जाएँ ताकि हम जब तक अपनी शक्ति का संपूर्ण संचय न कर लें, तब तक युद्ध से तो बचे रहेंगे।

अर्जियाँ लिखकर भेज दी गईं पर बादशाह ने कोई पत्रोत्तर नहीं दिया। इस बीच राणा ने अपनी कन्या चंद्रकँवर का विवाह राजा जयसिंह से कर दिया। उस विवाह से लगा कि इन दो राज्यों में संबंध और गहरे हो जाएँगे।

सब प्रतीक्षा करते रहे तब भी बादशाह का कोई पत्र नहीं आया।

अंत में निश्चय किया गया कि बादशाह का कड़ा प्रतिरोध किया जाए। सभी सोचने लगे थे कि बादशाह जयपुर और जोधपुर की शक्ति को मिटाकर उन्हें अपने राज्य में मिलाएगा। फिर अन्य राज्यों की ओर बढ़ेगा।

इस बार गंभीरतापूर्ण संगठन की बात हुई थी। संगठित आक्रमण की बात हुई थी।

राणा ने चूंडावत और शक्तावतों जैसे प्रवीण सैन्य संचालकों के साथ अपनी सेना उन दोनों राजाओं और दुर्गादास के साथ कर दी।

दुर्गादास सबसे आगे था। वृद्धावस्था के पश्चात् भी उसमें अभी अपार उत्साह था। यह भी तय था कि सैन्य-संचालन भी वही करेगा।

इस बात का भी ध्यान रखा गया कि जहाँ तक हो सके गुप्त रास्तों से आगे बढ़ा जाए। इस बात की भी चेष्टा की गई कि बादशाह को उनके प्रस्थान का पता न चले।

जब जोधपुर के निकट सेना पहुँची तब मेहराब खाँ गफलत में था। उसने तुरंत अपनी फौज को तैयार होने को कहा। इस बीच किला राजपूती सेना से घिर गया था।

दुर्गादास ने किले के चारों ओर चक्कर निकाला। स्थिति का आकलन किया। उसे यह समझते जरा भी देर नहीं लगी कि अभी तक फौज़दार पूरी तरह से सामना करने के लिए तत्पर नहीं है। उसने सोचा कि कूटनीति से ही मेहराब खाँ के मनोबल को तोड़ा जा सकता है। उसे आत्म-समर्पण करने के लिए बाध्य किया जा सकता है।

उसी समय महाराजा अजीतसिंह ने कहा, "ठाकुर सा, शत्रु सँभले इसके पहले ही आक्रमण कर दिया जाए।"

"नहीं महाराजा सा ! व्यर्थ में जन-धन की हानि करना बुद्धिमानों का काम नहीं।"

"आप यह क्या कह रहे हैं ?" अत्यंत ही विस्मय से पूछा महाराजा ने, "कहीं दिल्ली की सेनाएँ आ गईं तो ?"

"आप घबराइए नहीं, हमने चारों ओर से ऐसी घेराबंदी कर रखी है कि मेहराब खाँ को अंत में पराजय स्वीकार करनी ही होगी। आप थावस रखिए। मैं मेहराब खाँ से बातचीत करता हूँ।"

तुरंत राठौड़ दुर्गादास ने तीर द्वारा किले में पत्र फेंका। थोड़ी देर में दोनों के विश्वासी योद्धाओं के मध्य दुर्गादास और मेहराब खाँ निहत्थे मिले।

दुर्गादास ने कहा, "हमने किले की जबरदस्त घेराबंदी कर रखी है। कोई भी किले में प्रवेश नहीं कर सकता। आपको बता दूँ कि जयपुर, जोधपुर और मेवाड़ की भारी सेना हमारे साथ है। तोपें भी हैं। इस किले की प्रोलों के किवाड़ों को ध्वस्त करके हम भीतर प्रवेश कर सकते हैं। तब पागल बने सैनिक घृणा वश आपके परिवार के हत्यारे न हो जाएँ ? ऐसी स्थिति में आपको आत्मसमर्पण कर देना चाहिए।"

"ठाकुर सा ! आपकी बातों में दम है पर आपको मुझे वचन देना होगा कि मेरे तथा मेरे परिवार की आपको सुरक्षा करनी होगी। हमें कोई हानि नहीं पहुँचाई जाएगी।"

दुर्गादास ने कहा, "मैं राठौड़ हूँ। वचन देता हूँ कि आपकी संपूर्ण सुरक्षा का जिम्मा मैं लेता हूँ। आपको सपरिवार अजमेर तक पहुँचाना मेरा धर्म होगा। आपको रत्ती भर भी नुकसान नहीं पहुँचाया जाएगा।"

"ठीक है, मैं किले से रवाना होता हूँ।"

दुर्गादास ने अपने सैनिकों को कठोर आज्ञा दे दी कि कोई भी मेहराब खाँ पर हमला नहीं करेगा। जो करेगा, उसे मृत्यु-दंड दिया जाएगा।

मेहराब खाँ ने जोधपुर का किला खाली कर दिया। रक्तहीन विजय के लिए समस्त सरदारों ने दुर्गादास का आभार माना।

इस विजय से दुर्गादास को लगा कि उसके वृद्ध शरीर में यौवन की शक्ति का संचार हो गया है। उसने मेघ-गर्जना से उद्घोष किया, "राठौड़ राज्य की जय, मातृभूमि की जय, महाराजा अजीतसिंहजी की जय।"

उसकी जयकार में सारी उपस्थिति सम्मिलित थी।

अजीतसिंह जब पुनः राज्यसिंहासन पर बैठा तो दुर्गादास ने सगर्व कहा, "मुझे स्वर्गीय प्रातःस्मरणीय महाराजा जसवंतसिंहजी का स्मरण हो आया है। उन्होंने मुझे कहा था—हमारे जोधपुर मारवाड़ की सदा रक्षा करना। मेरे पुत्र को उसका खोया अधिकार दिलाना दुर्गादासजी।…आज आपको सिंहासन पर देखकर मुझे लग रहा है कि मैंने अपने वचन, धर्म और कर्तव्य का पालन किया। भगवान आपको चिरायु रखे। महाराजा की जय हो।"

इसके पश्चात् प्रतिष्ठित सरदारों के डेरे लगाए गए। सवाई जयसिंह का सूरसागर पर, दुर्गादास का ब्रह्मकुंड पर और मेवाड़ी सेना का चंपावत राजसिंह के बाग में। सब विश्राम कर रहे थे।

## पच्चीस

समय की गति में कोई परिवर्तन नहीं होता ! वह अपने पूर्ववत् हिसाब से चल रही थी।

पावस की सुधामयी बूँदों का वर्षण आरंभ हो गया था। चतुर्दिक् स्निग्ध-नूतन हरीतिमा वसुंधरा के विवस्त्र तन पर आकर्षक वस्त्र की भाँति प्रसारित हो गई थी। तरु वन-वल्लियों, तृणों और गुल्मों में नवजीवन संचारित हो गया था। यदाकदा पर्वत की पृष्ठभूमि में इंद्रधनुष निकलकर ऐसा प्रतीत होता था मानो किसी प्रकृति-नटी ने अपना सतरंगा आँचल खींचकर तान दिया हो।

अलौकिक और मनभावन ऋतु थी। कभी दिवस भीग कर प्रकट होता था तो कभी साँझ सद्यःस्नाता-सी लगती थी।

इस बीच दुर्गादास ने श्रेष्ठ मुहूर्त्त देख कर जयपुर और जोधपुर के संबंधों में

अखंडता लाने हेतु राजा जयसिंह का विवाह अजीतसिंह की बेटी चंद्रकँवर से करा दिया। क्योंकि उसे विश्वास था कि इस विवाह बंधन से दो भू-पतियों का संबंध गहरा और घनिष्ठ हो जाएगा। शक्ति में बढ़ोतरी होगी।

पावस ऋतु में युद्ध नहीं के बराबर होता है। उस समय पर्वत-नदियाँ प्रबल वेग से प्रवाहित होती हैं। रास्ते जगह-जगह से कट जाते हैं। तालाब और बाँध लबालब भर जाते हैं।

दुर्गादास भी इन दिनों विश्राम करता था। वैसे भी अब उसे लगने लगा था कि जब कोई दायित्व उस पर पड़ता है तब वह भूल जाता है कि वह वृद्ध है। थक चुका है। उसकी क्षमता क्षीण हो गई है। अपने कौटुम्बिक आनंद की चिंता किए बिना वह रणक्षेत्र में उतर जाता था। राज-काज के कार्यों में उसका हस्तक्षेप पूर्ववत् था।

रात्रि के समय दुर्गादास अपने कुटुम्बी जनों के संग बैठकर राजनीतिक, धार्मिक, सामाजिक और सांस्कृतिक चर्चाएँ करता था।

कई बार वह युद्ध की विभीषिका लेकर पीड़ित हो जाता था। कहता था—युद्ध जितनी कोई भी विध्वंसक चीज नहीं है। इसका मूलाधार है—दूसरों की जमीन को हड़पना, अपना प्रभुत्व कायम करना, दूसरे देशों व स्थानों को अपने माल को खपाने के लिए बाजार बनाना। फिरंगियों का अभी यही मकसद है पर ये गोरे लोग अत्यंत ही चालाक, धूर्त और मक्कार हैं। मुझे तो कभी-कभी डर लगता है कि छाछ माँगने आई और बन बैठी घर की घणियाणी। मुझे आशंका है कि अभी ये अंग्रेज व्यापार की आज्ञा चाहते और कल ये हमारे स्वामी न बन जाएँगे। इन्हें तो तुरंत वापस भेज देना चाहिए।

दुर्गादास की सोच में दूरदर्शिता थी। चूंकि अब वह वयोवृद्ध हो चला था अतः उसके उपकारों के लंबे सिलसिले की गौरव गाथाएँ चारण लोग खूब गाने लगे थे। दुर्गादास के प्रशस्ति गान इधर-उंधर गूँजने लगे। इनसे महाराजा और अन्य बड़े सरदार मन ही मन जल उठे। ईर्ष्या से दग्ध होने लगे। वे सारे दुर्गादास की सहज और सही बातों पर नमक-मिर्च लगाकर महाराजा के कान भरने लगे। यहाँ तक कि वे कहते रहते थे कि दुर्गादासजी डींग मारते फिरते हैं कि उन्होंने महाराजा को पाला, उन्होंने उसे शिक्षा-दीक्षा दी, उन्होंने उसे युद्ध कौशल में प्रवीण किया, उन्होंने उसे 'राजा' बनवाया। वे ही अभी राज्य चलाते।...महाराजा अजीतसिंहजी नहीं। वे तो नादान हैं।

दुर्गादास चूँकि अनुभवों व समय की आग में तप कर जिया था इसलिए कई बार वह अजीतसिंह के निर्णयों को बदल देता था। अजीतसिंह इसे अपना घोर अपमान समझता था। उसे ऐसे हस्तक्षेप असत्य लगते थे। दुर्गादास को इसका पता नहीं चल पाया कि उसके विरुद्ध महाराजा के कान भरे जा रहे हैं।

प्रेमकँवर रुग्ण हो चली थी।

प्रायः दुर्गादास उसके सन्निकट बैठ कर पूछा करता था, "ठकुराणीजी ! आप कहें तो किसी यूनानी हकीम को बुलाकर उपचार कराऊँ।"

वह उसकी ओर देखकर मुसकरा देती। बोलती, "अब तो मैं भगवान से उपचार कराऊँगी। मैं तो रात-दिन ईश्वर से प्रार्थना करती हूँ कि मुझे उठा ले। मैं सुहागण अपने देवता के कंधों पर चली जाऊँ तो मैं मोक्ष पाऊँ। बहुत खुश हूँ मैं। हर भाँति संतुष्ट हूँ। भरा पूरा कुटुम्ब, योद्धा-पुत्र, आज्ञाकारिणी बींनणियाँ, धनधान्य, आपके राज्य में कोई इच्छा अधूरी नहीं रही।"

और प्रेमकँवर एक दिन चल बसी।

दुर्गादास ने उसे दुल्हन की तरह सजा कर उसकी अर्थी को कंधा दिया। चिता की लपटों को देखकर उसने मन ही मन कहा—ठकुराणीजी, ईश्वर से कभी भी मत माँगना कि मैं तुम्हारा फिर पति बनूँ। कम से कम इस समय युद्ध के क्षेत्र में लड़नेवाले किसी भी व्यक्ति को अपना पति मत माँगना।

उसकी आँखों से अश्रु टपक पड़े।
एक जीवन संगिनी चली गई।
कोई दूर अलगोजे पर गा रहा था :
हो जी गोरी रा लश्करिया,
घड़ी दोय लश्कर थामो जी ढोला
पलक दोय लश्कर थामो जी ढोला

जो लश्कर चलने लगा, अंतिम यात्रा का लश्कर...कहाँ रुका है ? कोई अवरोध नहीं रोक पाता इस यात्रा को।

## छब्बीस

वर्षान्त हो गया। राजपूती सेनाएँ एक बार मुगलों को खदेड़ने के लिए फिर तत्पर हो गईं।

महाराजा अतीजसिंह और राजा जयसिंह भी आपस में सहमत थे कि मुगलों पर आक्रमण किया जाए। पहली बार अजीतसिंह ने कहा, "ठाकुर दुर्गादासजी को अब विश्राम करने दिया जाए। वयोवृद्ध हो चुके हैं वे। अब तो वे कहीं-कहीं सठियाने लगे हैं। शरीर से भी दुर्बल हो गए हैं।"

मगर राजा जयसिंह ने उसकी राय से अपनी असहमति जतलाते हुए कहा, "वे

आज भी जवानों से अधिक फुर्तीले और शक्तिशाली हैं। रण-संचालन में माहिर हैं। सारी राजपूत सेना उनके नेतृत्व में विश्वास रखती है। उम्र उनके मन के जीवट को नहीं मार सकी। हमें उनके अनुभवों का पूरा-पूरा लाभ उठाना चाहिए। उन्हें बुलाया जाए।'' अजीतसिंह फिर विरोध नहीं कर सका।

सबसे पहले तय किया गया कि अजमेर पर आक्रमण किया जाए। वह दिल्ली शाही का प्रमुख केंद्र है। वहाँ रसद, शस्त्र और घोड़े हैं। वहाँ से आगे बढ़ने की प्रक्रिया तय करेंगे।

''हमें मेड़ता से अजमेर की ओर बढ़ना चाहिए उधर रास्ता अच्छा है और हमारी सुरक्षा अधिक रहेगी।'' दुर्गादास ने सुझाव दिया।

''ऐसा ही होगा।'' चांपावत सरदार ने कहा।

सेना ने प्रस्थान कर दिया।

सांभर के समीप मेवात के सूबेदार सैयद हुसैन खाँ व गैरत खाँ ने राजपूती सेना का सामना किया। उन्होंने अपनी संपूर्ण शक्ति लगा दी। वर्षा ऋतु में उन्होंने भी जगह-जगह किलेबंदी कर रखी थी। लड़ाई भयानक हुई और राजपूत सेना बुरी तरह परास्त हो गई। उनके मंसूबों पर पानी फिर गया।

अत्यंत दुखदायी पराजय थी।

राजपूती सेना ने सुरक्षित स्थान पर डेरा डाला। दारू का दौर चला।

राजा जयसिंह ने खेदपूर्वक कहा, ''हम यह समझ रहे थे कि वर्षा में मुगल-लोग सोये होंगे पर हमारा अनुमान गलत निकला। वे भी पूरी तैयारियाँ और किलेबंदी भी कर रहे थे।''

दुर्गादास ने कहा, ''युद्ध में जय-पराजय तो होती ही है। योद्धा पर इसका प्रभाव नहीं पड़ना चाहिए। हम अधिक प्रबलता से प्रत्याक्रमण करेंगे। युद्ध नीति भी यही कहती है।''

अजीतसिंह ने पश्चात्ताप प्रकट किया, ''हमारा इतना शीघ्र पतन हो जाएगा, सोचा भी नहीं था।''

''महमूद गजनवी पृथ्वीराज से कई बार हारा था पर वह हताश नहीं हुआ। वह लौट-लौट कर आक्रमण करता रहा। अंत में वह पृथ्वीराज को परास्त करने में सफल हुआ।'' दुर्गादास ने उन सबका मनोबल बढ़ाया।

वे बातों में संलग्न थे तभी एक घुड़सवार ने आकर कहा, ''महाराजा की जय हो। हुसैन खाँ और गैरत खाँ मारे गए हैं। उनकी सेना भाग खड़ी हुई है। घटना यूँ घटी कि हम लगभग एक हज़ार सिपाही टीले पर खड़े थे। सैयद भाई हमें लूटने आनेवाले थे पर हमारे अचानक आक्रमण को वे रोक नहीं पाए। वे दोनों अपने पचास साथियों के साथ मारे गए।''

दुर्गादास ने घोषणा की, ''हम अब यहाँ से प्रयाण करें।''

सांभर पर राजपूती सेना का अधिकार हो गया। फिर वही समस्या ? जीता हुआ हिस्सा किसके अधिकार में रहे ? साथ में दो राजा थे।...

जयपुर और जोधपुर के राजा। दुर्गादास तो केवल स्वामिभक्त था। उसे कोई हिस्सा नहीं चाहिए। इस प्रकार का उसमें कभी लालच भी नहीं रहा था।

दोनों राजा चाहते थे कि सांभर हमारे अधीन रहे।

दुर्गादास ने सोचा कि विद्वेष का यह बीज शक्ति का विघटन कर सकता है।

उसने दोनों से विनम्र निवेदन किया, ''आप दोनों प्रतिष्ठित और सम्माननीय राजा हैं। सम्मिलित सेना ने इसे विजय किया है। यह अप्रत्याशित ऐसी विजय है जिसे भाग्य की विजय समझना चाहिए। मेरी राय है कि सांभर को आप दोनों आधा-आधा रख लें। मेरी प्रार्थना है कि अपनी शक्ति को संगठित रखें। उसमें दरार न पड़ने दें।''

दोनों ने यह बात स्वीकार कर ली।

अजीतसिंह को यह निर्णय मन से पसंद नहीं था। उसने मन ही मन दुर्गादास को कहा कि ठाकुर सा ! आप राजा हरिश्चन्द्र की तरह सत्यवादी बने रहना चाहते हैं। आपको अपनी स्वामिभक्ति के हिसाब से कम से कम मेरे पक्ष में निर्णय देना चाहिए। सांभर नमक का भंडार है। यह जीने की एक जरूरी वस्तु है। क्या जरूरत है उन्हें इसे देने की। दामाद हैं तो बहुत दहेज दिया है। उसे दुर्गादास से घृणा सी हो गई।

जब विश्राम का समय आया तब उसने एक चाकर से पूछा, ''ठाकुर सा का डेरा कहाँ लगाया है ?''

''आप तीनों के डेरे एक ही पंक्ति में हैं।''

''क्यों ?'' महाराजा ने त्यौरियाँ बदलकर कहा।

वह निरुत्तर रहा।

''तुम्हें इतना भी शऊर नहीं है कि राजाओं की पंक्ति में सरदारों का डेरा नहीं होता ?''

''अन्नदाता ! क्षमा चाहता हूँ।''

''कार्यभार सँभालने के पूर्व नियम और परंपराओं को समझ लेना चाहिए।''

दुर्गादास ने जब यह सुना तो उसका धैर्य जाता रहा। वह अजीतसिंह के सम्मुख आकर बारूद की तरह फट पड़ा, ''आपने मेरे सम्मान में यह अशिष्टता कैसे की महाराजा सा ! आप बुरा न मानें, मैं उन सरदारों में नहीं हूँ जो केवल आपकी जागीर की रोटियाँ तोड़ते हैं। जो केवल आपकी दया पर जीते हैं। मैं दुर्गादास हूँ, वह दुर्गादास ...जिसने आपको पाला-पोसा, जिसने आपको राजा बनाने के लिए अपने जीवन को होम डाला। जिसे आप आदर से काका सा कहते हैं। वह दुर्गादास उन सरदारों की पंक्ति में बैठेगा और रहेगा ?''

महाराजा गंभीर हो गया। उसके भीतर दुर्धर्ष संघर्ष चल रहा था। वह जिस तरह मौन था, उससे लग रहा था कि वह अपने भीतर जमी घृणाओं व ईर्ष्याओं को कुरेद रहा है। तिक्त स्वर में बोला, "फिर भी आप महाराजा-राजा नहीं हैं। आप जैसे नियमबद्ध सरदार को नियम भंग करना शोभा नहीं देता ?"

"नियम मैं नहीं आप भंग कर रहे हैं। मुझे उन सरदारों के समकक्ष रख कर आप मेरा अपमान कर रहे हैं। मैं राजा-महाराजा निःसंदेह नहीं हूँ पर मैं राजा का निर्माता हूँ। समझे ?"

"मैं अपमान नहीं, परंपरा और नियम की बात कर रहा हूँ और आपको इसका पालन करना चाहिए ठाकुर सा।" और अजीतसिंह चला गया।

दुर्गादास स्तंभित हो गया। उसे लगा कि उसके अंग-प्रत्यंगों पर लकवा मार गया है। अपने को कठिनाई से सँभाला।

एक चट्टान पर आकर बैठ गया वह वृद्ध शेर। वह दहाड़नेवाला मरु-केसरी खूँखार और अपने पंजे से एक-एक शूरमाओं को धराशायी करनेवाला केसरी। मौन और निस्पंद-सा बैठा था जैसे उसमें प्राण ही नहीं रहे।

वह असीम अवसाद से भर गया। उसे लगा कि वर्षों से की हुई उसकी तपस्या और सेवाएँ निष्फल चली गईं। उसके त्याग की कोई सार्थकता नहीं।...उसने जीवनभर अपनी जन्मभूमि और स्वामी के लिए जितने समर्पण भाव से संघर्ष किया, वह व्यर्थ चला गया। वह वाचाल और विचलित हो गया।

दुर्गादास को लगने लगा था कि अब कभी भी महाराजा उसका सार्वजनिक अपमान और बेइज्जती भी कर सकते हैं। वह लौट आया अपने घर। वितृष्णा-सी हो गई थी सबसे। महाराजा ने उसे किसी भी रूप में महत्त्व देना बंद सा कर दिया। वह घोर उपेक्षा करने लगा। किसी काम में दुर्गादास की ज़रूरत होती, उसमें भी उसे नहीं बुलाया जाता था।

इसके विपरीत दुर्गादास के यश-गान चतुर्दिक् ज्यादा गूँजने लगे। चारण उसको लेकर ऐसी रचनाएँ करने लगे जिनमें उसे देश का रत्न, महान् शूरवीर, अर्जुन-भीम कहने लगे। एक कवि ने तो उसके त्याग और स्वामिभक्ति की प्रशंसा करते हुए लिखा :

मनसब पाँच हजार रो, आधो मरुधर देस,
महाराजा पदवी महर, देख सुवारथ दुरगेस।
धन बिन जीवड़ धूड़ है, प्रभुता बिन धन पांण,
जुगां-जुगां सू जोयले, धींगड़ है धनवाण।

नहीं सह पाया अजीतसिंह। कुछ चाटुकारों ने तो अजीतसिंह को यहाँ तक कह दिया कि ये रचनाएँ दुर्गादास स्वयं धन बाँट कर लिखवाता है ताकि आपकी कीर्ति पर कालिख पुती रहे।

अजीतसिंह दुर्गादास से कुढ़ने लगा। जलने लगा।

एक दिन एक चाटुकार ने आकर कहा, ''अन्नदाता ! इससे बड़ा आपका क्या निरादर हो सकता है कि आपकी इस मरु-प्रदेश में किसी तरह की कोई गिनती नहीं है। सुनिए ये पंक्तियाँ :

दुरगा जिसो न दीठो दुजड़ो,
रावत कोय लड़तो रण-ठाण।''

अजीतसिंह के मन में दुर्गादास के विरुद्ध घृणा और ईर्ष्या का समंदर लहराने लगा। उसने सोचा कि उन्हें ऐसा अपमानित करूँ कि उनका सारा दंभ छिन्न-भिन्न हो जाए।

उसने तुरंत संदेशवाहक से कहा, ''ठाकुर दुर्गादासजी के पास जाओ और उन्हें तुरंत मेरे समक्ष हाज़िर होने को कहो।''

संदेशवाहक उसके पास गया ! कहा, ''ठाकुर सा आपको अन्नदाता ने तुरंत पधारने को कहा है।''

''क्यों ?''

''मुझे पता नहीं।''

''उन्हें मेरी ओर से कह देना कि वे जरा अस्वस्थ चल रहे हैं। ऐसी स्थिति में फिलहाल वे नहीं आ सकते। कुछ सँभलने के बाद ही आ सकते हैं।''

संदेशवाहक चला गया।

दुर्गादास को लगा कि अब कुछ बड़ा अनिष्ट होनेवाला है। महाराजा चापलूसों और चाटुकारों के फेर में है। समस्त सरदार, उमराब और सत्ता से जुड़े लोग उससे ईर्ष्या करने लगे हैं।

दुर्गादास ने भी ठान लिया कि वह तिरस्कार के घूँट न पीकर अपने को स्वयं में केंद्रित कर लेगा।

कुछ दिनों के अंतराल के बाद एक राजाज्ञा आई—दुर्गादास के पास।

अजीतसिंह ने आदेश दिया था—श्री दुर्गादासजी राठौड़ को राजाज्ञा की अवहेलना करने के अपराध में मारवाड़ से निर्वासित किया जाता है।

देश-निकाला।

दुर्गादास ने नेत्रों के आगे चराचर डोल गया। उसने आदेश को बार-बार पढ़ा।

अचेत हो गया वह वीर।

सारा परिवार एकत्रित हो गया। स्वजन भी आ गए। आदेश खुला पड़ा था। सबने पढ़ा। पढ़ने के साथ एक बार उपस्थिति पर विमूढ़ता छा गई। सबने एक स्वर में कहा, ''यह अन्याय है…अन्याय।…''

तुरंत पानी के छींटे डाले गए।

दुर्गादास को आहिस्ता-आहिस्ता चेतना आई। इस राज्य-दंड से वह पीला पड़

गया। उसने सबको अकेला छोड़ने के लिए कह दिया।

घोर एकांत।

दुर्गादास उस कृतघ्न राजा के बारे में सोचता रहा कि यह तो केवल देश-निकाला है वरना देश-निकाले की रीति के अनुसार तो उसे काले कपड़े पहनाए जाते, काला मुँह किया जाता, उसे काला साफा बाँधा जाता, काले घोड़े पर सवार करके सीमा पार भेजा जाता।...काफी दीर्घ समय तक सोचने के पश्चात् उसने अपने परिजनों को बुलाकर अपना निर्णय सुनाया, "हम आज अपनी जन्मभूमि मारवाड़ को अंतिम प्रणाम करके चले जाएँगे।"

मेहकरण ने पूछा, "इस आदेश के रहस्य को तो समझिए। किसने यह षड्यंत्र रचा ?"

"जो स्वामी षड्यंत्रों का शिकार होता है, उस पर भरोसा नहीं किया जा सकता। वह नीच से नीच कार्य कर भी सकता है—हमारे प्रति। बेटो ! मैं ऐसे कृतघ्न और अदूरदर्शी राजा की छत्रछाया में एक पल भी ठहरना उचित नहीं समझता। मैं आज ही जाऊँगा। मेरे जाने की तैयारियाँ करो।...यह तो अच्छा हुआ कि ठकुराणीजी का देहांत हो गया वरना वह इस सदमे से पागल हो जातीं।...आप सोचते होंगे कि कहाँ जाएगा दुर्गादास ? अरे ! दुर्गादास के लिए हर प्रदेश में सम्माननीय स्थान है। उसे आज भी गले लगाने के लिए बड़े-बड़े राजा तैयार हैं। चलने की तैयारियाँ करो।"

दुर्गादास का सार्थ चला।

गाड़ियाँ, ऊँट, घोड़े और रथ पर उसका सामान लद कर चला।

मारवाड़ की सीमा पर हजारों लोगों ने उसे भावभीनी विदाई दी। सारा आकाश मरु-केसरी दुर्गादास की जयकार से गूँज पड़ा।

उस भीड़ को चीरती हुई एक बुढ़िया मुसलमान स्त्री दुर्गादास की ओर बढ़ी।

उसने उसके सन्निकट आकर कहा, "भाईजान !...अलविदा...मैं नौशेर खाँ की बीघी हूँ। आपकी भाभीजान, आप अपने ही घर को छोड़ कर जा रहे हैं...यह सुनकर तो मेरा कलेजा फट गया। ओ खुदा ! तेरा यह क्या इंसाफ़ है ?" उसने एक कटोरदान देकर कहा, "इसमें लड्डू हैं भाईजान, जब आप खाएँ तो अपनी भाभी को जरूर याद करें...खुदा आपकी उम्रदराज करें।..."

दुर्गादास कटोरदान लेकर फूट-फूटकर रो पड़ा। भाभी भी। उपस्थिति भी।

दुर्गादास ने अपनी मातृभूमि की धूलि ली। चल पड़ा—वह भाग्यहीन योद्धा।

# सत्ताईस

धरकूंचा : धरमंझला ! दुर्गादास मेवाड़ की ओर चल पड़ा। वह बार-बार रथ से उतर कर अपनी जन्मभूमि को तृष्णा भरी दृष्टि से देखता था और रो पड़ता था। जैसे-जैसे राजाओं को मालूम हुआ कि दुर्गादासजी ने मारवाड़ छोड़ दिया है, वे उन्हें अपने यहाँ पधारने का न्योता देने लगे।

मेवाड़ाधिपति एकलिंग दीवाण राणा संग्रामसिंह को जब यह पता चला तो उसने तुरंत अपने दो बड़े सरदारों चूंडावत व चौहान को उन्हें आदर समेत लाने के लिए भेज दिया। कहा—''ऐसे वीर, त्यागी और स्वामिभक्त के लिए हमारे हृदय में स्थान है। हम कहते हैं कि यह दुर्व्यवहार मारवाड़ के राजघराने पर अमिट कलंक है। दुर्गादासजी को संपूर्ण राजकीय सम्मान से यहाँ लाया जाए।''

एकलिंग दरबार में दुर्गादास का भव्य सम्मान किया गया।

राणा ने कहा, ''यह इतिहास की सबसे कलंकपूर्ण घटना होगी। महाराजा अजीत सिंहजी को कोई भी क्षमा नहीं करेगा। मारवाड़ का जन-जन पश्चात्ताप की अग्नि में सदा जलेगा। दुर्गादासजी ! हम आपको विजयपुर की जागीर और पंद्रह हजार रुपए मासिक प्रदान करते हैं। आपके मेवाड़ में रहने से हमारी गौरव वृद्धि होगी। हम इस पर अभिमान करेंगे।''

''बड़ो हुक्म, आपने मुझे जो आदर दिया है उसके लिए मैं आभारी हूँ। मैं इस अवस्था में आपके कुछ काम आ सका तो अपने को धन्य मानूँगा।''

विजयपुर में दुर्गादास रहने लगा। उसे सारी सुख-सुविधाएँ थीं। फिर भी वह अपनी मातृभूमि को नहीं भूल पाया। उसकी मधुर स्मृतियाँ और महाराजा की कृतघ्नता उसे सदा दंश-पीड़ाएँ देती रहती थीं। उसका मन भर आता था। उसने निश्चय कर लिया था कि वह किसी भी दशा में अब वापस मारवाड़ नहीं जाएगा, चाहे महाराजा क्षमा याचना भी कर लें। स्वयं उन्हें लेने आ जाएँ।

उसने अपने परिवार को भी जोधपुर से हटा कर मेवाड़-जयपुर स्थापित कर दिया था।

जीवन की गति मंद-मंद थी। वृद्धावस्था उस पर अपना पूर्ण प्रभुत्व जमाने लगी थी। वह कभी-कभी अपने अकर्मण्य जीवन से ऊब जाता था। जो कभी बैठा नहीं, उसे बैठना मृत्यु-सम लगता था।

उसी समय रामपुरा के चन्द्रावतों ने राणाजी के विरुद्ध विद्रोह कर दिया। राणा ने उन्हें अनुरोध किया कि व्यर्थ का रक्तपात कोई मतलब नहीं रखता। पर वे नहीं माने तो राणा ने विद्रोह दबाने के लिए सेना भेजनी चाही—किसी योग्य अनुभवी सेनानायक के मातहत।

दुर्गादास को जब इसका पता चला तो वह उनके पास गया। अर्ज की, "एकलिंग दीवाण की जय…बड़ो हुक्म, मैं बैठा-बैठा बीमार होने लगा हूँ, हाथ-पाँव जकड़ने लगे हैं। यह जिम्मेदारी मुझे सौंपी जाए। इसमें जरा भी सोच-विचार राणाजी न करें। भरोसा रखें, दुर्गादास के युद्ध कौशल पर।"

राणा ने आदेश दे दिया।

दुर्गादास ने थोड़े समय में ही चन्द्रावतों के विद्रोह को दबा दिया। राणा को पत्र लिखा—सिरी परमेश्वर जी सत्य छै जी। सिध सिरी उदैपुर सुभ सुथांने सर्व उपमा विराजमान महाराजाधिराज महाराणाजी श्री संग्रामसिंहाजी चरण कमलायनु रा।… दुरगादासजी लिषतु सेवा मुजरो अवधार जौ।…अर मैंने एकलिंगजी की असीम कृपा से चन्द्रावतों का विद्रोह खत्म कर दिया है। भविष्य में वे राणाजी को सारी नेग-दस्तूरी और वसूली बराबर देते रहेंगे।…राणाजी को बार-बार प्रणाम करता हूँ और वे सदैव कृपा बनाए रखें।

इस समाचार से राणा अत्यंत प्रसन्न हुआ। उसने दुर्गादास की बुद्धि व रण-कौशल की भूरि-भूरि प्रशंसा की। कहा—"यह एक ऐसा हीरा है जिसको पहचानने की शक्ति होनी चाहिए। दुर्गादास को निकालने का कलंक अजीतसिंहजी के माथे पर अमिट रहेगा।"

मरु-केसरी बूढ़ा हो गया था। सोचने लगा कि वह अब समस्त लौकिक कार्यों से निवृत्त होकर आध्यात्मिक कार्यों में लग जाए। प्रभु शरण में चला जाए।

उसने तीर्थाटन का निर्णय किया। ८० वर्ष का हो गया था दुर्गादास।

## अट्ठाईस

दुर्गादास तीर्थ-यात्रा पर चल पड़ा। चंद सेवक और सरदार थे उसके साथ। एक पुत्र भी था उसके साथ। वह विगलित दृष्टि से प्रभु-दर्शन करके क्षमा याचना के स्वर में प्रार्थना करता, "प्रभु ! मुझे क्षमा कर देना। मेरे अपराधों को सौ-सौ बार क्षमा कर देना।…मैंने अपने स्वामी की जितनी भक्ति की, यदि उतनी तुम्हारी करता तो जन्मों के बंधन से छुटकारा पा जाता। मैंने रणभूमि में जितने मनुष्यों को मारा, यदि उनमें से चंद लोगों को जीवन दान दे देता तो मनुष्यता की कितनी महान् सेवा होती। प्रभु मुझे क्षमा करना…क्षमा !"

तीर्थ…तीर्थ…तीर्थ।

उज्जैन !

प्राचीन गौरवमयी सांस्कृतिक-धार्मिक स्थली। क्षिप्रा का वेगवत प्रवाह। निर्मल जल। हरीतिमा आच्छन्न भूमि। नभ में विचरते पक्षी।...दुर्गादास का मन मुग्ध हो गया। उसका वैरागी मन कह उठा—चलो नहीं, रुको, एक क्षण के लिए मेरे मन। यह पुनीत धरा का अमृत पीने दो मुझे।...दुर्गादास का मन क्षिप्रा तट पर तन्मय सा हो गया। जल-धारा का शीतल स्पर्श उसके श्रांत मन को भाव-विभोर कर देता था। वह दीर्घ समय तक उसके पावन-तट पर बैठा रहता था।

अप्रत्याशित उसकी तबीयत बिगड़ गई। उसे लगा कि उसकी दुर्बलता सहसा बढ़ गई है। वह शिविर में लौट आया।

सेवक उसकी-सेवा में लग गए। तुरंत उसे 'अंबर' की मात्रा दी गई। तबीयत नहीं सँभली। कहाँ थे वहाँ वैद्य और हकीम ? घरेलू उपचार चलते रहे। दुर्गादास को लगा कि यह तीर्थ-यात्रा उसके जीवन की अनंत महायात्रा होगी। सुदीर्घ महाप्रस्थान। वह शय्या पर लेटा-लेटा भगवान को याद करता रहा। उसके नेत्रों के आगे अँधेरे-उजाले की छायाएँ तैरने लगीं।

उसके पुत्र ने अधीर होकर कहा, "हमें वापस लौट जाना चाहिए। उपचार तो होगा वहाँ।"

दुर्गादास ने बुझे हुए स्वर में कहा, "यह मेरी अनंत यात्रा है, वापसी की नहीं। ...इस यात्रा के समस्त रास्तों को पार करना ही है। मृत्यु अंतिम सत्य है। ऐसा सत्य जिसे प्रसन्नता से स्वीकारना चाहिए। मैं भी इसे स्वीकारता हूँ। अपने जीवन में एक दुर्दान्त दुःख लेकर इस यात्रा पर जाऊँगा। मैं आज अपने को भाग्यहीन समझता हूँ कि मुझे दाह-संस्कार के लिए दो गज जमीन भी अपनी धरती पर नहीं मिली। मैं भाग्यहीन हूँ।...मैं महाराजा को दोष नहीं दूँगा। दोष दूँगा तो अपने दुर्भाग्य को।" उसके नेत्रों से अविरल अश्रु धारा बह चली।

उसको गीत-स्मरण हो आया :

बोलो लागै जी म्हांनै
जोधाणै रो देस...
ऊँचा-ऊँचा डूंगरा
हरिया-भरिया खेत,
कित्ती चोखी-सुवावणी
म्हारी सोनलिया री रेत
म्हांनै बालो लागै जी—
बालो लागै जी म्हांनै
जोधाणै रो देस...

धीरे-धीरे वह शांत होने लगा। उसकी आकृति का ओज मिटने लगा। पुत्र और सेवक

रोने लगे। वह पथरायी दृष्टि से उस दिशा की ओर अपलक निहार रहा था–जिस दिशा में उसकी जन्मभूमि थी।···लग रहा था–उसका रुग्ण शरीर यहाँ था पर उसकी आत्मा अपनी जन्मभूमि में भटक रही थी। सबके अश्रु टप-टप गिर पड़े।

उसने एक बार आँखें खोलीं। कहा–हे राम···हे जोधाणे की धरा···हे राम···और वह स्वाधीनता सेनानी, स्वामिभक्त, महायोद्धा मरु-केसरी दुर्गादास अनंत लोक में विलीन हो गया।

सब रो पड़े। नभ-धरा और चराचर भी मौन हो गए। पवन और समय-गति पलभर के लिए ठहर गई।

क्षिप्रा-तट पर उस महान् योद्धा का दाह-संस्कार किया गया। क्षिप्रा में ही उसके अवशेषों व राख को प्रवाहित कर दिया गया।

एक विकट योद्धा और अदम्य साहसी का इतिहास समाप्त हो गया। एक सामान्य पुरुष राजपुरुष की गरिमा-गौरव लेकर पंचतत्त्वों में विलीन हो गया।

❑❑